# de verstotene

NAIMA EL BEZAZ

# de verstotene

2006
*Uitgeverij* Contact
Amsterdam/Antwerpen

© 2006 Naima El Bezaz

omslagontwerp Suzan Beijer

vormgeving binnenwerk Suzan Beijer

© foto omslag GettyImages/Julia Fullerton-Batten

© foto auteur Wout Jan Balhuizen

ISBN 90 254 2428 7

978 90 254 2428 2

D/2006/0108/946

NUR 301

www.naimaelbezaz.nl

www.uitgeverijcontact.nl

# Sapere Aude

IMMANUEL KANT

Wat ik heb, wil ik niet verliezen,
maar waar ik ben, wil ik niet blijven,
diegenen die ik liefheb, wil ik niet verlaten,
maar die ik ken, wil ik niet meer zien,
waar ik leef, wil ik niet sterven,
maar waar ik zal sterven, daar wil ik niet heen:
ik wil blijven waar ik nog nooit geweest ben.

THOMAS BRASCH

# Proloog

'Jij bent niet geboren voor uitzonderlijke prestaties,' zei mijn moeder altijd wanneer ze me wilde raken. Ze meende het, en hoe vaker zij die gewraakte woorden uitsprak, hoe meer ik daarin ging geloven. Ik groeide van een schichtig meisje via een onzekere tiener op tot een volwassene die een muur om zich heen metselde. Ongenaakbaarheid werd mijn enige bescherming.

Elk jaar trek ik me op mijn verjaardag terug in mijn slaapkamer en omring me met materiële herinneringen. Dan zit ik met opgetrokken benen op de grond en blader in de vijf fotoboeken die mijn verleden weergeven. Als ik alle foto's heb bekeken stort ik me op de schoolschriftjes die mijn dagboeken waren. Ik begon met schrijven op de dag dat ik dacht dat ik het kon, maar slechts nog tekentjes maakte die ik overnam van muesliverpakkingen en melkkartonnen. Toen ik echt kon schrijven, schreef ik alles op wat ik voelde, om de pijn die diep in me sudderde kwijt te raken. Dat lukte. Even. Uiteindelijk heb ik twintig schriftjes volgepend, boekjes die ik eigenlijk het liefst zou vergeten, omdat ze me herinneren aan vroeger. Aan de tijd dat ik droomde van een ander leven, een ander bestaan, een andere moeder.

Vandaag ben ik tweeëndertig geworden. Ik voel me lusteloos en wil het liefst de hele dag in bed blijven. Ik ontbijt niet, maar trek mijn oude, verstofte koffer onder mijn bed vandaan. Mijn herinneringen liggen netjes op en naast elkaar gestapeld. Het voelt als zelfkastijding, maar toch zet ik door en blader door het eerste fotoboek. Ik zie mijn moeder in bed met mij in haar armen. Op de foto huil ik en ik ben besmeurd met bloed en allerlei andere smurrie die een pasgeborene met zich meedraagt als zij het leven binnenglijdt. Mijn moeder – met een verstilde glimlach om haar mond – heeft een typisch jarenzeventigkapsel en is opgemaakt. Haar blonde haren hebben dezelfde coupe als de beroemde *Charlie's Angels*-actrice Farrah Fawcett. Ergens op de achtergrond staat een man. Ik zie zijn lichaam en een deel van zijn gezicht, maar zijn trekken zijn vaag. Op de volgende foto, ruim een jaar later, zit ik naast mijn moeder op een dekentje in een park. Zij ligt languit en draagt een ultrakort jurkje. Ze ziet eruit als een model. Niets aan haar oogt moederlijk. Terwijl mijn moeder lacht, kijk ik passief naar de camera en mijn grote ogen verraden de droefheid die ik toen al met me meedroeg. Ik besluit het album van mijn baby- en peuterjaren opzij te leggen en pak een ander. Ook daarin is de eerste foto er een van een pasgeboren baby. Mijn moeder kust het voorhoofdje van mijn zusje. Ik zit ernaast en kijk verliefd naar het kleine, kwetsbare mensje. De volgende foto's zijn allemaal van mijn zusje. Van baby tot peuter tot kleuter. Ik sta overal naast haar. Mijn moeder staat of zit meestal ergens op de achtergrond met een sigaret in haar mond, terwijl ik mijn zusje optil en vrolijk in de lens van de camera kijk. En dan mijn favoriete foto. Mijn zusje en ik zitten samen op de bank. Zij met haar duim in haar mond terwijl ze met haar hoofdje tegen mijn schouder leunt, en ik streel haar goudbruine haren. Mijn ogen worden vochtig. Dat worden ze de afgelopen tien jaar altijd als ik deze foto zie.

Ik sta voor de spiegel en kijk naar mijn ongekamde kastanjebruine haren, de zwarte kohllijn onder mijn ogen – een overblijfsel van gisteren – en mijn rode nachthemd. Om mijn hals hangt een zilveren ketting met daaraan een zilverkleurig kokertje. Een cadeau van Saloua, de tweede vrouw van mijn vader. Ik open het slot van de ketting en draai het kokertje open. Daarbinnen ligt een oud stukje opgerold papier. Ik kijk er alleen naar en word toch ineens heel erg bang. Ik loop naar mijn kamer, ga zitten en staar een hele tijd naar het briefje. De angst overspoelt me en snoert mijn keel dicht. Even denk ik dat de adem in mijn borstkas blijft steken. Ik begin onbedaarlijk te hoesten en buig voorover. Een golf van misselijkheid overvalt me. Ik strompel overeind, trek mezelf aan de deurklink omhoog en schiet naar voren de wc in. Hoewel ik niks gegeten of gedronken heb, komt er een hoop vloeistof naar buiten. Uitgeput zak ik op mijn knieën en trek door. Voorzichtig voel ik aan mijn buik en denk dat ik toch wat moet eten als ik niet meer wil overgeven.

In de woonkamer knabbel ik staand aan een droge cracker en spoel die weg met smakeloze, slappe thee. Ik luister naar de geluiden om me heen. De telefoon van de buren rinkelt, buiten wordt er hard getoeterd en ergens staat een radio net iets te hard aan met jarentachtigmuziek. Het is een brij van geluiden, die samensmelt tot een monotoon gezoem dat achter in mijn hoofd blijft hangen. Ik heb het koud en draai de thermostaat op vierentwintig. Ik hoef me toch geen zorgen meer te maken over een te hoge energierekening. Hoewel mijn appartement in een rap tempo warm wordt, blijven mijn voeten koud. In de kast in mijn slaapkamer vind ik wollen sokken van mijn ex. Mijn rechteroog trilt van ergernis, maar toch trek ik ze aan. Dit voelt beter, denk ik, en ik besluit de andere fotoalbums te bekijken. Ik zak weer op de grond en sla een volgend boek open. Foto's van een huwelijk. Een jonge, uitzonderlijk mooie vrouw, met ravenzwart haar, donkere ogen en een rank figuur staat op bijna alle foto's. Ze is traditioneel gekleed en wordt omringd door vrouwen. Ook mijn moeder zit erbij. Gekleed in een groenblauwe kaftan kijkt ze moedeloos voor zich uit, haar lippen in een flauwe glimlach gekruld. Ik denk terug aan die tijd en bijna meteen ruik ik de geur van lavendel, koriander, en van die eeuwige, mierzoete muntthee. Ik hoor de muziek, het roepen van kinderen en het giechelen van huwbare meisjes die op de bruiloft een leuke jongen aan de haak probeerden te slaan. Mijn ogen waren vooral gefixeerd op Saloua. Ik ril als ik aan haar denk en voel een groot gemis. Ik besluit weer naar bed te gaan.

De tijd schrijdt voort en ik zit, uren nadat ik uit bed ben opgestaan, nog steeds in mijn slaapkamer, met de relikwieën uit een ver verleden om mij heen. Zoals elk jaar valt het me weer op dat er van mijn vader maar één foto is. Een rijzige man, met krachtige jukbeenderen en borstelige wenkbrauwen onder zijn weelderige bruine haar. Zijn lippen zijn gevormd als die van een vrouw. Vol, rond, soepel en roze, alsof hij ze inkleurde. Zijn ogen zijn lichtbruin, net als de mijne, en zijn gezicht is ovaal zoals het gezicht van mijn zusje en zijn andere vijf dochters. Ik lijk meer op mijn moeder: een smal gezicht met onzichtbare jukbeenderen en dunne lippen die elk jaar smaller lijken te worden. Ik koester mijn ogen, omdat die me aan mijn vader en zusje doen denken.

Ik begin moe te worden en heb zin om lekker op de bank naar een film te kijken, chocolade te eten en geleidelijk aan weg te dommelen. De telefoon gaat. Ik schrik op en luister hoe het antwoordapparaat het gesprek overneemt. Ik hoor de opgewekte stem van mijn beste vriendin, die vraagt of ik echt niet bij haar wil komen eten. Ze weet dat ik mijn verjaardag nooit vier, maar over mijn jaarlijkse ritueel heb ik haar nooit verteld. Ik zie daar het nut niet van in. Haar stem wordt afgebroken door een luide pieptoon, gevolgd door een korte klik. Daarna: stilte.

Het zilverkleurige kokertje rust zielloos in de palm van mijn hand en ik voel de stilte op me drukken. Het is alsof ik alleen ben op de wereld en alles afhangt van het metalen ding dat ik al zo lang bezit en dat uiteindelijk mijn doel heeft bepaald. Ik vrees niet het kokertje, maar de inhoud. Een belofte van een vrouw aan een kind, waar niets tussen kan komen en dat alleen maar uitgevoerd moet worden. Een verplichting die verworden is tot mijn lot.

Ik pak het kokertje en schud de inhoud op mijn hand. Een vergeeld rolletje papier ligt eenzaam te wachten. Ik kijk er besluiteloos naar, alsof ik verwacht dat het zich uit zichzelf uitrolt. De druk op mijn hoofd wordt met de minuut zwaarder en mijn maag trekt zich samen. De misselijkheid komt weer op, maar ditmaal laat ik me niet overvallen. Ik leg het papiertje op de grond, wankel naar het toilet, buig me voorover en open mijn mond. Hoewel ik kokhals komt er niks uit. Ik druk tegen mijn maag, maar besluit even later ermee op te houden.

Ik loop naar de tv en schakel hem aan. Ik zap langs alle kanalen, maar niets boeit me. Ik stop een cd van U2 in de stereo en luister naar de rauwe stem van Bono. De tekst van 'Stuck in a moment you can't get out of' vult het vertrek en even voelt alles, zelfs mijn lichaam, loodzwaar. Ik draai het volume zo hoog, dat het pijn doet aan mijn oren, maar toch zing ik hard mee tot mijn stem het begeeft en ik uitgeput op de grond naast de bank zak; bezweet, vermoeid en nog steeds doodsbang.

De tijd tikt de uren weg. Ik wacht tot de schemering over de stad zakt, om datgene te doen waar ik al zo lang naar toe heb geleefd. Ik huiver als ik terugdenk aan alle beslissingen die ik in mijn leven genomen heb. Ik denk aan mijn eerste liefde, aan de eerste keer echt ruwe seks, toen ik me vastgreep aan de lakens terwijl een praktisch onbekende op me in beukte.

Ik herinner me mijn eerste orgasme en de overweldigende tevredenheid omdat ik er geen vent voor nodig had. Ik denk aan mijn jeugd en de afgelopen jaren. Maar vooral herinner ik me de allesoverheersende liefde voor mijn zus.

Jarenlang heb ik geleefd op dromen. Ik zag mezelf in allerlei situaties die niks met de werkelijkheid te maken hadden. Ik droomde van een wereld die nooit de mijne kon worden, vol van rijkdom, reizen en vooral van onuitputtelijk geluk. Maar ik fantaseerde ook over die onbereikbare man die mij boven alle anderen verkoos. Als tiener kon ik urenlang heerlijk genieten van de kat-en-muisspelletjes tussen mij en die man die niet eens bestond. Terwijl de klas aan het pennen was en schijnbaar aandachtig de woorden van de leraar aanhoorde, was ik in gedachten verzonken. Ik wist de alledaagsheid van mijn leven te verdringen door in mijn hoofd over een beter bestaan te fantaseren. Ik vond het heerlijk om naar bed te gaan, want dan kon ik ongestoord datgene doen wat mij zo veel geluk en genot gaf: dromen van die man, terwijl ik ongegeneerd aan mezelf zat. Ik was naïef, omdat ik daadwerkelijk geloofde dat wat je in je gedachten zag, uiteindelijk vanzelf werkelijkheid zou worden. Maar volwassenheid komt met tegenslagen en die klappen maken je sterk en klaar voor het leven. Dat zei mijn moeder altijd. En daarom was ze zo hard voor mij, omdat ik haar eerstgeborene was. Ik leerde te wennen aan verantwoordelijkheid en later voelde ik de zwaarte ervan niet meer en zag ik die als een vanzelfsprekendheid. Tranen glijden over mijn wangen als ik aan mijn moeder denk en me herinner hoe ze tegen me deed. Ik geloof dat ze van me gehouden heeft, ergens wel, al dreven wederzijds onbegrip en spanningen ons altijd weer uit elkaar. Ik houd nog steeds van haar, omdat ik er geen enkele andere emotie voor in de plaats wil zien. Ik veeg mijn tranen weg en besluit me sterk te houden. Langzaam sta ik op en ga mijn slaapkamer weer binnen. Het kokertje en het stukje papier liggen gebroederlijk naast elkaar. Een twee-eenheid. Ik pak het papiertje en lees de kronkelige letters. Ik herinner me nog dat ik ze schreef. Een opdracht aan de oudere Mina. Ik loop met het kleinood in mijn hand naar het balkon. Buiten waait het zacht en aan de horizon zijn de grauwe sluiers van de vallende avond zichtbaar. Ik kijk naar beneden en zie dat het daar uitgestorven is. Ik pak een stoel en schuif die naar voren. Voorzichtig klim ik erop en hijs mezelf op de balustrade, die gelukkig breed genoeg is om op te staan. Ik houd me stevig vast aan de plastic scheidingswand tussen mijn balkon en dat van de buren. Stevig houd ik het papiertje vast, terwijl ik naar beneden kijk. Ik heb me dit al zo vaak voorgesteld. In de loop van de maanden besefte ik dat wat ik ga doen mijn lot is, een onafwendbaar lot.

Nu laat ik mijn tranen gaan, omdat ik mijn zusje voor me zie. Ik zie haar als baby, als peuter, kind en tiener. De liefde tussen haar en mij was het mooiste dat me ooit kon overkomen. En ik ben mijn moeder dankbaar, omdat ik dankzij haar mijn zusje kreeg. Ik kijk strak naar de donkergrijze horizon. Dan doe ik een stap naar voren.

## 1

Ik drukte mijn neus tegen de kille ruit en keek naar de taxi's die beneden langs elkaar heen krioelden. De wolkenkrabbers flankeerden als massieve, immense hekken de brede weg, alsof ze de expansiedrift van de New Yorkers terug wilden dringen. De drukte en de grenzeloze energie waarmee bijna iedereen in de stad besmet leek te zijn, ging voor het eerst sinds jaren aan me voorbij. Ik voelde me moedeloos terwijl ik daar stond, gevangen in de eeuwige hoogte van het smalle flatgebouw waar ik met Mart een hotelkamer deelde. Terwijl ik ademwolkjes tegen het raam blies, neuriede Mart in de douche een liedje van een populaire zanger, de zoon van een kroegbaas met fans tot in het koningshuis. Ik hield daar niet van. Ik ging naar klassieke concerten en opera's, of luisterde als het meezat naar de fado's in een van de weinige Portugese bars in de Amsterdamse binnenstad. Muziek waarvan ik geleerd had te houden. Daarnaast genoot ik van de betere popmuziek. Ik keek neer op de muzikale voorkeuren van Mart die ondertussen onverstoorbaar verder ging met zijn geneurie, gefluit en wat gelispel nu en dan.

Mijn aandacht verplaatste zich naar de wandklok. Het chromen uurwerk hing pontificaal boven de breedbeeld-tv. Ik wendde me af van het verkeer beneden en staarde naar de wijzers, alsof zij mijn blik door hypnose gevangenhielden. Ergernis welde in me op. Het duurde lang, veel te lang. Ik was al minstens een uur klaar met douchen, aankleden en me opmaken. Mart daarentegen had door zijn ijdelheid de badkamer tot tweede slaapkamer getransformeerd; een plek waar hij in alle rust kon doen en laten wat hij wilde. Alsof de tl-buizen de rol van de katoenen lakens overnamen en hij voor het gemak vergat dat ik er nog was en dat we een tafel hadden gereserveerd in het meest trendy restaurant van de Big Apple. Ik probeerde geduldig te wachten, maar hoe luider hij zijn lievelingslied neuriede, hoe meer ik mijn best moest doen om mijn kalmte te bewaren. Luidruchtig, op het walgelijke af, snoot hij zijn neus en trok vervolgens met veel geweld het toilet door. De minuten kropen zenuwtergend langzaam voorbij. Met de afstandsbediening schakelde ik naar MTV. Een overdadig met diamanten behangen talentloze rapper zong met schorre stem gettoslang, alsof hij een maand had doorgehaald. Ik verstond er geen woord van, hoewel ik mijn uiterste best deed om de brij Afro-Amerikaans dialect te ontwarren. Toch bleef ik als gebiologeerd naar de vunzige videoclip kijken. Het was nog net geen porno. Twee magere, rondborstige vrouwen droegen bikini's die kleiner waren dan het kleinste formaat post-it. Ze schudden met hun borsten, hielden ze vast, likten aan hun wijsvingers en haakten die achter de draadjes die voor bh's moesten doorgaan. Ze draaiden krols om de rijke artiest. Hij pakte hun borsten, hun benen, hun billen, likte hun gepiercete navels, waarna ze zich vooroverbogen en hun billen schudden in zijn pokdalige gezicht. De enige woorden die verstaanbaar waren, waar je geen woordenboek voor nodig had en die blijkbaar als refrein dienden, waren bitch, slut en ho. Het was walgelijk en vrouwonterend, alles waar de feministes van het eerste uur tegen waren, maar ik voelde een kriebel in mijn kruis. De negroïde zanger was gespierd, mannelijk en vooral heel erg geil. Ik vroeg me af hoe het zou zijn om met hem te neuken.

Een en al brute kracht, dacht ik zo, en ik zag al voor me hoe hij me keihard zou nemen.

Ik schrok op toen Mart het volume van de tv lager zette. Verward fatsoeneerde ik mijn kapsel, alsof hij mij en de rapper op heterdaad in bed had betrapt.

'Waarom heb je de tv zo hard staan?' vroeg hij. 'En waarom zit je met je neus praktisch tegen het beeldscherm gedrukt? Weet je wel hoe slecht dat voor je ogen is?'

Hij keek me oprecht bezorgd aan. Als je 'ns wist, dacht ik, en ik zag zijn blik wegdwalen naar de bijna naakte, halve prostituees die zich op de neger wierpen en dansend een orgasme faketen. Mart schudde zijn hoofd.

'Jij houdt toch helemaal niet van deze muziek?'

Ik deed de tv uit en pakte mijn jas.

'Ben je al klaar?' Een retorische vraag. Hoewel hij minimaal anderhalf uur in de badkamer had doorgebracht, stond hij halfnaakt voor me, met een handdoek om. Ik keek naar zijn kippenborst en de welgeteld vijf grijze haren die eenzaam en zedig om zijn tepels groeiden. Van boven was hij mager, maar zijn buik vertoonde een bolling die niet veel goeds beloofde voor de toekomst. Hij zag eruit als een jongere en wat kalere versie van Woody Allen. Maar hij miste diens uitgesproken, kunstzinnige talenten en mocht hij die toch hebben, dan zou ik er niet aan moeten denken om een dochter te adopteren. Mart draaide zich om en liep hoofdschuddend terug naar de badkamer.

'Ben bijna klaar,' mompelde hij. Voor de deur bedacht hij zich en liep toen naar mijn nachtkastje, waarop mijn wenkbrauwenpincet lag. Hoewel hij wist dat ik niet wilde dat hij mijn spullen gebruikte, nam hij het pincet mee en deed de badkamerdeur zachtjes achter zich dicht. Ik zuchtte. Op de een of andere manier was ik gehecht geraakt aan die borsthaartjes die, net als Mart zelf, timide en verloren in het leven stonden.

In het minimalistisch ingerichte restaurant zat ik op een te harde barkruk te wachten op het tafeltje dat over afzienbare tijd vrij zou komen, volgens de norse, te gemaakt mooie gastvrouw. Haar afwerende houding wekte schijnbaar bij niemand ergernis. Ik probeerde me aan te passen en haar vooral niet duidelijk te maken dat we gasten waren en daarom vriendelijk behandeld wilden worden. Mart gleed met zijn hand over mijn rug en knipoogde naar me.

'Ik zie dat je gespannen bent. Vanavond ga ik die knopen in je wegmasseren,' beloofde hij.

Ik nipte van mijn witte wijn en keek om me heen, in de hoop beroemdheden te ontdekken. De zaal was groot en gevoelsmatig afstandelijk, iets dat door de strak vormgegeven stoelen en lampen nog werd versterkt. De interieurarchitect had er echt alles aan gedaan om elk gevoel, elk knus element waaraan de gemiddelde mens een aangeboren behoefte heeft, te elimineren. Zijn concept was zonder meer geslaagd. Het restaurant was hip, een revival van de trend van decennia terug. Vroeger zou ik ervan hebben genoten, nu voelde het als een ijskoud bad waar ik verloren in rondspartelde, op zoek naar handvatten om mezelf overeind te trekken, terug de warmte in.

Ik wilde weg, maar onderdrukte die drang tot vluchten. We hadden nu eenmaal gereserveerd en ik wilde mijn vriendinnen in Amsterdam kunnen vertellen dat ik hier had gegeten. Mart bestelde een biertje. Hij probeerde zo onopvallend mogelijk naar de graatmagere Amerikaanse vrouwen te kijken die in nietsverhullende jurkjes aan tafels zaten, bij de bar stonden of net binnen kwamen lopen. Zij waren mooi op een manier waar de natuur niks mee te maken had. De gezichten stonden te strak, de huid was te smetteloos en de borsten waren te perfect van vorm, alsof twee tennisballen in een te klein jurkje waren gepropt. Ik sloeg mijn wijn in een keer achterover en bestelde een tweede glas. Marts ogen, die het overmatig naakte vlees keurden, deerden me niet. Ik was al te lang bij hem om jaloers te worden.

'Your table is ready. Follow me.'

Het was geen vraag, eerder een bevel. Toch volgden we de blonde gastvrouw gewillig naar onze tafel. Ik was even bang dat ze ons een plek naast het toilet wilde geven, maar we kregen er een in het midden. Zonder verder iets te zeggen, liep ze terug naar haar strakke katheder met de hippe telefoon bij de ingang. Ik plofte net iets te hard op de ongemakkelijke, overdreven rechte stoel neer.

'Zo'n beroemde toko en dan geen geld uitgeven aan lekkere, comfy stoelen,' zei Mart verongelijkt. 'Moet ik hier de hele avond op zitten?'

Ik zuchtte diep, maar ook ik had last van de te harde rugleuning. Alsof ik op een ijzeren bankje in een park zat.

'Good evening.' Een jonge ober gaf ons de kaart en nam de wijnbestelling op.

'Mijn god,' riep Mart net iets te hard uit. Verschillende mensen keken verstoord op. Ik zag hun geïrriteerde blikken, die nog net niet zeiden: Eurotrash.

'Ssst.'

'Wat nou? Heb je de prijzen gezien? Dit restaurant is drie keer duurder dan La Rive. Hoe verzinnen ze het?' Mart bleef ongelovig naar de kaart kijken alsof hij hoopte dat de prijzen ter plekke zouden oplossen. Ik besloot niets te zeggen in de hoop dat hij verder zijn mond zou houden.

Het was duidelijk dat de ober ons tafeltje niet als zijn hoogste prioriteit zag. Hij bleef steken bij de buren: een lange, slungelige man, die me deed denken aan een homoseksuele acteur uit een beroemde serie, en zijn mannelijke eega die wat gedrongen oogde. Beiden hadden kortgeknipt haar dat met gel omhoog gestyled was. Ik begreep niet wat de ober zo appetijtelijk aan hen vond. Hij bekeek ze in ieder geval alsof hij ter plekke in de eetzaal de daad met hen zou willen verrichten. Ik probeerde ook iets aantrekkelijks te ontdekken. Misschien waren het de overdreven vrouwelijke gebaren van beiden. Bij hen vergeleken waren mijn bewegingen die van een manwijf dat te lang in een kolonie met Neanderthalers had geleefd. Hoewel ik me opgefokt begon te voelen omdat onze fles wijn maar niet kwam, probeerde ik mijn kalmte te bewaren. Maar mijn ogen bleven naar het tafeltje naast ons flitsen. Ik wilde het niet toegeven, maar ik was uitermate gefascineerd. De stemmen van de mannen kwamen net boven het geroezemoes uit. De lange zat met zijn benen over elkaar scheef voor zijn tafel en tikte met zijn vinger tegen zijn wijnglas alsof hij de aandacht van de toehoorders wilde trekken. De gedrongen man knikte instemmend, terwijl hij een stukje gerookte zalm zo elegant mogelijk naar zijn mond bracht. De ober stond erbij, knikte, keek af en toe verbijsterd, sloeg zijn hand voor zijn mond en sperde zijn ogen wijd open. Waar hadden ze het toch over? Het liefst was ik bij hen gaan zitten, dan had ik misschien nog een vermakelijke avond. Mart verschoof zijn stoel om op te staan.

'Waar ga je heen?'

'De gastvrouw vragen hoe lang het gemiddeld duurt voor een gemaakte bestelling daadwerkelijk wordt uitgeserveerd,' zei hij opgefokt.

'Niet doen,' siste ik. 'Dan staan we voor gek.'

'O, voor gek? Iedereen eet en drinkt, behalve wij. Ik heb zin in mijn fles wijn en in mijn eten, zodat ik weer weg kan, want mijn billen zijn beurs door die rotstoelen.'

De ober zag Mart half voorovergebogen staan en snelde naar ons toe.

'O, I totally forgot. Just a sec.' Zijn magere benen brachten hem richting de bar.

'Here you are.' Hij keek blij. 'Merlot.' Zijn gezicht betrok toen hij dat woord uitsprak. Plichtsgetrouw schonk hij onze glazen voor een kwart vol en verdween weer net zo snel als hij was gekomen.

'Zie je. We hebben de goedkoopste wijn besteld. Hij zal ons wel boeren vinden,' zei ik en ik keek om me heen.

'Doe niet zo belachelijk. Jij vindt Merlot lekker en ik ook. We nemen wat we willen drinken, al is het niet maatschappelijk geaccepteerd. Als het in Nederland goed is, is dat het hier ook.'

Zwijgend dronken we van de wijn. Ik vermoedde dat het minstens een uur zou duren voor we ons voorgerecht zouden krijgen en door die gedachte voelde ik me opeens ontzettend moe. Mijn benen waren slap en mijn achterhoofd tintelde. De jetlag speelde op. We waren net twee dagen in de stad en ik had amper geslapen. De afgelopen nacht had ik alleen maar liggen woelen, terwijl allerlei gedachten door mijn hoofd flitsten. Het waren er te veel en wat ik ook probeerde, het bleef zo onrustig dat mijn slapen pijnlijk begonnen te bonzen. Ik dacht voortdurend aan mijn werk en aan mijn familie. Maar vooral dacht ik aan de promotie van mijn collega. Zij was manager geworden terwijl zij korter bij het bedrijf werkte dan ik. Ik baalde vreselijk. Niet dat ik per se manager wilde zijn, maar ik ervoer mijn niet-promotie als kritiek op mijn werk. Men vond mij niet goed genoeg en daarom voelde ik me niet goed genoeg. Mart had de kwestie luchtig opgenomen.

'Voor je het weet krijg jij een nog betere functie. Misschien zelfs hoger dan die van Esther.' Hij had zijn hand op de mijne gelegd om te laten merken dat hij met me meevoelde. Maar zijn aanraking had het tegenovergestelde effect gehad.

'Jij begrijpt het niet. Jij begrijpt het gewoon niet.' Woedend had ik hem onderbroken. En terwijl hij mijn tirade aanhoorde zat hij rustig op de bank, iets wat me tot nog meer waanzin dreef. Het was míjn beurt geweest en niet die van haar. Ik was de loyale medewerker die al om acht uur 's ochtends achter haar bureau zat en als laatste weer wegging. Ik deed meer voor en gaf ook meer aan het bedrijf, maar niemand zag het, niemand vertelde me hoe goed ik het deed. Tot mijn verdriet was ik in de zeven jaar dat ik daar werkte tot een vanzelfsprekendheid verworden. Ik was niet meer dan een stoffig stuk meubilair, dat met de jaren sleetse plekken vertoonde en wellicht binnen afzienbare tijd moest worden vervangen.

Ik dronk de brok in mijn keel weg. De wijn was bitter en vermengde zich met het zuur van mijn maag, dat in golven naar boven kwam. Ik had gehoopt om in die week in New York even alles achter me te kunnen laten, maar het succes dat overal in de stad zinderde, gaf me juist het gevoel volkomen mislukt te zijn.

Inmiddels waren de voorgerechten geserveerd. Mart prikte in zijn artisjokkenquiche en kauwde traag.

'Totaal smakeloos en koud.'

Ik zuchtte en at van het zalmtaartje. Er was te veel citroensap overheen gedruppeld.

De voor een kwart opgegeten gerechten werden ingeruild voor de lamsrack in romige wijnsaus die we allebei hadden besteld. Mart voelde aan het bord.

'IJskoud. Ze hebben hier niet eens een rechaud. Mijn god, je legt toch geen warm eten op een koud bord?'

'Houd op met "mijn god",' siste ik met ingehouden woede.

Mart zweeg en at van het vlees. Hij dacht wat ik dacht. Het eten was knudde; het vlees te taai en de saus te waterig. Het leek in niets op waar bekende Amerikaanse recensenten over hadden geschreven. Of de chef had ontslag genomen, of hij rustte op zijn lauweren en liet de stagiaires het werk doen. Het restaurant liep toch wel. Blijkbaar kwamen de New Yorkers hier alleen om te laten zien dat ze bij de incrowd hoorden. Gezien de contouren van de vrouwen had het eten hier geen prioriteit. En de mannen leken meer geïnteresseerd in drank. Het viel me op dat op elke tafel minstens twee wijnkoelers met champagneflessen stonden.

'Cristal.'

'Wat?' vroeg Mart, die opkeek.

'Zou dat Cristal zijn in die wijnkoelers? Kijk, ze staan op elke tafel.'

'Voor de witte wijn denk ik,' zei hij, kauwend op het taaie vlees. 'Ik denk dat kristal nu wel uit is.' Hij grinnikte. 'Het zou me niet verbazen als er alweer een nieuwe hype is ontstaan tijdens onze vlucht hiernaartoe.'

Ik keek naar mijn bord.

'Zit je weer in je droomwereld?'

Ik zweeg en sneed het vlees in stukken. Ik wist dat ik er niets meer van zou eten. Het enige wat ik wilde was teruggaan naar mijn kamer. Ik wilde slapen om deze avond uit mijn systeem te wissen.

Het ene smakeloze gerecht volgde op het andere. Terwijl de uren gestaag aan ons voorbijtrokken, werd ik met de minuut chagrijniger en raakte steeds meer in mezelf gekeerd. Ik merkte dat ook Marts irritatie groeide. We leken wel een tikkende tijdbom die elk moment kon ontploffen. Meestal was ik degene die in woede mijn beklag deed, terwijl Mart de aanval gelaten over zich heen liet gaan, met een blik die boekdelen sprak. Zijn wraak zou zoet zijn, wist ik: hij zou mij dagenlang negeren. Een tactiek die mij opnieuw tot razernij bracht. Maar hoe het ook zij: ik was bij hem, omdat hij de eerste in mijn leven was met wie ik dacht oud te kunnen worden en hij was bij mij, omdat bij hem vooral het gemak het doel diende. We gingen geen van beiden graag uit. We probeerden het wel, maar we bleven hangen in formaliteiten en onflexibiliteit, die elke uitspatting in de kiem smoorden.

'Zullen we de rekening maar vragen?' vroeg Mart, terwijl hij zich omdraaide en de ober naar ons tafeltje probeerde te lonken, die bij een ander tafeltje champagne stond in te schenken. Zijn egale gezicht, de als gebeeldhouwde jukbeenderen en de geëpileerde wenkbrauwen die als twee zwarte bogen zijn gelaat sierden, deden hem lijken op een kunstige sculptuur, die niet zou misstaan in een strak ingerichte tuin.

De jongen leek ons niet op te merken, of hij veinsde dat hij de bijna wanhopige armgebaren van Mart, die zelfs een blinde niet zouden ontgaan, niet zag. Ik was al te afgestompt om op de overdreven, boerse actie van mijn vriend te letten. Ik wilde de rekening, zo snel mogelijk weg uit deze sfeerloze zaal. Deze dag had al veel te lang geduurd. Pas toen Mart met zijn vingers tegen elkaar wreef om 'betalen' uit te beelden, kwam het beeldhouwwerk tot leven, stoof naar ons toe, knikte wild en snelde naar de blonde gastvrouw bij de deur, die net een telefoongesprek beëindigde. Voor het eerst die avond kwam er iets snel op tafel. We betaalden de veel te hoge rekening en vertrokken.

De gure herfstwind sloeg tegen mijn gezicht. Langzaam voelde ik het puntje van mijn neus koud worden. Zonder een woord liepen we naast elkaar. Ik keek opzij naar Mart, die zijn hals en een deel van zijn hoofd in zijn hoog opgetrokken kraag verborg. Hij was onmiskenbaar alledaags; zijn uiterlijk, zijn houding en zelfs zijn persoonlijkheid waren nietszeggend en vlak. Hij was zoals ik: niet perfect en niet gezegend met uitzonderlijke vaardigheden die ons op een hoger plan konden tillen. Ik vroeg me af of ik niet beter kon krijgen. Misschien een rijkere, knappere man, met meer mogelijkheden. Zijn succes zou dan op mij kunnen overwaaien en me geven waar ik zo naar snakte: een uitweg uit dit gloriearm bestaan.

'Heb ik überhaupt ooit van je gehouden?' fluisterde ik.

Ook Mart fluisterde. Ik probeerde zijn woorden op te vangen, maar het geroezemoes van het verkeer en de luid scheldende zwarte zwerver in het parkje verderop, beletten me. Marts gezicht was vertrokken tot een grimas. We liepen langs een lantaarnpaal, die even zijn gezicht verlichtte. Ik zag een traan over zijn wang glijden. Het leek alsof mijn hart stopte met tikken. Dit was het moment om hem te zeggen wat ik al jaren wilde zeggen. Ik had het ingestudeerd. Ik wist precies wat ik hem duidelijk wilde maken. Het cliché: het ligt niet aan jou, maar aan mij. Hij was nooit eerder zo zwak geweest als vandaag en ik wist dat hij zich niet zou kunnen verweren, zodat mijn woorden een voor een op hem zouden inwerken. We stopten bijna tegelijkertijd op de hoek van de straat. Tegenover ons lag Carnegie Hall, waarvoor een mensenmassa stond, gekleed in galakostuums. Ze lachten, praatten en hadden het naar hun zin. Voor de deur van de ingang stond een witte Hummerlimousine geparkeerd. Ik vroeg me af of het een gehuurde was of dat hij toebehoorde aan een buitensporig rijke New Yorker. Mart draaide zich naar me toe, zijn gezicht glom van de tranen en zijn lichaam schokte. Ik haalde diep adem.

'Het spijt me, Amelie. Het spijt me. Het ligt niet aan jou, maar aan mij. Ik weet niet hoe ik met jou om moet gaan. Ik heb het gevoel dat onze levens qua ontwikkeling tot stilstand zijn gekomen. We komen niet verder. We ergeren, ik bedoel, jij ergert je aan ons. Ik heb daarom besloten om ermee te stoppen. Dat is beter, ook voor jou, want ik kan het niet aanzien dat jij elk moment, elk uur en elke minuut van de dag ongelukkiger met mij wordt.'

# 2

Het tikken van de regen tegen het dubbele glas hield me wakker. Ik lag naast Mart en hoorde zijn sonore ademhaling. Hij snurkte licht, een gegrom dat me meestal irriteerde, behalve deze nacht. Ik vroeg me af hoe het zou zijn om te slapen zonder zijn vertrouwde geur, zijn slaapgeluiden en zijn onrustige gewoel, dat me al jaren belette om echt diep weg te zakken. Tien jaren waren tot stilstand gekomen. Het leek op de dood, waarbij je hele leven in een flits aan je voorbij trekt. Nu zag ik onze belangrijkste momenten samen. De dag dat we bij vrienden aan elkaar werden voorgesteld, ons eerste afspraakje, de eerste zoen, de eerste vrijpartij en natuurlijk de eerste ruzie. Ons leven was een zichzelf herhalend ritueel; we maakten telkens praktisch hetzelfde mee, alleen het jaartal veranderde. Hij deed zijn ding en ik het mijne en 's avonds zaten we gebroederlijk naast elkaar op de bank tv te kijken, te snacken en vrijwel nooit te praten. Ik viel op hem omdat hij meer verdiende dan ik, maar het duurde niet lang voordat ik dat verschil inhaalde. Ik wist dat hij wist wat me in hem aantrok. Hij oogde sullig, maar was niettemin scherp van geest.

Mart draaide zich om. Zijn been rustte tegen het mijne. Ik probeerde naar achteren te schuiven, maar kon het niet. Ik wilde zijn huid voelen. Nog drie dagen voor we terug zouden gaan naar Amsterdam. Nog drie dagen samen in hetzelfde bed. Eigenlijk was het zijn voorstel om niets te veranderen aan deze trip. Dat was nergens voor nodig, redeneerde hij.

Krachtig, maar tegelijkertijd heel kwetsbaar, had Mart nog maar enkele uren terug tegenover me gestaan. Ik hapte naar adem toen hij me zo subtiel dumpte. Onbewust keek ik om me heen om alles in me op te nemen; ik realiseerde me dat dit een bijzonder moment was, een moment dat ik me in de toekomst zo levendig mogelijk wilde herinneren. Ik zag alles als in slow motion, als in een film, alsof mijn hersenen het alleen op die manier konden bevatten. Zijn stem klonk zwaar en zelfs het schokken van zijn lichaam ging traag. Ik hoorde hem aan, luisterde en zei niks, tot hij zijn hand op mijn schouder legde en zich voorover boog alsof hij me wilde kussen. Maar hij keek me enkel bezorgd in mijn ogen; zijn tranen waren inmiddels opgedroogd.

'Amelie, gaat het?'

Ik schudde mijn hoofd en knipperde met mijn ogen omdat ik een vuiltje voelde, maar Mart omhelsde me opgetogen. Hij dacht dat ik emotioneel was, een overwinning voor hem, want ik toonde mijn gevoelens nooit. Ik deed een stap achteruit.

'We hebben nog een paar dagen. Neem je een ander hotel?' Mijn woorden klonken kil.

Mart liet zijn handen slap langs zijn lichaam vallen. Hij zuchtte alsof hij zo moed bij elkaar verzamelde om me te vragen wat ik al verwachtte. Ik kende hem goed. Ik zou weigeren, nam ik me vastberaden voor.

'Het is het efficiëntste om gewoon onze hotelkamer te delen. Wat maken die drie dagen nou uit? In Amsterdam ga ik meteen op zoek naar een ander huis. Ik kan tijdelijk bij Olivier terecht.'

'Tijdelijk?' Weer knipperde ik met mijn ogen. Geen vuiltje dit keer, maar verbazing. 'Hoelang ben je hiermee al bezig, Mart?'

Mart zweeg en keek naar de punten van zijn zwartgelakte schoenen.

'Waarom nam je me mee naar New York?' Mijn stem ging omhoog, was nog net geen gil.

Mart schudde zijn hoofd, pakte zijn bril en veegde de onzichtbare vlekken van de glazen met het vergeelde katoenen doekje dat hij altijd bij zich had. Ik vroeg me af hoeveel bacteriën zich daarin hadden opgehoopt.

'Jij wilde naar New York, Amelie. Voor ik het wist had je alles al geregeld en geboekt. Ik kwam er niet tussen.'

'Waarom heb je dan niks gezegd?' vroeg ik hees.

'Jij geeft me geen ruimte. Ik ben alleen maar een figurant in de film waarin jij de hoofdrol speelt.' Meteen nadat hij die zin had uitgesproken beet hij op zijn lip en keek schuin omhoog. Vermoedelijk was hij zelf verrast dat hij met zo'n creatieve zin op de proppen kwam.

'Lul! Waarom ben je niet mans genoeg om te zeggen dat jij er de ballen niet voor hebt?' Ik besloot er verder het zwijgen toe te doen. Ik had geen zin meer in ruzie. Ik draaide me om en liep weg. Hij volgde me naar ons viersterrenhotel in 25th Street. Nog maar dertig blokken te gaan. Mart liep hijgend achter me. Zijn conditie was slechter dan die van een bejaarde. Ik hoopte dat zijn hart het zou begeven. Ik liep steeds sneller. Mart riep dat we een taxi moesten nemen, maar uit balorigheid negeerde ik hem. Hij durfde me niet achter te laten, ik wist dat hij me zou volgen. De mensenmassa om ons heen werd met het bereiken van Times Square groter. Toen ik me omdraaide was Mart nergens meer te zien.

Het was laat toen ik in onze kamer aankwam. Mart zat in zijn hemd en onderbroek te zappen. Hij keek op, zweetdruppels parelden op zijn voorhoofd. Ik wist dat hij bang was voor ruzie, maar het deed me niks meer. Ik trok mijn jas uit en liep naar de badkamer.

'Ik kon je niet meer bijhouden, Amelie,' zei Mart. 'Ik heb een taxi genomen.'

In de badkamer keek ik in de spiegel. Mijn gezicht was vlekkerig en grauw alsof al het bloed eruit was weggetrokken. Mijn huid voelde koud en klam aan. Routineus veegde ik mijn make-up weg. Daarna douchte ik zonder mijn haren nat te maken, ik had geen zin om het weer twintig minuten lang steil te moeten föhnen. Ik deed alles heel traag. Tegen de tijd dat ik in bed kroop, had Mart de tv uitgedaan. Ook hij lag onder de dekens. Zijn ademhaling was te gecontroleerd, hij sliep niet.

'Is het goed dat we de kamer delen tot we vertrekken? Het zou zonde zijn om geld te verspillen,' fluisterde Mart bijna smekend.

Zijn gierigheid kon me vroeger tot wanhoop drijven, maar nu zei ik dat het oké was en ik sloot mijn ogen. Uren nadat Mart was weggezakt, lag ik nog klaarwakker. Het ging zo makkelijk bij hem, alsof alles wat we vandaag hadden meegemaakt helemaal niks voorstelde. Ik vond het niet erg dat we uit elkaar waren. Ik vond het ook niet erg dat hij mij had gedumpt in plaats van omgekeerd, want zo puberaal ben ik nou ook weer niet. Wat ik vreselijk vond, was dat ik helemaal niks voelde. Mijn emoties waren afgevlakt alsof ik een cocktail van de sterkste antidepressiva had geslikt. Ik voelde me intens leeg.

Mart stond om zes uur 's ochtends op, ging douchen, kleedde zich aan en dat alles zo geruisloos mogelijk, niet wetend dat ik de hele nacht niet had geslapen. Maar ik wilde hem ook niet onder ogen komen. Ik verborg me onder de dekens en luisterde naar zijn krampachtige, gehaaste handelingen. Zodra de deur achter hem in het slot viel, schoot ik overeind. Het was inmiddels halfzeven. Ik vroeg me af wat ik moest doen. Misschien naar een aantal musea; het Guggenheim of naar experimentele galeries in de kunstenaarswijk Soho. Op al mijn Amerikareizen, die zich eigenlijk beperkten tot New York, bezocht ik kunstuitingen omdat 'sophisticated people' dat nu eenmaal doen, hoewel ik een bloedhekel heb aan schilderkunst, sculpturen en artistieke fotografie. Mart ging altijd met mij mee. Ik had hem nooit bedankt, nooit gezegd dat ik het waardeerde. Ik vond dat ik er recht op had dat hij deed wat ik van hem verlangde. Hij was ruggengraatloos en waaide met elke wind mee. Ik vond het wel makkelijk, maar aan de andere kant minachtte ik zijn slappe houding. Net als elke heldin in een boeketreeksroman snakte ik naar een dominante man.

Ik pakte de afstandsbediening en schoof een tweede kussen achter mijn hoofd. Vermoeid van een nacht waken, zapte ik langs de kanalen en bleef bij een komedie hangen. Ik pakte een roman en begon te lezen, maar de letters dansten voor mijn ogen, waarschijnlijk van de honger. Ik had geen zin om naar het restaurant te gaan. Naast de telefoon stond het menu van de roomservice. Ik bladerde erin en bestelde roereieren met spek, geroosterd brood, croissants, pannenkoeken met *maple syrup*, een kan koffie en jus. Ik wilde vandaag binnen blijven. Van Mart hoefde ik niks te vrezen. Hij zou pas rond middernacht naar de kamer komen, als hij dacht dat ik zou slapen. Het vooruitzicht van rust, veel tv en overdadig eten gaf me voor het eerst sinds tijden een gelukzalig gevoel. Vandaag mocht ik me te buiten gaan aan wat ik maar wilde. Terwijl ik mijn ontbijt verorberde, waren mijn gedachten al bij de heerlijke chocoladecheesecake die ik over enkele uren zou bestellen.

# 3

Ik keek vreselijk op tegen de vlucht terug naar Nederland. Ruim zeven uur moesten we naast elkaar zitten in de economy class, met te weinig beenruimte en te veel toevallige aanrakingen. Mart zat aan het raam, ik in het midden en een moeder met een onwillige peuter zat aan het gangpad. Ik heb een fortuin uitgegeven aan boeken over positief denken, ik ben zelfs naar een peperduur seminar gegaan om alles aan den lijve te horen, mee te maken en vooral te aanschouwen. Amerika's grootste lifecoach-goeroe in de Utrechtse jaarbeurs stond mij en vijfhonderd anderen vier uur lang ter beschikking voor twaalfhonderd euro. Ik heb daarna visualisatietechnieken toegepast om te bereiken wat ik zo graag wilde bereiken, terwijl ik nog helemaal niet wist wat mijn levensdoel eigenlijk was. Overweldigende rijkdom en status zijn volgens de zelfhulpboeken te abstracte begrippen. Ik vind het pure onzin, volgens mij willen ze dat geheim gewoon met niemand delen. Het is een genootschap, zoiets als de vrijmetselaars. Maar ik heb niettemin dagelijks positief-denkensessies ondernomen om al wat negatief is uit mijn leven te bannen. Dat het niet helemaal gelukt was, vond ik niet zo erg, misschien had het nog wat meer tijd nodig, maar vandaag, in dit vliegtuig voelde ik me ongelooflijk bekocht. Daarnaast deed het toilet het niet, iets wat ik nooit eerder heb meegemaakt. Alleen de absolute noodgevallen mochten gebruikmaken van de wc in de businessclass. Het kindje naast me brulde zo hard, dat ik me moest inhouden om het niet door elkaar te schudden. Ook de moeder was de wanhoop nabij, ze begon tegen haar zoontje te schreeuwen. En dat weer tot woede van antroposofen aan de andere kant van het gangpad, die haar hel en verdoemenis toewensten. Ik zou het niet erg hebben gevonden als het vliegtuig was neergestort. Geen ellende kon erger zijn dan deze.

Mart en ik spraken de hele reis niet met elkaar. Ons zwijgen was loodzwaar en moeilijk te verdragen. Ik probeerde niet naar hem kijken, maar toch gingen mijn ogen steeds zijn kant op. Hij keek strak naar het beeldscherm voor zich: zijn manier om mij volledig te negeren. Ik koos een film die twee uur duurde en keek naar de te kleine tv die op de rugleuning van de stoel voor me was gemonteerd. De filmgeluiden werden tot mijn frustratie overstemd door de vijandige geluiden van buitenaf. Een mollige, donkere stewardess liep langs met een kussen.

'Mag ik een paracetamol van u?' vroeg ik geveinsd vriendelijk.

Ze knikte vrolijk en gaf het kussen aan mijn achterbuurvrouw. 'Hebt u hoofdpijn?' vroeg de stewardess.

Waarom denk je dat ik anders om dat spul vraag, mens, wilde ik haar toesnauwen, maar ik wist die woorden in te slikken en knikte.

Binnen de kortste keren stond ze voor me met twee tabletjes en een plastic beker water. 'Beterschap, mevrouw,' zei ze vriendelijk en ze liep weer weg.

Ik voelde me klote.

Ik wilde slapen, maar een hevige druk op mijn achterhoofd maakte me misselijk. Ik sloot mijn ogen en dacht aan de afgelopen drie dagen. Nooit eerder had ik zo genoten van een trip en was ik tot rust gekomen als nu. Terwijl Mart heel

vroeg opstond om pas na middernacht weer naar het hotel terug te keren, verliet ik onze hotelkamer niet. Terwijl hij zijn
uren op straat stuksloeg, lag ik comfortabel in bed en genoot
van het filmkanaal en de roomservicehapjes. Ik bestelde het
duurste van het duurste zonder me zorgen te maken om de
rekening. Marts creditcard, die ik bij me droeg, kon het wel
hebben. Ik vroeg me af hoe hij zou reageren als hij de afreke-
ning in Nederland zou krijgen, en bestelde nog een bord bli-
ni's met gerookte zalm en zure room. Ik kreunde licht toen
ik weer aan de romige, gerookte smaak van de zalm dacht. Ik
kon erg van eten genieten. Via de intercom vertelde de gezag-
voerder dat we nog slechts een uur van Schiphol verwijderd
waren. Ik snakte naar mijn eigen bed, maar ik zag er tegenop
om weer aan het werk te moeten gaan. Met een schok realiseerde ik me dat Mart zou vertrekken, ik was het bijna vergeten. Direct voelde ik me weer leeg. Ik haatte dat gevoel.

Het was nacht in Amsterdam en het regende. Olivier stond
zijn beste vriend op te wachten, ik zag hem in zijn wollen
overjas achter de ramen staan. Zijn halfkale hoofd glom in
het licht van de tl-buizen. Oliviers vrouw Anne stond naast
hem. Mart zwaaide, pakte zijn koffer en zette die heel secuur
op het wagentje om niets te breken. Alsof zijn kledingstukken van glas waren, dacht ik bitter. Zonder op me te wachten
liep hij naar de uitgang. Mijn koffer schoof traag over de
band naar me toe. Ik trok hem met veel moeite op de grond
en besloot dat het te tijdrovend was om een wagentje te halen. Agressief sjorde ik aan het handvat van de loodzware
koffer, even bang dat de wieltjes het zouden begeven. Waarom had ik in vredesnaam zo veel kleren meegenomen?
   'Pardon mevrouw, mag ik even in uw koffer kijken?' Een
bebaarde douanier wees naar een hoekje waar op een ijzeren
lange tafel een valies van een alternatief uitziende man aan

een grondige inspectie werd onderworpen. Ik kon me voorstellen dat de langharige, onguur uitziende man de klos was, maar ik? Ik zag er onberispelijk uit in mijn zwarte pantalon, zwarte jas en witte bloes. Mijn kastanjebruin geverfde haar was gewassen en geurig, en daarom was ik verbijsterd.

'Maar waarom?'

'Routine-inspectie, mevrouw,' zei de douanier die mijn koffer op de tafel kwakte en me bot vroeg hem te openen.

'Maar waarom ik? Waarom hij niet, die man daar!' Ik wees naar Mart die de kleurloze Anne met haar piekerige peper-en-zout-haar innig omhelsde.

De douanier keek mijn kleding door, zijn grove handen gingen door bh's en slipjes. Ik kromp ineen en zweeg.

Ik was lamgeslagen. Mijn netjes opgevouwen T-shirts en jurkjes waren lukraak door elkaar geschoven. Emotieloos doorzocht hij mijn meest intieme bezittingen. Ik voelde me aangerand.

'Ik ga mijn beklag doen,' siste ik hem toe terwijl ik mijn koffer met moeite probeerde te sluiten.

'Prima mevrouw. Goedenacht.' Hij liep de ruimte weer in en wees een stelletje aan dat hem verstoord volgde, backpackers die met gemak kilo's drugs mee zouden kunnen nemen. Volkomen terecht, vond ik.

Ik moest echt moeite doen om mijn koffer te sluiten. Mijn föhn en strijkijzer staken te veel uit. Met kracht duwde ik alles naar beneden tot ik opgelucht een klik hoorde. In de ontvangsthal stonden Mart, zijn vriend en diens vrouw me ongeduldig op te wachten. De ergernis op hun gezichten had ik er met veel liefde af geslagen. Zwijgend staarden we elkaar aan. Hoewel ik Olivier en zijn vrouw al ruim tien jaar kende, leek het alsof we elkaar voor het eerst ontmoetten. Ik had hetzelfde gevoel toen Mart me aan hen voorstelde in zijn favoriete Chinese restaurant op de Zeedijk. Van pure zenuwen dronk ik toen te veel tot een brij aan zinnen ongecontroleerd over mijn lippen rolde. Olivier en Anne hadden zo nu en dan beleefd geknikt, terwijl ik mijn woordenstroom genadeloos over hen heen stortte. Mart had zijn hand op mijn been gelegd en er even in geknepen, naar ik dacht uit pure affectie en lust, maar toen na een halfuur het knijpen echt pijn ging doen, besefte ik dat ik hen aan het woord moest laten. De volgende dag werd ik in Marts smetteloze witte designbed wakker, met een knallende koppijn. De geur van koffie prikkelde mijn neus. Het was drie uur in de middag en Mart had croissants gekocht en sinaasappelen geperst. Liefdevol legde hij het dienblad op de standaard en schoof hem mijn kant op. Onder zijn arm hield hij de ochtendkrant gevangen. Naast roereieren had hij ook worstjes gebakken. Hij was heel lief en voorkomend, ook toen ik enkele seconden daarna zijn nieuwe, veel te dure witte satijnen dekbedovertrek onderkotste. Ik schaamde me dood.

En nu stonden we tien jaar later om drie uur 's nachts op Schiphol en staarden elkaar ongemakkelijk aan. Mart keek schichtig op zijn horloge.

'Ik ga meteen met Olivier mee,' zei hij.

Ik was verbaasd. Olivier zag mijn blik en deed een stap achteruit, alsof hij bang was dat ik hem aan zou vliegen en zijn gezicht met mijn gemanicuurde nagels zou bewerken. Een aantrekkelijk idee.

'En je spullen dan? Kom je die binnenkort ophalen?' probeerde ik zo neutraal mogelijk te vragen.

'Ehm, dat... eh... hebben wij al gedaan,' zei Anne met haar typische schoolmeisjesstem. 'Ehm, Mart heeft ons zijn sleutel gegeven en wij hebben zijn dingen ingepakt en meegenomen.'

Verbouwereerd draaide ik me om naar Mart. 'Wát? Heb jij ze gewoon in ons huis gelaten, zonder het mij eerst te vragen?'

Mart zweeg.

'Amelie,' zei Olivier met een misselijkmakende betuttelende ondertoon in zijn stem. 'We kennen elkaar goed. Wat maakt het nou uit?'

'Wát? Wat het uitmaakt?' Het kon me niet meer schelen dat ik schreeuwde. Het maakte me niks uit dat iedereen in de vertrekhal naar mij keek. Ik zag de schaamte op Marts gezicht. 'Hoe durfde je dit achter mijn rug om te bekokstoven? Hoe durf je?'

'Amelie,' zei Mart terwijl hij om zich heen keek en naar een bejaard stelletje knikte dat van een afstandje het schouwspel gretig bekeek. 'Rustig, rustig nou.'

Ik zat in een klein kamertje tegenover twee beveiligingsbeambten die hun hoofden schudden. Mart kwam met Olivier en Anna binnen. Hij hield een nat doekje tegen zijn oog gedrukt.

'Meneer, u begrijpt dat u aangifte kunt doen?' De mediterraan uitziende beambte keek zo serieus mogelijk naar mijn nieuwbakken ex. Ik zag dat hij en zijn partner hun lachen probeerden in te houden.

'Nee, nee. Eh, het is goed zo,' zei Mart en hij draaide het doekje om. Heel even was er een rode vlek zichtbaar.

'Mevrouw, we hebben het recht u vast te houden,' zei dezelfde beambte.

Ik knikte timide en keek beschaamd naar de tafel. Toen de beambte zich tot zijn collega wendde, staarde ik met samengeknepen ogen naar Mart.

'Nou Mart, misschien kun je beter toch aangifte doen. Dit kan toch niet? We leven in een beschaafd land en we zijn geen wilden die zomaar...'

'Anne, houd toch op,' zei Olivier vermoeid en hij klopte Mart op zijn rug. 'Kom, laten we gaan.'

Mart liep naar de deur en keek nog even om. 'Ik zit bij Olivier, zoals je weet. We moeten nog van alles regelen. Het appartement, en zo.' Hij wilde meer zeggen, maar draaide zich om en vertrok, gevolgd door Olivier en Anne.

Om vier uur in de ochtend stak ik de sleutel in het slot en de voordeur zwaaide soepel open. Het was donker, maar toen het licht eenmaal aan was leek de sfeer in huis troostelozer dan ooit en ik werd een beetje onpasselijk van de muffe geur, omdat de kamers al geruime tijd niet gelucht waren. Met mijn loodzware koffer achter me aan liep ik de hal binnen en zag in een oogopslag dat de vijf schilderijen die Mart en ik in Marrakech hadden gekocht, waren verdwenen. Ik was zo moe dat ik geen energie meer had om kwaad te zijn. Ik hield mijn adem in toen ik het licht van de huiskamer aanknipte. Het vertrek kwam ongerept over. Maar ik vertrouwde het niet. Plastic hoezen bedekten de huidkleurige driezitsbank en een gemaksstoel met bijpassende voetensteun. Mart leed aan smetvrees en vijf dagen niet stoffen was aanleiding om zijn bezittingen te beschermen tegen indringende bacteriën. Ik nam aan dat hij die afzichtelijke spullen binnenkort mee zou nemen. Ik was enigszins teleurgesteld dat Olivier en Anne dat niet al hadden gedaan. De tv stond er ook nog, maar de prijzige home cinemaset, die Mart van zijn werkgever had gekregen toen hij een aantal accounts had binnengehaald, was weg. Ik haalde er mijn schouders over op. De cd-speler stond er nog, gelukkig waren wel al zijn cd's verdwenen. Toen pas viel het me op dat het peperdure Afghaanse kleed ook niet meer onder de bank en tafel lag. Hoe was het mogelijk, vroeg ik me af. Dat ding was drie bij vier meter, hadden ze een verhuisbedrijf ingeschakeld? Maar dat was niet het enige. De manshoge designlampen van een overbetaalde ontwerper waren ook verdwenen, net als de twee dure beeldjes die zijn moeder ons had gegeven toen we zeven jaar bij elkaar waren. Ze had ze op een veiling van Sotheby's in Londen op de kop getikt. Ik baalde. Hoewel ik een bloedhekel had aan mijn ex-schoonmoeder, waren die beeldjes heel verfijnd en smaakvol. Ze waren de creatie van een kunstenaar die zijn tijd honderd jaar geleden ver vooruit was. Hoewel ik van huis uit weinig culturele bagage heb meegekregen, houd ik ervan om kunstvoorwerpen in huis te hebben. Ze deden het goed tijdens etentjes met Marts collega's en vrienden. Hun ontzetting dat die peperdure dingen in ons huis stonden, gaf me een goed gevoel. Hun jaloezie voedde ik verder door ze te wijzen op het kleedje van meer dan zevenduizend euro dat zijn vader ons had geschonken. Marts ouders waren al meer dan dertig jaar gescheiden, maar toch wedijverden ze in de duurste en meest toonaangevende geschenken aan hun enige kind. Het schuldgevoel van Marts ouders had ons geen windeieren gelegd.

Maar de echte schok kwam toen ik mijn slaapkamer binnenliep. Het licht was nog aan, de kastdeuren stonden wijd open, net als de laden. Ik zag de kreukels op het bed, alsof er meerdere mensen op hadden gezeten, gelegen. Ik kreeg een waas voor mijn ogen toen ik zag dat Marts gedeelte van de kast geheel leeg was en dat er duidelijk tussen mijn kleren was gerommeld. Ze hingen slordig aan hun hangers, mijn lingerie was doorwoeld, niets was meer goed gevouwen en symmetrisch zoals ik het had achtergelaten. Mijn schoenen stonden door elkaar. Geel bij blauw, zwart bij bruin, sneakers bij pumps. En helemaal achter in de kast lag de verfrommelde jurk van mijn zus, die ik altijd bij me droeg en die veel voor me betekende. Ik bukte me en pakte het wijde crème-kleurige kledingstuk. Er zat een zwarte veeg op, alsof iemand er met zijn schoenen op had gestaan. Mijn ogen brandden. Heel voorzichtig legde ik het jurkje op mijn bed en liep naar de badkamer om mijn ogen met water te spoelen. Ze bleven branden, misschien een beginnende infectie. Bevend trok ik mijn kleren uit, draaide de douchekraan open en ging in de straal staan. Het water was veel te heet, maar ik boende met een ruwe washand al het vuil van de afgelopen uren weg. Ik spoot shampoo in mijn haren en waste ze hardhandig. Toen pas stapte ik uit de douche en wreef mijn huid droog. Ik trilde niet meer en mijn ogen waren tot rust gekomen. Naakt liep ik naar de balkondeur en gooide die wijd open. Het regende hard, en in de ijzingwekkende kou stond ik op het balkon. Mijn tepels richtten zich op. De wind sloeg tegen mijn gezicht en benam me de adem. Ik lachte, eerst zacht, toen steeds harder. Ik lachte om deze belachelijke dag en ik lachte omdat ik zo stom was om naakt buiten te gaan staan en ik moest nog harder lachen omdat mijn vagina heet werd. Net als mijn tepels, was mijn clitoris hard. En daar in de wind, met de regen die mijn lijf genadeloos als zweepslagen striemde, streelde ik mezelf. Eerst zacht en toen heel ruw en snel, tot tintelingen me als een warme golf overspoelden en ik, met de balkondeuren nog wijd open uitgeput terugliep, op bed viel en in een droomloze slaap wegzakte.

# 4

De wereld draait ongezien en ongemerkt door en mensen doen wat ze moeten doen op de automatische piloot, terwijl ze toeleven naar de vrije momenten waarop de stressmolecu- len hun lichamen kunnen verlaten. Ik zat, amper terug van mijn korte reis, weer achter de computer in een steriele ruimte met een enkele poster van een flamencodanseres op de deur geplakt. Ik beantwoordde mijn mails, keek de rap- porten na en zat wezenloos bij de wekelijkse vergadering met tien collega's die duidelijk met elkaar wedijverden. Niemand vroeg naar New York, het leek alsof niemand in de gaten had dat ik een weekje weg was geweest. Ik berustte erin, gleed on- opvallend op mijn stoel en drukte de computer aan. Zo nu en dan liep ik naar de koffieautomaat in de hal, dronk flauwe cappuccino en belde wat opdrachtgevers. De uren trokken loom aan me voorbij. Hoewel het nog maanden duurde voor- dat ik weer op vakantie kon gaan, zocht ik op internet naar exotische reisbestemmingen. Ik hunkerde naar zon, zee en rust en de vrolijke reisbeschrijvingen gaven me al een beetje een gevoel van vrijheid.

Esther legde met een gemaakte glimlach een verslag op mijn bureau en verliet heupwiegend op haar duizelingwek- kend hoge stilettohakken de ruimte, om weer plaats te ne- men op haar troon. Weerzin trok vanuit mijn tenen omhoog en nam bezit van mijn lichaam. Mijn schouders trokken zich pijnlijk samen. Telefoons rinkelden onophoudelijk, de vele stemmen versmolten tot een nietszeggend geroezemoes. Ik zuchtte en googelde mijn naam, mijn zusjes naam en die van iedereen uit mijn omgeving. Maar het leverde niets op. Daarna probeerde ik allerlei woordcombinaties om mijn verveling te verdrijven. Ik probeerde zelfs gehate leraren te traceren die me altijd hadden verteld dat er niets van mij terecht zou komen. Ik voelde de behoefte me te bewijzen. Ik fantaseerde dat ik ergens een hoge positie zou bekleden en dan in mijn dure auto met chauffeur langs de school zou rijden om iedereen daar met een glimlach duidelijk te maken dat ze nooit moeten spotten met onzekere kinderzieltjes. Maar helaas, de leraren hadden gelijk gekregen. Dit kantoor, verscholen achter het prestigieuze Amstel Hotel, was niet bepaald een statusverhogende omgeving. En de Smart waarin ik reed was tweedehands, via internet op de kop getikt bij een Hindoestaan die het voor de verjaardag van zijn vrouw had gekocht, maar zijn vrouw was zo geschokt dat hij met zo'n klein karretje thuiskwam, dat ze hem bijna wilde verlaten, vertelde hij toen hij me de sleutel en alle papieren overhandigde. Nu had ze een Duits statusblik en ik kreeg voor weinig geld de Smart. Hij reed goed, maar op de snelweg verborg ik me angstig achter andere auto's als er een vrachtwagen voorbij kwam; het zou niet de eerste keer zijn dat ik door de kracht van zo'n monster bijna over de vangrail werd geblazen. Niettemin was ik gesteld op mijn zwart-met-witte wagentje, hoewel ik langzaamaan failliet begon te raken van de buitensporig hoge parkeerkosten, die mijn werkgever niet wilde vergoeden, hoe vaak ik hem er ook om vroeg. 'Had dan een commerciële functie binnen de IT gezocht,' zij hij vlijmend terwijl hij met zijn beringde vingers door zijn rossige baard streek en zijn tong steeds uit zijn mond liet schieten alsof hij zich ter plekke op me wilde storten. Dat was genoeg om mij snel naar mijn werkplek te doen terugkeren, het was het me niet waard. In tegenstelling tot Esther, want had zij niet te snel die hoge functie gekregen?

Om de vijf minuten keek ik op mijn horloge, las weer een e-mail, verstuurde korte berichtjes, bekeek het verslag over het te organiseren congres, haalde weer een bekertje cappuccino, keek uit het raam en zag hoe donker de wolken werden. Met een schok realiseerde ik me dat ik nog geen moment aan Mart had gedacht. Een triomfantelijk gevoel welde in me op en meteen leek de dag zonniger dan hij was. Het voelde als een bevrijding, alsof de reis een zware last van mijn schouders had gehaald. Een paar collega's gingen naar buiten om een broodje te halen, maar ik bleef binnen en pakte mijn plastic zakje met de vanochtend gesmeerde boterhammen met kaas en plakjes tomaat. Ik at en las nieuwsberichten, luisterde mijn voicemail af – geen enkel bericht – en belde mijn vriendin die tot mijn frustratie maar niet opnam. De kantoortuin was nagenoeg leeg en op de achtergrond stond de radio aan met top 40-muziek. Ik liep naar het grote raam en keek naar de statige gebouwen tegenover me, naar de fietsen die slordig overal waren neergekwakt en ik zag een bejaarde vrouw in een lange bruine jas, die een bijna onzichtbaar klein hondje uitliet. Twee scholieren fietsten voorbij, een auto probeerde in te parkeren, wat moeilijk ging omdat de straat heel smal was en de chauffeur, overduidelijk een angstige vrouw, als de dood om de auto's voor en achter haar te raken en zich verzekeringsellende op de hals te halen. Eigenlijk kon ik iedereen een Smart aanraden. In het toilet keek ik in de spiegel. Mijn haren waren strak naar achteren gekamd, mijn witte bloes was smetteloos, mijn make-up onaangetast. Een en al degelijkheid en efficiency. Tevreden ging ik op de pot zitten en las wat in een tijdschrift terwijl ik plaste.

Ik had nog een kwartiertje voordat het gespuis weer achter

hun bureaus zou schuiven. Ik liep naar het kantoor van de baas en zag de wanorde op zijn vergadertafel en de kristallen schaal, een cadeautje van zijn vrouw, vol M&M's. Esther vulde die dagelijks bij, dat loeder. Ik liep naar mijn bureau, pakte mijn tas, ging terug naar de kamer van de baas en gooide de inhoud van de schaal in een speciaal vakje dat ik speciaal hiervoor met zakdoekjes had gevoerd. Nog tien minuten. Ik bladerde door zijn agenda en zag de namen van zijn twee zonen en zijn vrouw op vandaag staan. Op dinsdag en woensdag had hij de naam van een andere vrouw op zeven uur gekrabbeld. De klootzak, dacht ik venijnig en daarna liep ik naar Esthers kamer. Er lag geen enkel los papiertje op tafel. Ik probeerde de kastdeuren, maar die waren hermetisch afgesloten, wat mijn fantasie alleen maar prikkelde. In het gele tapijt stonden ronde ingedrukte plekjes. Stiletto-hak-geweld. Ik hield een scheldwoord binnen en rende op mijn degelijke platte hakken terug naar mijn bureau. In de verte klonken voetstappen, gegiechel en een deur die openzwaaide. De twee mannen en drie vrouwen die ik al langer dan vijf jaar kende, knikten me plichtsgetrouw toe en ploften zwijgend op hun stoelen. De baas kwam binnen, zag me druk typen en legde zijn vadsige hand goedkeurend op mijn schouder. Ik moest me inhouden om die hand niet weg te slaan. Gelukkig liep hij meteen door.

De rest van de dag gebeurde er weinig noemenswaardigs. Ik deed alsof ik het heel druk had, bladerde warrig door allerlei dossiers, tikte agressief op het toetsenbord en zuchtte luid. Mijn collega's reageerden erop door ook hard mee te tikken, vooral als de baas het vertrek binnenliep. In zijn excentriek geruite overhemd met een gestippeld vlinderdasje liep hij met op zijn rug gevouwen handen langs en wierp een blik op onze opengeslagen mappen. Zijn piepende ademhaling ging door merg en been, de achtergrondmuziek stond te zacht, helaas. Even waren alle telefoons stil, het leek alsof we aan een militaire inspectie werden onderworpen. Zijn gewichtigdoenerij was weerzinwekkend en ik kon me niet voorstellen dat ik de enige was die die mening was toegedaan. Vijf uur. Bijna op hetzelfde moment gingen alle computers uit. Normaal zou ik minimaal een uurtje langer blijven, maar dit keer had ik er de fut niet voor. Ik wilde weg. Ik wilde ademhalen. Ik wilde overal zijn behalve hier. Toen zag ik Esther met een glimlach de kamer van de baas binnengaan. Ze sloot de deur zacht, bijna teder, achter zich. Een groep collega's ging wat drinken in een cafeetje verderop. Mij vroegen ze niet mee, daar waren ze al vier jaar geleden mee gestopt. Ik was een einzelgänger. Een vreemde eend in de bijt die ze nu ook liever niet meer mee wilden. Ze zouden niet weten hoe ze met me om moesten gaan, en omgekeerd wist ik het ook niet.

In het Vondelpark liep ik achter twee moeders met kinderwagens en donkere kringen onder hun ogen. Ik keek naar de vallende bladeren en de rimpelige vijver. Hoewel het fris was, ging ik op een terrasje zitten. Daar werd niet bediend, maar ik had geen zin om weer binnen te zitten. Ik voelde de wind verkoelend langs mijn gezicht gaan en streek de tekenen van vermoeidheid weg. Een mooie donkere man jogde voorbij. Hij droeg een blauw trainingspak en had oordopjes in, waaruit heel zacht vlagen muziek kwamen. Ik keek naar zijn scherpe kaaklijn, zijn geprononceerde neus en volle lippen, zijn zwarte golvende haren. Ik bleef naar hem kijken tot hij in de verte was verdwenen. Een mooie, onbereikbare man, vooral voor een onopvallende vrouw als ik. De eerste druppels vielen bijna aarzelend op me neer. Ik maakte me niet druk om mijn haren, die binnen de kortste keren zouden kroezen, en liep kalm door de regen naar een grand café aan het Leidseplein. Achter een kop warme chocolademelk met veel slagroom verloor ik mezelf in mijn gedachten. Een serveerster vroeg meerdere malen of ik nog iets wilde drinken, maar ik schudde mijn hoofd. Haar collega schoof een bezem door de van gasten verstoken ruimte, terwijl een ober een tafeltje naast me opzichtig schoonveegde. Wat laat realiseerde ik me dat ze me wezen op de dreigende sluitingstijd. Ik betaalde, gaf vijftig cent fooi en liep het troosteloze en beregende plein op. Op een bankje zaten twee Engelse toeristen te blowen, terwijl de derde op onhoorbare muziek danste. Ik boog mijn hoofd alsof ik me daarmee onaanraakbaar kon maken voor het water dat genadeloos uit de hemel stortte. Maar ik voelde de kilte in mijn nek, tegen mijn benen en op mijn hoofd. Ik had het koud, heel erg koud en snakte naar een warm bad om tegenwicht te bieden tegen de ongastvrijheid van het weer. Een tram stopte vlak voor me. Ik schoot snel naar binnen en bedacht toen pas dat ik 's ochtends met de Smart naar mijn werk was gegaan. Maar ik was te moe om weer een paar kilometer te lopen in het donker, met troosteloze figuren die verborgen in hun kragen of onder hun paraplu's en hoeden niets zagen dan de stenen van het wegdek. Moe en rusteloos wilde ik niets anders dan naar huis gaan. De tram stopte op de Keizersgracht. Een gesluierde jonge vrouw liep door het gangpad. Haar helderbruine blik kruiste de mijne. De schok die door me heen ging, voelde ik tot diep in mijn hart. Mijn maag trok zich samen en felle steken doorkruisten mijn borst alsof mijn adem de weg kwijt was. Ik zag dat ook zij was geschrokken. Ze maakte haar blik los van de mijne en ging vijf meter verderop zitten. Ik keek naar de achterkant van haar zwarte chador, en het leek alsof ze een wildvreemde was. Alsof twee vrouwen toevallig op een willekeurige doordeweekse avond een lege tram deelden, maar in het zwijgen van onze stemmen en het luidruchtige gepiep van het voertuig dat ons dichter bij huis moest brengen, ging een geschiedenis van tientallen pijnlijke jaren schuil.

Het was nacht toen ik de deur van de slaapkamer achter me dichttrok. De wijzers van de zilverkleurige Ikea-klok stonden op halftwee. Ik kon niet slapen. Ik was uitgeput, maar mijn ogen boorden zich in het duister. In de spiegel keken ze me bloeddoorlopen aan, alsof ik aan een stuk door gehuild had. Maar het was slechts de vermoeidheid. Ik moest aan zo veel dingen denken, maar juist daarom bleven mijn gedachten leeg. Omdat ik de volgende dag weer vroeg op mijn werk moest verschijnen, wilde ik slapen, maar mijn lichaam weigerde me naar mijn bed te brengen. Ik zakte op de grond, leunde tegen de muur en voelde niets. Uit mijn jaszak, want zelfs mijn kleren had ik nog aan, haalde ik mijn gsm tevoorschijn. Ik drukte op de toetsen. Een lange pieptoon, met nu en dan stiltes; een voicemail. Waar had je vrienden voor als ze er nooit waren? Ik gooide mijn telefoon op de grond en kroop op handen en voeten naar mijn bed. Mijn benen deden zeer en ik moest heel nodig naar het toilet, maar ik wist dat het geen zin had omdat mijn darmen niet zouden meewerken. Dus negeerde ik de druk, trok mijn pumps met de lage, brede hakken uit en masseerde mijn pijnlijke voeten. Heel traag trok ik me omhoog op het bed. Geheel gekleed keek ik naar de lichtkringen op het onlangs gewitte plafond en wachtte totdat de slaap me zou overmannen.

De wekker ging om zeven uur. Ik luisterde naar de schelle tonen terwijl mijn ogen nog steeds gefixeerd naar boven keken. Het licht brandde nog en ik was doodmoe van een nacht gedachteloos waken.

Het ritueel van de ochtend. Douchen, tandenpoetsen, aankleden, ontbijten. Ik at en proefde de monotonie van een bruine boterham zonder boter of beleg. Ik spoelde hem weg met koffie van gisteren die nog in het apparaat zat. De bittere nasmaak bleef in mijn mond hangen en deed me kokhalzen. Uit de kast pakte ik een reep witte chocola om mijn misselijkheid te onderdrukken. Ik at hem helemaal op.

Een kwartier lang zocht ik op de parkeerplaats naar mijn auto en net toen ik had besloten een nieuwe te kopen, herinnerde ik me dat mijn wagen nog ergens bij het Leidseplein stond. Samen met alle andere ochtendforenzen stapte ik de bomvolle tram in. Twintig minuten tegen mensen aan vallen, onbekende lichaamsdelen tegen mijn vermoeide lijf en het besef van de totale nutteloosheid van mijn bestaan. Gelukkig vertelden de blikken van mijn medereizigers hetzelfde over hen.

Hoewel het niet regende drong de kou ruw mijn botten binnen. Mijn hoofd voelde alsof het was opgevuld met een prop watten en ik kon me maar met moeite voortbewegen. Ik was opgelucht dat ik met het openbaar vervoer was, maar miste ook de anonimiteit van een afgeschermde, tijdelijke wereld. Ik stapte uit op het Weesperplein. Een jonge fietser met lange blonde haren reed me bijna omver toen ik de straat overstak. Verdwaasd keken we elkaar aan. Hij ging linksaf, ik liep het kantoorgebouw binnen. Het was halfnegen. Als altijd was ik de eerste. Nergens brandde licht. Ik hing mijn jas op en ging achter mijn bureau zitten. Plichtsgetrouw zette ik mijn computer aan en sloeg het dossier open waar ik vandaag aan moest werken. Een hele lijst mensen moest vandaag teruggebeld worden. Ik keek de vele e-mails na. Allemaal verzoeken, allemaal vragen. Zonder na te denken beantwoordde ik de berichten en belde mensen terug die mij gisteravond om zes uur probeerden te bereiken, zoals op mijn display stond. Na een halfuur besefte ik dat ik nog geen koffie had gehad. Ik liep naar de automaat, drukte op cappuccino en ging met mijn plastic bekertje terug. Zo nu en dan nam ik een handje M&M's uit mijn tas. De pinda's gaven me energie. Toen ik mijn koffie had opgedronken, schreef ik een werkplan met aanbevelingen voor het congres dat over enkele maanden zou plaatsvinden: de geijkte sprekers, de bekende dagvoorzitter die het al zo vaak had gedaan. Ik schreef alles op de automatische piloot. Ik hoefde er mijn ogen niet eens meer voor open te houden.

Negen uur. Een deur viel zwaar in het slot. Voetstappen in de gang, ik herkende de trage tred van de baas. Zonder me om te draaien voelde ik zijn aanwezigheid. Ik wist dat hij naar me keek. Het licht ging aan.

'Goedemorgen Amelie. Ben je vergeten het licht aan te doen? Wel een beetje donker hier, nietwaar?'

Ik besloot zijn groet niet te beantwoorden.

Hij zuchtte. Ik hoorde hem naar de kapstok lopen. Het geluid van verschuivende hangertjes, een tas die hard op de grond werd gegooid, van een liedje waarvan ik de herkomst niet kende, maar waar elke wezenlijke melodie aan ontbrak. Ik tikte en tikte en mijn hoofd werd steeds zwaarder en zwaarder en mijn oogleden zakten. Eindelijk kwam de slaap.

Iets viel met een plof neer. Ik schrok wakker. Iedereen stond rond mijn bureau. Ze lachten luid.

'Heb je hier vannacht geslapen?' Het was Iwan, de bijdehante benjamin en latente homoseksueel van het kantoor. Zijn spitse neus en de haren die piekerig met heel veel gel omhoog werden gehouden, gaven hem het uiterlijk van een verlopen student.

Ik negeerde zijn spottende opmerking. Misschien geloofde hij echt dat ik vannacht op kantoor had geslapen. Had ik immers niet hetzelfde aan als gisteren?

'Je ziet er moe uit. Gaat het wel?' Esther zat sensueel op mijn bureau. Een groot deel van haar dijbeen was zichtbaar en ik zag het rood van haar slipje. Haar vervaarlijk ogende pump bungelde aan haar tenen. Ze had zich weer mooi opgemaakt. Onberispelijk, glad en vriendelijk, een ideale collega die sympathie en bezorgdheid veinsde en oprechtheid leek uit te stralen. Ik deed moeite om mijn weerzin te verbergen en zei niks.

'Ben je ziek?' vroeg Edith. De roodharige veertiger stond opdringerig over me heen gebogen. Ze legde nog net niet haar hand op mijn voorhoofd, en dat was heel verstandig van haar.

Ik dacht na. De blikken van de collega's die met geveinsde interesse bij me stonden, vertoonden een mengeling van spot, medelijden en bezorgdheid. Ik was al geruime tijd niet meer ziek geweest. Het idee klonk aantrekkelijk. Ik slaakte een diepe zucht en bracht een hand naar mijn voorhoofd. Toen niesde ik. Iedereen schoot bij me vandaan. Esther tuimelde nog net niet van mijn bureau. Ze veegde het niet aanwezige speeksel van haar mantelpakje, haar gezicht vertrokken in een masker van afgrijzen.

Als op afspraak rinkelden alle telefoons, behalve de mijne. Mijn lichaam weigerde nog iets te doen, vooral toen de baas binnenkwam en zijn hand liefdevol op Esthers rug liet rusten. Met een glimlach keek ze adorerend naar hem op. Maar voor het eerst zag ik in haar blauwe ogen iets wat me niet eerder was opgevallen: ze stonden kil, berekenend bijna.

Ze liepen samen weg, maar toen draaide de baas zich om en keek ons een voor een aan.

'De laatste tijd ben ik in rap tempo mijn chocolaatjes kwijt. Ik vind het niet erg dat jullie er zo nu en dan wat nemen, maar wees dan wel zo fatsoenlijk er ook wat voor mij over te laten.' Hij knipoogde, waarna we ons weer richtten op computers, telefoons of dossiers.

Ik hoorde Esthers gelach en haar scherpe stemgeluid, gevolgd door dat van de baas, die haar luidruchtig complimenteerde met het succesvol afgesloten project met de gemeente. Toen stond ik op en liep naar ze toe.

'Ik ben ziek,' zei ik bits. 'Ik ga naar de dokter en dan naar huis.'

De baas keek me verward aan. 'Jij? Ziek?'

'Ja, ziek,' mompelde ik en ik kuchte.

Ook Esther staarde me aan. 'Maar, we moeten nog praten over...'

'Kan niet, ik ben ziek.'

Met grote stappen liep ik naar de kapstok en ik trok mijn jas aan. Daarna ging ik terug naar mijn bureau en deed de computer uit. Ze keken me allemaal niet-begrijpend aan, alsof de signalen te traag naar hun hersenen werden overgebracht.

'Waar ga je naartoe? Ik wist niet dat je een afspraak had met een opdrachtgever,' zei de Antilliaanse Janice. Met haar stijlgemaakte haar en haar feilloze Gooise uitspraak, een erfenis van haar hoogopgeleide en buitensporig rijke ouders, was ze blanker dan de witste autochtoon. Haar mocht ik ook niet en ik wist dat het wederzijds was. 'Ik ben ziek,' zei ik bijna blij en ik glimlachte. 'Ik weet niet wanneer ik terug ben. Misschien ben ik zelfs wel overspannen.'

De telefoons rinkelden, maar niemand maakte enige aanstalten om ze tot zwijgen te brengen. Drie jaar lang had ik me geen dag ziek gemeld, en vandaag zou ik nemen waar ik recht op had, besloot ik. Mijn gedachten flitsten naar Esther, die beloond werd voor mijn werk. Ik heb ook mijn trots. Met een klap gooide ik de deur achter me dicht en ik vroeg me af of ze het woord 'klootzakken' nog hadden gehoord.

# 5

Als er een paradijs bestond, dan was het een eindeloos groot, zacht bed, met een kast van een televisietoestel en voedsel dat vanzelf je mond in liep zonder dat je lichaam uitdijde. Twee dagen lang lag ik niets te doen. Ik kwam het huis ook niet uit. Met een klik van mijn muis bestelde ik de spullen die ik nodig had, van melk en gebakjes tot toiletpapier. Vandaag belde de baas continu. Ik zag het nummer van het kantoor op het display van mijn telefoon en nam niet op. Daarna belden ze via een afgeschermd nummer. Alsof ik zo dom was! Ik sliep veel, keek tv, at grenzeloos chocola en dronk dikmakende cola als water. Ik besloot eindelijk datgene te doen waar ik het meest naar snakte, en dat was uitrusten en weer voelen dat ik een mens was. Jarenlang had ik maar doorgeraasd, omdat ik een droom najaagde, een droom die klaarblijkelijk niet voor mij bestemd was. Ik deed dat omdat ik dacht dat ik het wilde, maar nu ik meer tijd besteedde aan denken, wist ik dat het bevestiging was waar ik zo naar snakte, naar hunkerde, maar die ik niet kreeg. Ik wist dat het nog enkele dagen zou duren voordat ik opgeroepen zou worden voor de bedrijfsarts, dus belde ik mijn dokter en zei dat ik me zo slapjes voelde en echt medicijnen nodig had. Hij wilde me toch zien. Met tegenzin zette ik me in beweging. Energie om te douchen had ik niet en met mijn haren in een ongekamde wrong, reed ik naar hem toe. De wachtkamer was overvol. Ik studeerde mijn verhaal in. Ik zou zeggen dat ik griep had en niet kon slapen en dat het nog lang zou duren voor ik weer kon werken. Ik moest er niet aan denken om weer bij die mensen op kantoor te zitten. Wat had ik eraan? Ik verdiende goed, maar ik was erachter gekomen dat een mens ook waardering nodig had en die gaven ze me niet. Ik was Amelie en geen vanzelfsprekendheid. Een mens is als een plant. Voedsel is evident, maar zonlicht misschien nog wel belangrijker. Dat zou ik tegen de dokter zeggen.

Mijn oude Arubaanse arts keek me meelevend aan toen ik hem snikkend vertelde dat mijn weerstand door de stress was gezakt. Ik plukte zijn doos met tissues leeg en snotterde en huilde. Eén brok drama. Ik was trots op mezelf. De arts pakte zijn receptenboekje.

'Je krijgt paracetamol met codeïne. Niet te veel van innemen anders ben je continu high.' Hij grinnikte en knipoogde naar me. 'Grapje. Codeïne onderdrukt de hoestprikkel. Want je hoest toch?'

Ik dacht na. Door de stortvloed aan ellende was ik vergeten wat ik allemaal had verteld. Ik knikte maar.

'En je kunt niet slapen?'

Had ik dat ook verteld? dacht ik verward. Ik was alles weer vergeten, terwijl ik er nog maar een kwartiertje had gezeten.

'Temazepam, 10 mg. Maar je krijgt maar tien pillen, anders treedt er gewenning op. Het is wel de bedoeling dat je uit jezelf in slaap valt. Als je er te veel van inneemt, zul je verslaafd raken en dat willen we niet, hè?'

Hij krabbelde een brij aan onleesbare tekens op het papier, waarna hij zijn bril weer op zijn neus schikte. 'Verder nog iets?'

Ik dacht koortsachtig na. Mijn vader zei altijd: 'Neem een allochtone huisarts, die geven medicijnen. Nederlandse artsen schrijven alleen warme melk voor.' Toen wist ik het ineens. 'Een psycholoog.'

De arts knikte. 'Ja, goed idee. Want dan kun je je langer ziek melden. Dat raad ik ook mijn andere patiënten aan als zij tijd nodig hebben om te herstellen. Voor een griepje krijg je maar maximaal een week of anderhalf. Hier, dit is een goede. Zij is een vriendin van mijn vrouw. Een erg leuk mens en je kunt goed met haar praten. Mijn dochter zat er onlangs ook helemaal doorheen. Je weet wel, twintigers die van alles moeten. Een hoge opleiding, vriendje, een bijbaan, sport, sociaal leven. Als ik haar agenda alleen maar zag, raakte ik al overspannen. Maar die psycholoog heeft haar doen inzien dat rust voor meer ervaringen zorgt dan door je leven heen razen.'

Ik vond mijn arts lief en glimlachte naar hem. Zijn kabbelende stemgeluid werkte rustgevend. Het liefst zou ik nog uren bij hem zitten. Ik huilde niet meer, maar voelde mijn ogen prikken. Toch voelde ik me op een vreemde manier beter. Verlicht verliet ik zijn praktijk, haalde de medicijnen op en maakte thuis een afspraak met de psychologe. Ik zorgde ervoor dat die pas over twee weken zou plaatsvinden.

Ik rommelde in een oude kast waar plastic tassen vol met ongelezen boeken op me wachtten, toen de bel ging. Ik schrok op. Snel gooide ik een badjas over me heen, keek in de hal naar mijn spiegelbeeld en schoof de losse haren achter mijn oren. De dagen van rust hadden me goed gedaan. De vaalheid was uit mijn huid verdwenen en mijn ogen keken niet meer gehaast.

Er ging een steek door me heen toen ik Mart voor de deur zag staan. Hij hield een sleutel in zijn hand en keek me verrast aan.

'Ik wist niet dat je thuis was. Moet je niet werken?'

Zwijgend keek ik hem aan.

'Ik dacht, laat ik maar eerst aanbellen en daarna pas de

sleutel gebruiken.' Hij hakkelde ongemakkelijk terwijl hij om zich heen keek, alsof hij hulp van de buren verwachtte.

'Wat wil je?' Mijn stem klonk opzettelijk kil.

'Er zijn nog wat dingen die ik op wilde halen.'

'Zonder me te bellen? Weet je wat die kutvrienden van jou hebben geflikt?'

'Amelie,' smeekte hij, 'moet dit nou?'

Ik knarste met mijn tanden en kneep mijn ogen samen tot smalle streepjes. Hij deed een stap achteruit.

'Waar zijn de schilderijen die wij samen in Marrakech hebben gekocht?'

'Die ík heb gekocht,' corrigeerde hij mij.

'Wij,' kaatste ik terug. 'Ze hebben mijn hele kast doorzocht. Ik ben mijn lievelingsjurken kwijt en ook wat sieraden,' loog ik.

Hij schudde zijn hoofd alsof hij het niet kon geloven, maar ik kon heel overtuigend liegen. De aarzeling sloop in zijn houding en hij deed een stap achteruit. Het liefst zou hij wegvluchten, maar hij besefte ook dat hij me nu moest trotseren.

Even verderop ging een deur open. Een jonge moeder kwam met haar twee kinderen naar buiten. Ze zwaaide kort naar ons en liep naar de lift, maar draaide zich toen nieuwsgierig naar ons om. Ik gebaarde Mart dat hij binnen moest komen, ik wilde geen gedoe. Met tegenzin liep hij de woning in waar we jaren samen hadden gewoond. Eigenlijk was het zijn appartement, en was ik bij hem in getrokken. Het was zijn huis. En toen Mart daar in de huiskamer stond en ik de afschuw op zijn gezicht zag omdat er overal kranten en kledingstukken rondslingerden, besefte ik dat ik hier niet meer kon wonen. Het deed me verdriet, maar ik berustte ik erin.

Mart bleef staan en liet zijn blik ronddwalen. Ik probeerde te zien wat hij zag. Stof van een week, een beschimmeld plakje kaas naast de bank en een slipje onder de eettafel. Ik vroeg me af hoe ik dat daar had gekregen, het viel me nu pas op.

'Ik wil nog wat dingen meenemen. Een mapje met wat belangrijke documenten.' Mart slikte. 'En de banken mag je gewoon houden.'

'Alsjeblieft zeg!' Ik spuwde de woorden bijna uit.

'En het appartement.' Hij wachtte even om zijn woorden zorgvuldiger te kiezen. 'Ik wil een huis kopen en de hypotheek op dit appartement staat op mijn naam.'

Ik hief mijn hand op. Hij zweeg meteen.

'Ik wil dat je een ander huis voor me regelt. Jij hebt een groot makelaarskantoor als klant. Ik ga er pas uit als ik een goede woning heb voor een realistisch maandelijks bedrag.'

Mart knikte. 'Daar heb ik al over nagedacht. Ik heb een brief voor je geschreven.' Uit zijn binnenzak haalde hij een envelop tevoorschijn.

'Je bent hier toch,' sneerde ik. 'Ik heb geen zin om jouw kriebelletters te moeten ontcijferen.'

Gekwetst keek hij me aan en stopte de envelop terug.

'Er is een prachtig appartement op de tiende verdieping van een nieuw complex in Amsterdam-West.' Hij kuchte weer. 'Het is in West, maar vlak bij het Vondelpark en eh... dat is jouw favoriete plek, toch?'

Aan zijn verkrampte manier van handelen zag ik dat hij een tirade verwachtte. Onrustig wiebelde hij heen en weer, zijn manier om overdadige spanning weg te werken. Ik vouwde mijn handen in elkaar. Een van de redenen waarom ik bij hem introk toen ik hem pas kende, was dat hij in een van de duurste en chicste wijken van Amsterdam woonde met artsen, advocaten en entrepreneurs als buren. Maar ik had geen energie om mijn afkeuring te laten blijken. Het Vondelpark klonk goed en West nam ik op de koop toe. Ik kon me nooit een appartement in deze buurt veroorloven en wij waren niet getrouwd, dus geen rechter zou mij een alimentatie toekennen. Ik knikte en gebaarde dat hij zijn spullen moest pakken.

'Ik betaal de verhuiskosten,' zei hij. Zijn stem klonk hees.

Uit het antieke kabinet tegenover de eettafel pakte hij zijn mapje met papieren en toen liep hij naar de voordeur. Ik volgde hem zwijgend.

'Ik neem nog contact met je op.'

Ik hoorde iets zachts in zijn stem. Zou het van opluchting zijn? Ik ging naar de keuken, pakte een glas water en liep terug naar de slaapkamer. Ik nam twee slaappillen in en spoelde ze weg. Ik gleed onder de dekens en sloot mijn ogen. Geleidelijk aan voelde ik de rust door mijn lichaam trekken.

Het was midden in de nacht. De digitale cijfers op mijn klok gaven 04:30 aan. Mijn ogen voelden zwaar, plakkerig en branderig. Mijn hoofd bonkte alsof ik keihard achterover tegen een betonnen vloer was gevallen. Ik voelde me totaal gedesoriënteerd. Verward kwam ik overeind en keek door het raam; de gordijnen waren nog wijd open. De wassen sikkel van de maan hing prominent in de verte, onaantastbaar, en koninklijk omgeven door duizenden gouden stippen. De wereld sliep, terwijl mijn lichaam en geest geleidelijk ontwaakten. Ik probeerde me te herinneren wat voor dag het was, wat ik voor het laatst gedaan had. Een lichte paniek vlamde vanuit het binnenste van mijn wezen op. Ik wist het niet meer. Uit mijn hersenen was elke opgedane prikkel weggeveegd. Ik draaide me op mijn linkerzij en toen weer op mijn rechter. Ik schopte het benauwende dekbed van me af en de overweldigende warmte die ik eerst voelde, maakte plaats voor een kille kou die als een ijsspegel door me heen trok en me deed rillen. Ik trok het dekbed weer over me heen, maar dat was klam, vies en doordrenkt van oud zweet, de resten van een paar uur intens slapen. Ik voelde me geradbraakt, misselijk en moe, zo moe, maar het lukte me niet om weer in slaap te vallen. Zelfs mijn ogen sluiten was pijnlijk. Mijn lichaam was beurs en ik voelde felle steken in mijn rug, een soort zenuwpijn. Ik strompelde naar het lichtknopje. Op mijn dressoir vond ik mijn pakje paracetamol met codeïne. In de badkamer nam ik vier pillen tegelijkertijd in, om weer te kunnen slapen. Slikken deed zeer. Ik hunkerde naar warme thee met honing, maar had geen energie om het te zetten. Ik wilde zo graag dat iemand me toe zou dekken en troostende woorden zou uitspreken en toen herinnerde ik me weer dat Mart voor altijd weg was. Ik voelde een pijn, een heel scherpe pijn, die zo sterk was dat ze zelfs de diepst weggestopte oude wonden leek open te rijten. Toen liep ik toch naar de keuken en zette thee voor mezelf omdat ik wist dat ik het ook wel alleen kon, zoals ik me altijd gered had. Toen ik achter een kop dampende earl grey zat, bedacht ik dat ik eigenlijk helemaal geen Engelse thee wilde, maar muntthee. Echte muntthee, van een enorme bos muntbladeren en veel suiker, die minutenlang op een zacht vuurtje hadden geprutteld. Mart verdween vrijwel meteen uit mijn gedachten en in één klap besefte ik waarom ik zoveel pijn had. Ik wilde daar niet aan denken, dus dronk ik de net gezette thee toch maar niet op. Ik zakte op de koude grond, voelde de tegels onder mijn blote dijen en begon te rillen. Mijn ogen waren vochtig, mijn hart bonkte als een gek, alsof het elk moment uit elkaar zou barsten en mijn handen beefden, evenals mijn benen. Mijn hoofd bewoog onvast, als was het van mijn lichaam losgedraaid. En iets in me, heel diep vanbinnen, wachtte om losgelaten te worden, ik herkende het van vroeger. Die knoop wilde ontward worden. Ik concentreerde me, maar het lukte me weer niet om helder te denken. Ik voelde hoe de knoop pijnlijk werd en hoe mijn maag samentrok. En ik werd bang voor de pijn. Mijn ogen traanden, mijn lippen bewogen uit zichzelf en de woorden kwamen geluidloos maar ik hoorde ze wel in mijn hoofd. En ik dacht aan mijn zusje, aan mijn lieve zusje. Ik boog me voorover en tranen drupten langs mijn wangen, naar beneden op de witmarmeren tegels en ik keek ernaar zonder iets te doen, zonder enig geluid te maken. Op handen en voeten kroop ik weer naar bed omdat de codeïne eindelijk zijn werk begon te doen en ik zakte weg in een diepe, veilige, mooie droomslaap.

# 6

De goudbruine herfstbladeren zweefden sierlijk in de wind, steeds lager en lager tot ze vol overgave de grond raakten. Brommers en fietsers reden over de lage heuvels van bladeren. Ik zat op een bankje, tussen twee bijna kale bomen, en staarde glazig naar het verkeer dat gestaag aan me voorbij trok. Hoewel het koud was, droeg ik niet meer dan een dunne zomerjas en daaronder een hemdje. Geen bh, ik kon de beklemmende banden om mijn toch al pijnlijke lichaam niet verdragen. Met een beker zwarte koffie met veel suiker, waar ik nu en dan van nipte, zat ik op de metalen bank en keek om me heen. Even verderop, net niet helemaal tegenover me, stond een schooltje. Het was opgetrokken uit saaigrijze baksteen, en stond verloren tussen een paar woonblokken die bijna verdwenen onder een overdaad aan satellietschotels. Geen kind was buiten, de bel had nog niet geklonken. Ik zat en wachtte geduldig, een beetje zenuwachtig, maar ook opgewonden. Ik probeerde gedachten over mezelf weg te drukken en alleen te luisteren naar het ruisen van de bomen, het lachen van twee tienermeisjes in hun strakke heupbroeken, ultrakorte jassen en ontblote buiken met piercings, die voorbij liepen en waarvan ik pas later zag dat ze niet met elkaar praatten, hoewel ze overduidelijk bij elkaar hoorden, maar beiden een minuscule gsm tegen hun oor gedrukt hielden. Ik luisterde naar het toeteren van de auto's, naar de stratenmakers, naar de moeder die voorbij fietste met haar kinderen op zitjes voor en achter haar, terwijl zij als een Chinese acrobate het verkeer in de gaten hield en tegelijkertijd een telefoongesprek voerde. Daarbovenuit klonk het luid piepen van een vrachtwagen die achteruit reed. Ik zag twee kinderen, niet ouder dan tien, er nog even snel achterlangs rennen. En drie Marokkaanse jongens in lange mantels en joggingbroeken, met aan hun voeten peperdure sneakers en de handen in hun zakken, discussieerden luid over iets totaal onbegrijpelijks. Jongeren, ontgetwijfeld hier geboren, maar met het accent van een immigrant, die me argwanend aankeken omdat ik ze bekeek. Hun blikken doorboorden me dreigend, een aanval van allochtoon naar – wat zij dachten te zien – autochtoon. Geen van ons wilde de ogen als eerste neerslaan en minutenlang staarden we elkaar aan, maar toen wendde ik mijn blik af omdat de bel ging en kinderen het schoolplein op renden. Meisjes met hoofddoeken, jongens die elkaar ruw duwden, en temidden van het tumult en het geroep van de juffrouw, ook met een hoofddoek, die de boel bij elkaar probeerde te houden, liepen een timide meisje van misschien net vier en een jongen nauwelijks een jaar ouder, naast elkaar. Twee jonge kinderen met de uitstraling van volwassenen. Ik wist dat zij het waren en ik stond gehaast op, te snel, de hete koffie droop over mijn benen. Ik voelde het niet, want wat ik ervoer op het moment dat ik die twee zag, was veel ingrijpender. Mijn ziel leek uit mijn lichaam op te stijgen, recht op hen af. Ik voelde een grenzeloze liefde, een warmte die ik sinds tijden niet meer had gevoeld en die me tot leven leek te wekken. Ik moest me bedwingen om niet naar ze toe te lopen. Net toen ik besloot toch een paar stappen in hun richting te zetten, verscheen de gesluierde vrouw, helemaal in het zwart, ze kwam steeds dichterbij tot ze levensgroot voor me langs liep. Ze zag me niet. Ze stak de straat over en liep naar het schooltje. Bij de hekken stonden intussen meer ouders. Mannen en vrouwen, maar niemand zo in het zwart als deze vrouw. Haar slanke, statige houding onderscheidde haar van de rest. Ze deed een paar stappen opzij, om de mensen die te dichtbij kwamen te ontwijken, als waren zij melaatsen. Ik kromp ineen toen ik zag hoe die kinderen door haar werden begroet; kil, afstandelijk, liefdeloos bijna. En even vlamde een oude woede in me op, omdat het meisje van vier verborgen werd onder een lap stof, terwijl haar haren juist vrij met de wind mee moesten wapperen.

De verhuizers liepen met kartonnen dozen af en aan, vier mannen, onbehouwen, grof, kauwgomkauwend. Eén droeg een Amerikaans Lakers-petje. Ze zeiden niets, en als ik ze maande voorzichtig te zijn met mijn kostbaarheden, gromden ze iets onverstaanbaars. Ze hadden wel iets van holbewoners. Drie van hen droegen overalls, de dikste en klaarblijkelijk oudste had een versleten spijkerbroek om zijn benen. Het cliché van bouwvakkers was op hem van toepassing, telkens als hij zich boog en ik juist achter hem stond, zag ik het.

Het appartement waar ik jaren had gewoond was bijna leeg. Mijn voetstappen galmden door de woning. Die leek op een afgedragen jurk, dierbaar maar toch te oud om aan te trekken. Voor de laatste keer liep ik door de vertrekken en bleef overal even staan om het geheugen af te tasten. Hoe kon alles toch zo snel gaan en ook zo langzaam, vroeg ik me af. Ik gleed met mijn hand langs de muur en dacht aan die keer dat Mart me staand probeerde te neuken, wat natuurlijk niet lukte. Mijn glimlach verdween weer net zo snel als hij gekomen was, omdat ik me herinnerde dat we allebei heel hard moesten lachen tot we buikpijn kregen. Vervolgens belandden we op bed en probeerden het daar af te maken. Omdat we melig waren geworden, lukte geen enkel kamasutra-standje meer. Dus gingen we op de vertrouwde missiona-

rishouding over. Ook wel lekker. En toen hij klaar was gekomen en ik had gedaan alsof ik op hetzelfde moment mijn
hoogtepunt bereikte en hij naar de douche ging om zich te
wassen, maakte ik mezelf klaar.

De jaren waarin we praatten en lachten, werden ingehaald
door de tijden waarin de woorden op onze lippen bestierven.
Toen besefte ik dat liefde niet eeuwig was en dat relaties, net
als uitgebloeide planten, konden sterven. Ik liep de laatste
maal door de U-vormige huiskamer. Het was vreemd om in
de uitgestrekte leegheid van mijn verleden te dwalen en ik was
huiverig om een nieuw leven binnen te stappen. Weer een
nieuwe fase, veranderingen en onbekende ontwikkelingen,
zaken waar ik niet goed in was en die mij onrustig en bang
maakten. Ik keek uit het grote raam. De zon scheen recht in
mijn gezicht. Het felle licht gaf de illusie van een volmaakt
gelukkige wereld en ik glimlachte in de hoop dat mijn uiter-
lijke vermaak mijn innerlijk zou raken. Een tevergeefse actie.

Temidden van kartonnen dozen, her en der verspreid, keek
ik moedeloos om me heen, me afvragend hoe ik mijn kamer
in korte tijd toonbaar kon maken. Ik voelde me misplaatst in
deze ruimte, een huiskamer half zo groot als de vorige. Maar
ik was ook dankbaar voor het feit dat ik in zo'n kort tijdsbe-
stek naar een trendy omgeving kon verhuizen. Hoewel natuurlijk nog deels achterbuurt, zou West binnen afzienbare
tijd veranderen in *the place to be*. Marts makelaar wist feilloos
de beste plekjes op te eisen voor de verwende Amsterdam-
mer die zich over het algemeen hoog boven iedereen waande. Natuurlijk ontkenden ze dat, want salonsocialisten, en ik
gedroeg me zoals zij, omdat zij alles waren wat ik wilde zijn:
zij belichaamden succes, grenzeloze vrijheid en individualis-
tische eigendunk. En nu zat ik hier, alleen. Was dit wat ik wilde? Ik vroeg het me af omdat het niet voelde zoals ik dacht

dat het zou zijn. Omdat diep vanbinnen nog steeds een ge-
zwel woekerde van duisternis, angst en onzekerheid. Ik had
altijd gedacht dat als ik de dertig gepasseerd zou zijn, ik een
onafhankelijker leven zou leiden en in staat zou zijn om
mijn geluk volledig in eigen hand te houden. Maar de toe-
komstbeelden van pubermeisjes waren wazige illusies, niet
meer dan een surrealistische droom die je door de tijd kon
helpen omdat je snakte naar een veelbelovend bestaan dat je
nog niet had, maar dat wellicht ergens op je wachtte. En nu
zat ik in de toekomst van mijn dromen, en het heden was
somberder dan ik me ooit had voorgesteld. Ik stak kaarsen en
wierook aan, om de kilheid van de woning te verdrijven en
een spirituele vorm te vinden die mij van mijn zwaarmoedigheid zou verlichten en me zou verlossen van mijn negatieve
gedachten. Maar elke poging leek misplaatst omdat niets in
de woning ook maar de sfeer kon oproepen van rust, thuis en
van gemak. De geur van lavendel drong subtiel mijn neus
binnen, terwijl de wierook omhoog kringelde naar het plafond om daar te blijven hangen, alsof het ergens op wachtte.
Schaduwen speelden op de wanden, flitsten als onstuimige
kinderen heen en weer en heel even had ik het unheimische
gevoel niet alleen te zijn, alsof de wierook en de kaarsen de
deuren tussen de werkelijkheid en een dimensie daarnaast
tijdelijk hadden opengerukt. Als kind was ik altijd bang geweest voor wezens die niet in deze nuchtere wereld thuis-
hoorden. Ik sliep slecht, en altijd met het licht aan. Later ging
het wel weer, vooral omdat ik met mijn zusje in één bed
mocht slapen. Ineengestrengeld lagen we naast elkaar, onze
armen over elkaar heen geslagen, de warmte tussen ons beiden gaf de veiligheid van een wollen deken. De mooiste tijd
van mijn leven. Ik sloeg mijn armen over elkaar, wreef over
mijn schouders en keek angstvallig om me heen, omdat ik
nu toch echt wel het gevoel had dat er iemand achter me

stond en dat weer iemand anders me op zijn beurt peilend bekeek. Ik wilde opstaan, het licht aandoen, de kaarsen uitblazen, maar ik zat als verlamd in het midden van het vertrek en met de dozen om me heen als bewakers die het bijltje er lusteloos bij hadden neergegooid. Ik stond er alleen voor. Terwijl de avond door de nacht werd ingehaald en de hemel slechts door enkele sterren werd verlicht, wist ik me nog steeds niet overeind te krijgen. Uren zat ik op het kille laminaat. Ik was moe, maar ik wist dat ik niet zou kunnen slapen zonder gordijnen en met slechts een oud dekbed op een matras, in het kleine kamertje naast de badkamer dat mijn slaapkamer moest worden, maar vooral vroeg ik me af hoe ik kon rusten in een huis dat me geen gastvrij gevoel gaf en waarin ik me eerder een indringer voelde dan een inwoner. Uiteindelijk stond ik aarzelend op en even had ik het idee dat ik heel voorzichtig moest zijn omdat die schaduw tegenover me, die met het flakkeren van de onrustige kaarsvlam meetrilde, een roofdier belichaamde en ik als prooi elk moment kon worden aangevallen. Toen het peertje aan het witgrijze plafond eenmaal brandde, leek elke dreiging verdwenen. Ik blies de kaarsen een voor een uit en bevochtigde mijn duim en wijsvinger met speeksel om het opgloeiende deel van de wierook uit te drukken. Mijn voetstappen klonken hol en ik voelde me ongemakkelijk, alsof ik elk moment iemand kon wekken met dat wezenloze geluid. Ik trok mijn instappers uit en liep blootsvoets over het laminaat dat naar mijn gevoel plakte. De badkamer was klein, een douchecabine stond tussen een wastafel en een toilet gepropt. Het hokje benauwde me, ik werd net niet claustrofobisch. Ik trok mijn kleren een voor een uit, draaide de heetwaterkraan open en ging in de waterstraal staan. Maar uit voorzorg liet ik de deur open en ik keek telkens of toch niet iemand in huis was, een kraker misschien, die zich als een dief in de nacht schuilhield en mij elk moment kon bespringen. Ik droogde me af, trok snel mijn nachthemd aan, dat ik eerder die dag op een rekje naast de handdoek had klaargelegd en schoof, terwijl ik behoedzaam om me heen keek, het hok uit.

De matras voelde vreemd aan, hoewel ik daar al zo lang op had geslapen. Met de grond zo dichtbij en onder het muf ruikende dekbed, kostte het me moeite mijn ogen te sluiten en me te ontspannen. Ik stond ongerust op en deed toch maar het licht aan. Me iets veiliger voelend verborg ik mijn hoofd onder de deken, vurig verlangend naar een snelle slaap en de welkome stralen van het eerste morgenlicht.

De mooie herfstdag werd overgoten met zonlicht. Ik zat op een plastic krukje op mijn nieuwe balkon en keek met een kopje thee in mijn handen door het witgeverfde traliewerk naar beneden. Tien verdiepingen lager speelden kinderen in een speeltuintje. Ik hoorde hen vrolijk roepen, lachen en schreeuwen. Jongens voetbalden en meisjes renden elkaar gillend achterna. Gehoofddoekte moeders zaten met hun kroost aan de rand van een zandbak. Een blauwe Mercedesbus werd ontdaan van het imperiaal, een vader was met twee grote zoons druk bezig om het gevaarte naar beneden te laten zakken. Hoewel ik heel hoog zat en de mensen niet meer dan kleine poppetjes leken, dacht ik de teleurgestelde en vermoeide blik van de vader te zien, omdat het vakantieseizoen alweer voorbij was. Veel te lang bleef ik zitten met inmiddels koud geworden thee. De kruimels op mijn verder lege bord waren de stille getuigen van de onlangs verorberde broodmaaltijd. Ik bleef zitten staren en probeerde niet te denken aan de kartonnen dozen. Alles moest nog gebeuren, mijn bed moest in elkaar worden gezet, de vloeren moesten geveegd, de muren geverfd en de keuken geschrobd. Zoveel, te veel en als ik eraan dacht, werd ik alleen maar vermoeider.

Mijn lichaam voelde slap en mijn hoofd bonkte pijnlijk. Het waren steken die van ergens achterin naar mijn nek en schouders uitstraalden en me een algeheel gevoel van malaise gaven. Ik had zin om op de bank naar een dvd te kijken met calorierijke hapjes, van alles wat, maar ik had niks in huis, alleen wat brood, kaas en theezakjes. Naar de supermarkt gaan was geen optie, ik was te bang iemand van mijn werk tegen te komen. Als ik in de spiegel keek, zag ik dat de wallen van vermoeidheid onder mijn ogen waren verdwenen. Hoewel er tekenen van geestelijke zwakte waren, in de vorm van lusteloosheid, ging het bij mijn collega's vooral om lichamelijke sporen.

Ik begreep niet waarom ik me zo voelde. In New York had ik over mijn nieuwe, vrije leven nagedacht, waarin ik kon doen en laten wat ik wilde. De opluchting omdat Mart de eerste stap had gezet, was uitgebleven en misschien kwam dat wel omdat ik in een ontwenningsfase zat. Relaties waren per slot van rekening als drugs, daar moest je lichamelijk en geestelijk van afkicken. Ik gaf mezelf nog twee weken en dan moest mijn huisje af zijn en moest ik mijn leven weer in eigen hand hebben genomen. Ik zou niet in deze ellende blijven ronddobberen als een schipbreukeling, daar was ik te trots voor. De opgedane kracht maakte dat ik in een keer opstond. Te snel, bleek. Duizeligheid overspoelde me. Ik hield me vast aan de balustrade van het balkon, tot de wereld stopte met draaien. Ik draaide me om en zag de ravage binnen. De kleverigheid van het laminaat, de vlekken op de muren, de spullen die nog ergens verborgen waren en die er nu echt uit moesten. Ik ging bij een doos zitten en begon langzaam uit te pakken.

Mijn Ikea-kast had ik relatief snel in elkaar. Gelukkig had ik de gebruiksaanwijzing nog, waarin stap voor stap, in plaatjes, alle nodige handelingen werden uitgelegd. Ik had twee linkerhanden, maar door woede gedreven was het me gelukt dat ding binnen vijf uur in mijn slaapkamer te hebben staan. Mijn kleren lagen verfomfaaid in een andere doos. Ik gooide mijn jurken, broeken en shirts op een hoop en sloot de deuren. Niets zien was hetzelfde als niet weten. Inmiddels was het al laat in de middag. De wijzers van de net opgehangen klok wezen op kwart over vijf. Ik had trek, veel trek en zin in een grote, vette pizza. In mijn portemonnee vond ik een biljet van twintig euro. Ik pakte de telefoon en belde mijn favoriete pizzazaak, maar de stem aan de andere kant van de lijn zei dat ze helaas niet bij mij konden bezorgen omdat het adres buiten hun wijk viel. En daarna, op een hulpverlenerstoon, dat ze ook daar wel goede tenten zouden hebben, dat hoopte hij tenminste. Ik hoorde een korte klik en bleef in totale ontreddering nog een kwartier zitten, de hoorn slapjes in mijn handen.

Ik probeerde positief te denken en via de *Gouden Gids* vond ik een pizzeria om de hoek. Ik belde en was blij verrast over de gunstige prijzen. Ik zou wel drie pizza's kunnen bestellen. Heel snel, al binnen een kwartier, stond er een mooie jongen van Marokkaanse afkomst met kuiltjes in zijn wangen, grijze ogen en zwoele lippen voor mijn deur. Ik probeerde niet te lang naar hem te staren en wees mezelf op het feit, dat als ik vroeg genoeg was begonnen, mijn zoon wellicht van zijn leeftijd zou zijn. Ik gaf hem een overdadige fooi. De jongen keek blij, en ik dacht een twinkeling in zijn ogen te zien, alsof hij maar wat graag even zou willen binnenkomen om mij op allerlei verboden wijzen te verwennen. Iets wat ik hem nooit zou weigeren. De pizza was warm en geurde heerlijk. Maar na de eerste hap begreep ik waarom de prijzen zo laag waren. Toch was ik niet teleurgesteld en ik wist dat ik vaak van hun bezorgdienst gebruik zou maken. Met een glimlach at ik alles op.

# 7

Soms vroeg ik me af wat het allemaal voor zin had. Want is leven niet langzaam sterven? Deze gedachte luchtte me een beetje op en verlichtte enigszins de druk op mijn borst. Al die drang om te scoren, de minieme golven van succes en het overschot aan tegenslagen waren niet meer dan de laatste schokbewegingen van uiteindelijke vergetelheid. Dus als ik een zware last op me voelde drukken, dacht ik daaraan: dat alles toch gedoemd was te verdwijnen, want ook de aarde draait niet voor eeuwig. En dan haalde ik diep adem en keek uit mijn nieuwe raam, naar mijn compleet nieuwe uitzicht op een leven dat zich daarbuiten afspeelde, met mensen die de armoedegrens maar net met hun kruin aanraakten. Dan voelde ik me weer wat beter.

Daarom besloot ik de waas van voortdurende negativiteit van me af te schudden. Ik had geen zin om door te blijven sudderen in deze staat van onbewust maar zelf opgeroepen medelijden. Buiten schemerde het en ik pakte mijn mobiele telefoon en drukte het nummer van Elsa in. Ik zwoer haar nooit meer te bellen als ze nu niet op zou nemen. Misschien kwam het door deze pragmatische houding, of wellicht door mijn herontdekte positieve houding, want de kiestoon ging twee keer over voordat een slaperige Elsa opnam.

'Waar was je al die tijd,' schreeuwde ik. Elsa was net als ik, vurig, temperamentvol en één brok explosieve impulsiviteit. Daarom kwam het vaak voor dat wij op momenten van onbegrip de ander niet lieten uitspreken en gewoon de hoorn op de haak gooiden, om elkaar dan weer een week of twee, of misschien zelfs wel langer niet meer te spreken. En ik had haar moeder uitgescholden, maar het was zo lang geleden en er was inmiddels al zo veel gebeurd, dat ik niet meer wist waarom ik de behoefte had gevoeld om die vrouw naar beneden te halen. Haar moeder was Elsa's zwakke plek en die probeerde ik tijdens telefonische ruzies steeds weer te raken. Nu ik eraan terugdacht, zei ik alleen: 'Je moeder...' en toen hoorde ik de pieptoon, blijkbaar omdat zij van onze geschiedenis had geleerd.

Ik had geluk, ook Elsa wist niet meer waar die ruzie over ging en ze klonk blij toen ze mijn stem hoorde.

'Het was een lange nacht,' zei ze schor. 'Er waren wel tien bevallingen, gisteren. Om gek van te worden. Eén baby waren we bijna kwijt, maar gelukkig kwam het goed.'

Ik luisterde maar half naar haar van slaap doortrokken stem. Eigenlijk stond ik te trappelen om mijn zegje te doen. Ik was het toch die belde? Maar Elsa bleef minutenlang als in een adem doorgaan over haar belevenissen van de afgelopen nacht. Ze bleef maar doorzagen over die dubbele dienst. 'Ik had echt even het gevoel in ER te spelen, maar dan zonder die lekkere mannen,' zuchtte ze. 'Je weet wel, George Clooney en die andere, die lange, met die bruine haren... mmm. Bij mij in het ziekenhuis zien ze eruit alsof ze net uit de dood zijn opgestaan, totaal uitgedroogd, nuchter, zakelijk en zo godvergeten rigide. En dan te bedenken dat sommigen kinderen hebben.' Weer die zucht.

'Ik moet je wat vertellen,' zei ik en ik dacht diep na over wat ik als eerste wilde zeggen. Maar Elsa gaapte diep en voordat ik iets kon zeggen, opnieuw. Een ware kettingreactie van geeuwen. En voor ik het wist deed ik hetzelfde.

Elsa klaagde dat ze moe was en slechts zes uur had geslapen. Mij leek dat lang genoeg, maar dat wilde ze niet horen.

'Ik ga ophangen,' zei ze. 'Ik bel je straks wel.'

En ik riep: 'Het is uit met Mart!'

Doodse stilte aan de andere kant van de lijn gevolgd door een schreeuw. 'Eindelijk! Jij en die slappe boekhouder. Kom op, zeg. Ik snapte niet dat je zolang bij die vent bent gebleven. Hij maakte toch niks klaar, zei je.'

Haar woorden brachten me verlichting omdat het me bevestigde in het gevoel dat ik lange tijd terug over mijn relatie had gehad. Maar aan de andere kant voelde ik ook een golf van verontwaardiging door me heen vloeien. Wie was zij om over Mart te oordelen? En juist dat laatste schokte me. Ik had niets met hem en hij niets met mij. Ze had gelijk.

Mijn nieuws deed Elsa haar vermoeidheid vergeten. Ook zij was single en het was haar sport om zo veel mogelijk seks te hebben met mannen met wie zij nooit een relatie zou willen, omdat zij geen goede vaders zouden zijn. Die logica ontging me. Elsa had me wel eens foto's laten zien. Snapshots van haar en een mooie, gespierde neger in een rokerige ruimte, terwijl ze verdwaasd in de lens van de camera keken. Zij was stoned en de man naast haar had een ongetemde geilheid in zijn ogen.

'Laten we uitgaan, vanavond,' riep Elsa klaarwakker. 'Eindelijk weer eens samen stappen. Dat heb ik gemist. Ik laat je een heel nieuwe wereld zien. Jij gaat nu eindelijk leven.'

Een avond vol salsa, of toch maar techno? Een hippe club in het centrum van de stad of een anonieme danshal, verscholen achter twee houten deuren bedekt met beschreven plakkaten in een mij onbekende taal. Of een raifeest in Paradiso? De keuze die Elsa me gaf leek onuitputtelijk en juist daarom verlammend. Ik wist het gewoonweg niet. Dus trok ze me overal mee naar toe. Als doorgewinterd uitgaanstype wist ze de beste plekjes te vinden. En omdat ze er altijd was, kende ze iedereen en iedereen kende haar. In deze wereld hadden niet de hoogopgeleiden de macht, maar de uitsmijters, de obers, de barmannen en -vrouwen. En misschien zelfs die anonieme, opgeschoten jongen langs de kant van de weg die aan zijn joint lurkte en om zich heen keek naar de stroom mensen die aan hem voorbij trok waaruit hij de hipsten koos voor dat geheime feest ergens in de kelder van een achteraf-pandje. Elsa zwaaide naar de jongen die ik nog geen stuiver zou geven, omdat hij me deed denken aan de laagste bood-schappenjongen in de oostblokmaffia. Maar hij schudde zijn hoofd als teken dat zij deze avond niet was uitgenodigd; zijn negatief oordelende blik op mij zei genoeg. Maar mijn vriendin liet zich niet uit het veld slaan en trok me mee door de verregende, kille straten, waar toeristen met holle ogen op zoek waren naar de beste koffieshop om voor een jaar high te worden voor ze terugkeerden naar hun land waar zelfs op de gedachte aan drugs al een vrijheidsstraf stond. Ik bekeek de mensen, voelde de sfeer van vrijheid, maar ook van beklem-ming en rilde inwendig van de kilte die door mijn wollen sjaal en gevoerde winterjas trok. Elsa leek nergens last van te hebben in haar minieme jurkje, met een kort leren jasje en hakken waar maar geen einde aan kwam. De gynaecologe leek op een wandelend reclameblok voor sadomasochisme. Haar blonde haren golfden wild over haar rug. Ze was zwaar opgemaakt en hoewel ze doelgericht door de straten liep, keek ze zoekend om zich heen. Net als al die mannen en vrouwen die ons passeerden, met of zonder partner, alsof ze gelijkgestemd naar de ware zochten; en alleen een bijna wan-hopige trilling van een ooglid verried hun onrust. Ik vroeg me af hoelang het nog zou duren voor ik me bij die club zou kunnen aansluiten.

We liepen de trap op van het voormalige kerkgebouw en bij

de ingang dreunde de raïmuziek ons tegemoet. Binnen golfden lichamen op het ritme van Cheb Mami. Het was er afgeladen, zelfs de gang stond vol en in de zaal stonden prachtige, overwegend Marokkaanse mannen en jongens, vrouwen en meisjes, de laatsten vrijwel allemaal met hoofddoeken maar strak gekleed in bijna uitsluitend merkkleding, nietsverhullender dan die van de vrouwen op de wallen. Elsa voelde zich niet op haar gemak, hoewel zij niet de enige blondine was. Maar de exotische schoonheid van de mediterranen verried een vurigheid waar zelfs zij niet aan kon tippen. Ik voelde een hand op mijn billen. Snel draaide ik me om, maar ik wist niet welke van de vele handen voor, achter en naast mij de schuldige was. Elsa keek als gebiologeerd naar de dansende massa voor zich. De buikdansende vrouwen bewogen als volleerde MTV-danseressen, met hun monden half open en ogen die een zwoele nacht beloofden. Daar konden wij niet tegenop. Daar waren we te oud voor. Elsa trok me door de menigte naar buiten, waar de frisse, verkoelende wind in mijn gezicht sloeg en me langzaam mijn adem en geveinsde zelfverzekerdheid teruggaf. Dus op naar de salsatent in een steegje niet ver van het Leidseplein, vol Zuid-Amerikaanse expats. De vrouwen waren schitterend, de mannen sensueel en veelbelovend. Bij de ingang werd Elsa door een neger in een satijnen blouse en heel cliché behangen met een gouden ketting, opgetild en stevig omhelsd terwijl zijn grote hand naar haar billen zakte en weinig subtiel onder haar jurkje verdween. Haar gezicht vertrok van intense geilheid en als hij haar daar ter plekke tegen de deur had geramd en zijn lul in haar had gestoken, zou ze alleen maar hebben gegild. Ik voelde me totaal misplaatst. Ik had het gevoel dat een bijna bejaarde Argentijn me medelijdend aankeek. Hoewel Elsa daar wilde blijven, vroeg, nee smeekte ik haar om maar ergens anders naartoe te gaan. Dus op naar Jimmy Woo, die maar populair bleef. De Surinaamse uitsmijter bleek onverbiddelijk. Elsa: ja, ik: nee. 'Ga je eerst verkleden,' riep hij afkeurend en hij liet vervolgens, als een schizofreen, heel vriendelijk de beroemde soapster met de weelderige krullen en haar acteursvriend binnen. Ik dwong Elsa daar te blijven. Ik was moe, zei ik tegen haar.

'We gaan morgen shoppen en 's avonds uit. Ik beloof het.' Elsa keek eerst opgelaten, maar die blik verdween als sneeuw voor de zon toen een beroemde plastisch chirurg verscheen met twee bekende presentatoren. Haar ogen werden wazig en heel sierlijk, eigenlijk meer hoerig, liep ze op hem af terwijl ze naar hem knipoogde.

Ik draaide me om en liep naar de tramhalte. Daar stapte tot mijn ontzetting Esther uit de tram en ik herinnerde me weer dat ik al ruim een week ziek was. Mijn geduchte concurrente liep met haar zwierige rok, die haar benen leek te strelen, recht op me af en terwijl ze uit haar tasje een pakje sigaretten haalde, hield ze me met haar blik gevangen als een adelaar zijn prooi.

Met haar gezicht vlak bij het mijne, stak ze een sigaret in haar mond die tussen haar felrood geverfde lippen bleef bungelen.

'Heb je een vuurtje voor me?'

Ik schudde mijn hoofd terwijl ik naarstig nadacht over wat ik haar zou vertellen. Mijn rechterslaap begon van de plotseling opkomende stress pijnlijk te kloppen, en terwijl de wereld om ons heen deed wat zij normaal deed, leek onze tijd bevroren. Esther woelde met haar linkerhand in haar minieme tasje, op zoek naar haar aansteker. De penetrerende geur van Coco Chanel, die als een onzichtbare rooksliert van haar lijf leek te walmen, benam me de adem. Ik voelde me onrustig en vooral erg ongemakkelijk. Hier kon ik me niet verbergen in een stapel opengeslagen dossiers en zelfs een rinke-

lende telefoon kon me niet redden. Zware voetstappen galmden in de jonge nacht. Een lange man in maatpak, zijn blonde haar gekortwiekt als een militair, kwam aanlopen. Esther
legde haar hand zacht op zijn schouder. Hij stopte en keek
verrast in haar ogen. Als op commando krulde hij zijn smalle
lippen in een verleidelijke glimlach. Ze hoefde niks te vragen, de sigaret in haar mond vertelde het verhaal. Haastig
zocht hij in zijn broekzakken en ook zijn maatpak onder-
wierp hij aan een grondige inspectie. Hij zuchtte opgelucht
toen hij uit de diepte van zijn binnenzak een kleine, koper-
kleurige aansteker tevoorschijn kon halen. Hij klikte het metalen voorwerp open en een bescheiden vuurtje ontvlamde.
Als acteurs in een romantische film stonden ze tegenover elkaar, lichtgebogen. Twee vreemden die elkaar hadden gevonden. Hij was overduidelijk gecharmeerd van haar verschijning, maar zij leek zijn jongensachtige uitstraling niet te
zien. Zodra ze had wat ze wilde, wendde ze zich van hem af
en vergat zijn bestaan. Ondertussen brandde in mijn binnenste een diepgewortelde jaloezie waar ik geen vat op had en
die me in enkele seconden tot waanzin leek te kunnen drijven.

'Kom mee,' zei ze en ze liep weg zonder mijn antwoord af
te wachten, met de zelfverzekerdheid van een koningin die
wist dat haar onderdaan zou volgen. En ik deed het ook nog.

We liepen eerst naar Café Luxembourg, maar daar was het zo
afgeladen vol dat Esther verachtelijk snoof en me weer naar
buiten trok, onderwijl 'wannabees' sissend.

We besloten café Dante te proberen, iets verderop. We liepen voorbij Hoppe, de favoriete stek van oud-bierbrouwer
Heineken.

Daarnaast lag café De Zwart, daar wilde Esther geen woord
aan vuilmaken dan dat het gevuld was met schrijvers die nog

in hun voorbije illusie van succes leefden. We liepen Dante binnen. De tent was tot de nok toe gevuld met mannen en vrouwen in maat- en mantelpakken. Hier voelde ik me wat beter op mijn gemak, ik viel niet uit de toon. Deze mensen spraken dezelfde taal als ik. Het lukte Esther om de bar te bereiken. Ze bestelde bier en vroeg wat ik wilde. 'Droge witte wijn,' gilde ik om het lawaai dat zo overweldigend was te overstemmen. Esther knikte en overhandigde me ook een biertje. Ze nam een flinke slok en zag hoe ik hetzelfde deed. Ik vond bier vreselijk onelegant en vies, maar hier goten wel meer vrouwen ongegeneerd het mannenvoetbaldrankje naar binnen alsof het ranja was. Vijf glazen later hingen we ontspannen over de bar. Esther stak de ene sigaret na de andere op en ik wachtte tot ze zou zeggen dat ze wel doorhad dat ik de boel belazerde. Maar dat gebeurde niet. Ze leek een compleet ander persoon dan op kantoor. Naast me zat een effectenmakelaar een jong blond meisje wijs te maken dat hij ruim twee miljoen euro per jaar verdiende. Het meisje schudde haar hoofd en schreeuwde dat het minder was dan wat haar vader in een halfjaar binnenhaalde. Het gezicht van de man kleurde rood en hij draaide zich, op zijn pik getrapt, om naar een roodharig meisje. Esther gesticuleerde druk met haar handen om haar woorden, welke ook, kracht bij te zetten. De oudere vrouw naast haar dronk ook bier en luisterde geïnteresseerd. Toen stond ze op, veegde een losgeraakte donkerblonde lok van haar voorhoofd achter haar oor en overhandigde mijn collega haar kaartje. Toen ze wegliep keek Esther me glunderend aan en bestelde weer een rondje.

'Dat is een heel invloedrijke vrouw,' zei ze. 'Selfmade. Ze komt uit de goot, uit ouders die armer waren dan kerkratten. En nu is zij een van de rijksten in dit verdomde minilandje. Ruim een miljard, Amelie. Een fucking miljard binnen tien jaar. Dat gaat mij ook lukken, dat weet ik zeker.' Ze goot de

inhoud van haar glas in een keer naar binnen. Ze was opgewonden, bijna blij en ik keek haar aan en begreep niet waarom ik hier zat. Ik mocht haar niet eens, en volgens mij wist
ze dat en was het wederzijds. Maar wie zei nou ook al weer
dat je alleen je vijanden kon vertrouwen, omdat je bij hen altijd op de hoede was? Ik zag een mooie vrouw, het lievelinge-
tje van de opperpooier op het werk. Eentje die binnen de
kortste keren de touwtjes in handen had, terwijl ik daar al zo
lang zat. Ik moest toegeven dat zij het goed gedaan had, dat
zij wist hoe de spelregels waren, terwijl ik de code om het gesloten pakketje te openen, al jaren niet wist te ontcijferen.
Dus bleef ik naast haar zitten, terwijl mijn ogen zwaarder
werden en mijn hoofd steeds lichter van de vele biertjes. Ik
had er schoon genoeg van om me om de haverklap een weg
door de menigte te banen, mijn lichaam tegen de bezwete
polyesterlijven te drukken en in mijn ongemakkelijke schoenen de levensgevaarlijke trap naar boven op te strompelen,
om op een plakkerige pot mijn blaas te verlichten die meteen
daarop weer vol liep.

Een duizelingwekkende draaiende ruimte, een massa pra-
tende monden, vervagend geroezemoes en ik die er midde-
nin stond, maar ook erbuiten. Het was er bloedheet, alsof de
verwarming op de hoogste stand stond. Zweetdruppels gleden langs mijn voorhoofd naar beneden, in het gleufje tussen mijn borsten en nog verder. Ik baande me een weg naar
de bar. Overal stonden mensen. Werklui, die tijdens het happy hour even wat hadden willen drinken om dan weer naar
huis te gaan, maar waren blijven plakken en heel intiem deden met mensen die niet hun feitelijke partners waren, de
rinkelende gsm's en sms-berichten negerend van hen die
thuis ongerust wachtten. Ik zag mensen die er alles aan deden om zich beter, mooier en succesvoller voor te doen dan
ze werkelijk waren. Een façade, die slechts enkele uren duur-

de en de volgende ochtend tijdens het ontwaken weer vervaagde. Ik walgde van hen, omdat ik wist dat dit het enige was dat zij hadden. Loonslaven met irreële dromen. Glimmende creditcards, mannen die protserig de duurste drankjes bestelden voor de te jonge vrouwen die ze zo graag even wilden neuken, voor ze thuis achter de mollige billen van hun vrouwen gingen liggen. En daar, aan de bar, stond Esther met haar zoveelste glas bier en een opgestoken sigaret druk met haar handen te bewegen om een wat oudere man in een krijtstreeppak en met een terugwijkende haarlijn iets duidelijk te maken. Af en toe deed hij een stapje achteruit om de brandende sigaret te ontwijken, en toen stak hij een dikke cubaan aan en propte die in zijn mond. Esther pakte me bij mijn arm en wees naar de man. Een bankier, zo bleek, die even verderop een grachtenpand bezat. De man met de sigaar en zijn pokdalige gezicht grijnsde breed.

'Ja, moet je maar bij een bank komen werken. Dan hoef je amper rente te betalen over je hypotheek.' De bankier hapte grijnzend in zijn sigaar, zoog de rook naar binnen en keek omhoog alsof er een plafondschildering te bewonderen was. De arrogantie was stuitend, maar ik vond haar eigenlijk ook wel mooi, aantrekkelijk bijna. Esther stond zo dicht bij hem, dat haar linkerborst zijn arm raakte en ik zag hoe hij die arm op en neer bewoog. Esther gaf hem haar kaartje en zocht in de menigte naar weer iemand anders om mee te praten. En ik vroeg me maar af waar zij mee bezig was en waarom, hoewel ik diep vanbinnen het antwoord al wist.

Kwart over vier. De nacht hing als een grijszwarte mantel over de stad, bespikkeld met sterrenstippen en een driekwart maan die spaarzaam de aarde verlichtte. Het geklikklak van Esthers hakken verstoorde de stilte. Ik keek naar de ramen aan de overkant van de straat. Slechts enkele waren verlicht.

Ik was nieuwsgierig naar de bewoners. Esther raakte me kort aan. 'Niet zo snel,' zei ze met een gezwollen stem.

Ik keek opzij. De felle verlichting van de straatlantaarn toonde genadeloos de bleekheid en oneffenheden van haar huid. Nu haar make-up grotendeels door de rook in het café en het lurken aan de ontelbare sigaretten was verdwenen, leek ze veel jonger en kwetsbaarder. Nu kon ik me bijna voorstellen dat zij daadwerkelijk uit een mens was geboren. Ze was beschonken. Dronken. Maar dat was ik ook, hoewel ik het eigenlijk niet toe wilde geven. Mijn hoofd voelde licht en alles draaide. Ik had zin om haar dingen te vertellen, wat dan ook, maar als ik mijn mond opendeed, leken de woorden verloren. Dus sloot ik mijn mond en keek strak voor me uit. We waren op zoek naar een taxi. Nee, naar twee taxi's. Hoewel dronken, ik had geen zin om een halfuur naast Esther in een auto te zitten. Maar ik was elk richtinggevoel kwijt. Ik wist niet waar we heen moesten en waar nou ook alweer die taxi's stonden. In mijn hoofd kon ik het duidelijk uitschrijven, maar het lukte maar niet om het in praktijk te brengen, alsof de routebeschrijving die verscholen lag in de kronkelingen van mijn hersenen, in een geheel onbekende taal was geschreven. Aan Esther had ik niks. Zij zong onmelodieus een liedje. De tonen gingen abrupt van hoog naar laag en omgekeerd. Ik kreeg er koppijn van. Dit had ik me niet voorgesteld van een avondje stappen. Zo had ik het niet gepland en daar baalde ik van. We liepen een steegje in. Het werd begrensd door twee gebouwen en er konden amper twee mensen naast elkaar lopen. Het steegje was benauwend en doortrokken van een penetrante urinegeur.

'Wacht,' zei Esther. 'Wacht even.' Ze leunde tegen een muur, alsof ze te duizelig was om verder te lopen. Ze haalde diep adem, deed een paar wankele stappen in mijn richting en bleef vlak voor me staan. Haar adem blies in mijn neus.

'Weet je dat je best knap bent,' zei ze met dikke tong. 'Ik zou je wel willen zoenen.'

Ik probeerde na te denken, maar het was leeg daarboven. Ik wist niet hoe ik moest reageren en kon haar alleen maar aankijken. Toen, voordat ik me kon verzetten, drukten twee kille lippen tegen de mijne. Als verlamd liet ik Esther begaan. Haar tong drong mijn mond binnen en doorzocht elk hoekje. Tot mijn verbazing vond ik het niet vervelend, dus ik liet haar begaan. Ik sloot mijn ogen en mijn tong vond de hare. Ze trok mijn jas uit en gleed met haar hand tussen mijn benen en in mijn slipje.

'Ik ga je beffen,' zei ze toonloos, alsof ze een nieuwsbericht voorlas, en ze zakte op haar knieën. Ik zei niks. Ook niet toen ze mijn slipje naar beneden trok en ook niet toen ze met haar vingers mijn vagina beroerde. Ik zakte een beetje door mijn knieën zodat mijn dijen zich spreidden. Een elektrische schok trok door mijn lijf. Ik hield mijn ogen dicht en probeerde te doen alsof het allemaal een droom was. Ik rook urine, ontlasting en kots, vermengd met een zoete geur van geil. Ik was voorbij verbijstering of scrupules. Ik wilde dat ze door zou gaan. Dit was puur lichamelijk en ik snakte naar die handelingen die mij weer als een mens konden laten voelen. Haar tong gleed bij me binnen, draaide zich om mijn clitoris en speelde er onbevangen mee. Ik hijgde, kreunde en kronkelde. Esther liet haar vinger bij me naar binnen glijden. Ik hijgde steeds harder. Toen ik even mijn ogen opende, zag ik verderop een dakloze, die zichzelf wild aftrok. Dat beeld maakte me nog geiler. Ik zag zijn dikke paal in zijn verweerde handen en zijn openstaande mond en de tong die tussen zijn lippen schoot als die van een serpent, en ik kwam gillend klaar. Esther trok zich op. Ik ademde wild, mijn blik gericht op de man wiens sperma op de kasseien vloeide, waarna hij zich terugtrok in de smalle schaduwen van de straat. Esther opende de knopen van mijn bloes en trok mijn bh omhoog. Mijn borsten gleden als puddingen omlaag. Ze streelde ze, kuste mijn tepels, zoog haar lippen eraan vast. Ik genoot en liet het over me heen komen. Ze pakte mijn hand en bracht die naar haar borsten. Ik raakte ze aan en heel geleidelijk liet ik mijn hand zakken naar haar benen, onder haar rok. Ze draaide zich om en leunde tegen de muur. Met gesloten ogen vingerde ik haar, tot ook zij luid zuchtte en haar vocht over mijn vingers droop.

Toen de opgaande zon de horizon vuurrood kleurde, vond ik mezelf terug in mijn slaapkamer. Ik was volkomen naakt en rilde van het klamme zweet dat mijn lichaam als cellofaan bedekte. Ik herinnerde me thuis te zijn gekomen, ik was gehaast mijn badkamer in gerend en had me gewassen om de herinnering voor altijd in het doucheputje te zien verdwijnen. Alsof wat er gebeurd was slechts een waanvoorstelling betrof. Het ijlen van een dronkaard, die door de alcohol de weg was kwijtgeraakt. En ergens tussen nacht en ochtend sloop de slaap binnen, voordat ik de zachtheid van mijn matras voelde, en de warmte van mijn deken. Verward kwam ik geleidelijk overeind, kroop op handen en voeten naar mijn bed en ging languit liggen. Mijn ogen waren wijd open. Ik durfde ze niet te sluiten, uit angst dat de film van afgelopen nacht zich in mijn gedachten weer zou herhalen. Ik probeerde elk element dat ook maar iets met Esther te maken had, weg te duwen. Wat er gebeurd was, was iets eenmaligs, hield ik me voor. Een experiment dat meer vrouwen of studentes zouden doen voor zij de keuze van hun leven maakten. Ik was wat laat, maar niet te laat, dacht ik. De alcohol had voor mij besloten en ik probeerde geen spijt te voelen, omdat ik die emotie er niet ook nog eens bij kon hebben. Maar ik was zo vreselijk moe, ik snakte naar een diepe slaap om niet na te hoeven denken. Dus kroop ik met tegenzin weer uit bed en zocht in de kasten naar de laatste twee slaappillen. Ik nam ze in met een slok wijn, omdat die fles naast me stond en de kraan voor mijn doen te ver weg was. Ik haalde een nacht-hemd uit de kast en trok dat aan. Ik sloot de gordijnen tegen het ochtendgeweld en schoof een slaapband over mijn ogen. Het beeld van Esther en mij in het steegje doemde op, maar werd door de zware kracht van de duisternis weer terugge-drongen.

## 8

Slierten muziek, vrouwen in traditionele kaftans en de bruid die in het kamertje door een *zina* werd opgemaakt. Ik zat naast Saloua en zag hoe haar weelderige haardos kunstig om haar hoofd werd gewikkeld, hoe het kroontje eraan vast werd gemaakt en de sluier; haar prachtige ogen, omlijnd met zwarte kohl. Ze droeg een crèmekleurige kaftan en om haar middel een brede gouden riem. Aan haar oren bungelden zware gouden oorbellen en een deel van haar hals werd bedekt door een gouden gevaarte. Ze was een en al juweel, make-up en schitterende kleding. Maar die ontnamen haar haar natuurlijke schoonheid niet. Ze keek heel verlegen en pakte af en toe mijn hand vast en kneep erin. Het is zo lang geleden. Ik geloof dat ik pas vier was, maar ik kan me er nog alles van herinneren. De geuren, de kleuren, het zingen van de vrouwen. De hennabeschilderingen op Saloua's voeten en handen en haar liefdevolle blik voor mij. Zij deed me alles vergeten. Als ik bij haar was, zag ik niet het venijn in mijn moeders ogen en hoorde ik mijn zusje niet huilen omdat mijn moeder haar tegen haar zin vasthield. Trommels overstemden de tongmuziek van de berbervrouwen in het dorp. In de tent naast het huis wachtten de mannen en de muzikanten op de komst van de prachtige bruid. Haar moeder kwam haar met haar schoonmoeder ophalen en wij volgden. Ik mocht naast haar lopen, maar als ik haar hand wilde pakken, zorgde mijn moeder ervoor dat ik misgreep door me weg te duwen. De zon scheen en het was veertig graden. De kippen kakelden en schapen dromden nieuwsgierig samen om het schouwspel te bekijken. En de straatkinderen stonden in een groepje voor het huis, klaar om naar binnen te sprinten en wat voedsel weg te grissen. Mijn oma joeg ze met veel misbaar en luid scheldend weg. Als een patrones stond ze op de uitkijk en hield alles nauw in de gaten. Haar gezicht glom van trots toen ze Saloua geëscorteerd voorbij zag lopen. Maar zodra ze mijn moeder zag, verduisterde haar blik en draaide ze zich om, alsof ze iets van de grond wilde oprapen. Een houding die mijn moeder diep beledigde, die zwaar op haar rustte als een last die ze maar niet kwijtraakte en die ze mij jaren en jaren nadroeg.

De geboorte van een tweeling. Saloua lag met weeën op het bed, te schreeuwen en te gillen om verlossing. Ik zat op een houten krukje naast het raam en kromp ineen als de vrouw, die ik met heel mijn hart liefhad, schreeuwde van pijn. Het was vroeg in de avond en buiten hoorde ik de onrustige voetstappen van mijn vader en mijn zusje, die huilde en wild met haar vuistjes tegen de deur trommelde om ons te dwingen haar binnen te laten. Ik wilde opstaan om de deur te openen, maar deed het niet uit angst dat mijn moeder me in een onbewaakt moment de kamer uit zou duwen. Dus bleef ik waar ik zat en luisterde naar het lijden van Saloua, naar de vermanende woorden van mijn moeder en de commando's van de jeugdige verloskundige. Saloua lag met haar benen wijd en perste en perste uit alle macht en schreeuwde tot ik het niet meer aan kon horen. Ik sloot mijn ogen en drukte met mijn handen mijn oren dicht. Maar bleef toch zitten waar ik zat. Niemand die me weg zou krijgen. Ik schoof mijn kruk achteruit en verborg me in het rode gordijn, dat doortrokken was van de geuren van lavendel en mirre. De kamer was klein en werd geheel in beslag genomen door het grote tweepersoons-bed en de houten klerenkast, recht tegenover het raam. Mijn moeder, in een vormeloze jurk en met haar blonde haren die in pieken langs haar gezicht vielen, zat naast Saloua en pufte met haar mee, alsof ze haar wilde tonen hoe ze het moest doen. Niet veel later hoorde ik het gehuil van de eerste en daarna van de tweede baby. Saloua huilde ook, terwijl ze haar kinderen aanraakte en kuste en om haar moeder riep die dui-zenden kilometers verderop leefde. Ik voelde haar verdriet en hoewel mijn ogen vochtig waren, hield ik mijn tranen bin-nen om mijn moeder niet te kwetsen.

Het was lang geleden, maar toch leefden die herinnerin-gen zo sterk in mijn gedachten alsof alles onlangs had plaats-gevonden. De emoties die als een storm in mijn hart tekeer-gingen waren intens, gekmakend eigenlijk. Ik probeerde de gedachten te onderdrukken omdat ze me zo veel pijn deden. Ik begreep niet waarom het dit keer zo moeilijk ging. Al die jaren had ik me erin getraind er niet aan te denken of het niet te voelen en me volkomen te richten op het heden, op wat ik nu voelde. Maar de schaamte, opgewekt door seks met mijn collega, had een kettingreactie teweeggebracht en plots kwa-men er andere dingen bij. Dingen van vroeger waar ik me toen ook voor schaamde, waar ik spijt van had of dingen waarvoor mijn moeder me strafte en kleineerde. Voor het feit dat ik het huis niet schoon genoeg boende, of te flauwe thee zette of per ongeluk toch de deur opendeed voor die godver-geten Jehova's getuigen. Ik wilde niet denken en liep naar de huiskamer om de radio luid aan te zetten, in de hoop dat die tonen mijn gedachten zouden overstemmen, maar de stem-men van vroeger gingen nog luider praten.

Als een waanzinnige opende ik kartonnen dozen en vond prullaria waar ik in dit huis geen plek voor had. Ik opende de dozen en sloot ze weer tot ik een doos vol dekens, kleding en miniatuurschilderijen vond.

Ik had een bord met opgewarmde magnetronspaghetti car-
bonara. Ik nam me voor meer te gaan koken en wist meteen
dat ik die belofte niet zou naleven. Ik was immers te lui en
gemakzuchtig en zo belangrijk vond ik mezelf niet, om allerlei groenten en kruiden in huis te halen, om in ruim twintig
minuten iets in elkaar te flansen dat ik in slechts tien minuten voor de buis zou opeten. Zonde. Ik ruimde de spullen op,
legde de dekens in de slaapkamer onder in de kast en de
schilderijen bracht ik naar de hal waar ik ze op een glazen tafeltje naast de deur achterliet tot ik ze binnen afzienbare tijd
zou ophangen. De bel ging en even dacht ik mijn moeder te
horen roepen de deur niet open te doen, en toen wist ik weer
waarom ze altijd de deur voor wie dan ook gesloten hield:
voor deurwaarders. Maar het gebel hield aan en langzaam
liep ik naar de deur en keek door het spionnetje. Ik zag Elsa
aan de andere kant staan, haar oog vlak voor het glazen
spionnetje. Haar gigantische blauwe oog deed me verschrikt
achteruit deinzen. Ik draaide het slot open en Elsa stormde
glunderend naar binnen zonder iets te zeggen, linea recta
naar de keuken, waar ze uit de koelkast cola en wodka pakte.
Ze mixte de drankjes in een glas en nam een flinke slok.

'Zo, dat had ik even nodig.' Ze droeg precies hetzelfde als
de dag ervoor en zag er vermoeid uit. Donkere kringen ontsierden haar ogen.

'En, hoe was je avond?' vroeg ik.

Elsa glom.

'Het was absoluut hemels,' zei ze en ze nam nog een slok.
'Eduard. Zo heet-ie. Eduard Smit.'

'Die chirurg?'

Elsa schudde haar hoofd. 'Nee, joh, die is gewoon hartstik-
ke homo, die zag me niet eens staan. Nee, ik ontmoette iemand anders. Hij was daar met zijn vrienden. Een vrijgezel-
lenfeestje.'

'O, interessant. Dus zijn vriend gaat trouwen?'

Elsa lag helemaal dubbel van het lachen, alsof het de beste grap was die ze ooit had gehoord. 'Ben je gek! Nee, híj gaat trouwen. Zie je mij al met een vrijgezel? Echt niet. Ik moet geen vent die me claimt. Dat gehang en afhankelijkheidsgedoe. Nee, dat is niet aan mij besteed.'

Ik was te moe om er adequaat op te reageren, liep naar mijn slaapkamer, ging in bed liggen en trok de dekens over me heen. Elsa glipte uit haar jas en schoenen en kwam naast me liggen.

'Je ruikt naar seks,' zei ik.

Elsa knikte wild. 'We hebben het in zijn auto gedaan.'

'Ik heb een douche. Je weet niet hoe je je voelt na afloop,' vlijmde ik en ik besloot niets meer te zeggen. Haar wilde nacht leek een vijfsterrenhotel vergeleken met die in mijn urinesteegje. Ik besloot haar niet te vertellen wat ik had meegemaakt. Ik vertrouwde haar maar tot op een bepaalde hoogte. We kenden elkaar al ruim tien jaar, maar vriendschap is, net zomin als een familieband, niet eeuwig.

'Hoe was die Eduard. Was hij...' Toen ik opzij keek, zag ik dat Elsa al sliep.

Mijn ritme was in de war. Mijn werk en het sociale leven van Mart waren de richtlijnen waarnaar ik had geleefd. Nu hij weg was en ik had besloten de verspilde tijd weer in te halen, hing ik in het luchtledige zonder structuur of eisen waaraan een volwassen mens moest voldoen. Ik wist niet wat ik met al die vrijheid aan moest en juist daarom kwam er niks meer uit mijn handen. Na twee weken was mijn huis nog steeds een bende en ik had de psychologe keer op keer afgebeld onder het mom van een flinke griep die maar niet wilde genezen. Sinds de noodlottige avond, waarop ik meer had gevoeld dan ik van mezelf wilde accepteren, werd ik talloze keren door een afgeschermd nummer gebeld. Uit angst dat het Esther was, nam ik niet op. Ik vreesde wat zou komen, en alles wat mij mijn controle zou doen verliezen hield ik secuur op afstand. Ik woonde in een geïsoleerde omgeving, met mensen wier moedertaal Arabisch, Berbers of Turks was, met hier en daar wat Papiamento. Maar ik wilde geen contact met ze en in de lift keek ik zelfs de buren niet aan. Bijna ontglipte mij een groet, toen de mollige Turkse vrouw met de blozende wangen en een mooi kindje van twee op de arm, mij keer op keer goedendag wenste. Ik boog mijn hoofd en liep stug weg. Soms als onze blikken elkaar kruisten, zag ik warmte en ook een beetje medelijden. Ik was de zonderlinge figuur op de tiende verdieping. De soliste op wie niemand greep had. De vrouw zonder mannelijke bezoekers, dus deugdzaam en respectabel. Ik wist hoe ze dachten. Ik wist wat ze in hun kamers bespraken omdat hun achtergrond niet zo veel verschilde van de mijne. En dat deed het meeste pijn. Ik hunkerde naar Amsterdam-Zuid. Naar de omgeving met louter blanken en enkele gekleurde successen, waar niemand me kende en waar de normen, waarden en gebruiken gelieerd waren aan de hoeveelheid materiële bezittingen die men in de loop der jaren had vergaard. Daar kon ik Amelie zijn, terwijl in Amsterdam-West mijn harnas elke dag meer barsten vertoonde. Telkens als een lief klein Marokkaans jongetje met krullend haar en ondeugende kuiltjes in de wangen me stralend aankeek, voelde ik wat ik zo lang probeerde te onderdrukken en dan miste ik thuis en alles wat met thuis te maken had, zelfs dat wat me jaar in jaar uit zo had gegriefd en voor de littekens in mijn ziel had gezorgd.

Ik koos voorzichtig uit met wie ik omging en omringde me met mensen die ik aankon, die ik in een oogopslag kon doorgronden, die vooral niet gecompliceerd waren en bovenal voorspelbaar. Mensen zoals Elsa. Zij was de enige die ik echt toeliet, tot een bepaalde grens. Maar Elsa was een mooi, succesvol, slim meisje met gefortuneerde ouders. Het meisje dat ik had willen zijn. Die alles had en zich nergens om hoefde te bekommeren. De enige smet op haar blazoen was de scheiding van haar ouders, vanwege de notoire veelmannerij van haar moeder. Elsa haatte haar moeder, maar bewonderde haar tegelijkertijd en hoewel ze gezworen had haar pad niet te volgen, bleken hun genen in alle opzichten identiek. Daarom wilde ze, zoals ze me keer op keer vertelde, geen gezin stichten, omdat zij niet een moeder was die voor haar kinderen kon zorgen. Elsa's driften waren te sterk en haar seksualiteit was ontembaar.

Elsa kwam in mijn leven toen ik haar in een scherpe bocht aanreed. Ik zat in mijn auto en zij zat op haar fiets die ze, zoals ze me later vertelde, op een hoek van de Kalverstraat voor twintig euro van een junkie had overgenomen. Ik kwam van mijn werk en zij van een afspraakje met haar moeder, toen ik even niet oplette en haar aanreed. Ze viel van haar fiets op de grond en ik remde zo hard dat de banden sporen op het wegdek veroorzaakten. Bij het stoplicht tegenover ons verzamelden zich drie studentikoze ramptoeristen die gefascineerd naar het door mij veroorzaakte ongeluk staarden. Ik rende naar het slachtoffer, dat ingetogen de pijn op zich liet inwerken. Geen enkel gekerm of gekreun, ze bleef verrassend civiel. Haar vale spijkerbroek was bij de rechterknie gescheurd, maar verder leek het mee te vallen. De ramptoeristen bemoeiden zich ermee.

'We hebben alles gezien, hoor,' riepen ze als met één stem en ze boden hun diensten aan tegen een bescheiden bedrag dat ze waarschijnlijk meteen wilden verbrassen bij de Bulldog op het Leidseplein. Ik moest me inhouden om hun nek niet om te draaien, maar trilde ondertussen van de zenuwen en angst. Niet omdat ik me zorgen om het slachtoffer maakte, absoluut niet. Het ging me om mijn opgebouwde no-claim bij de verzekeringsmaatschappij. Elsa zag hoe ik eraan toe was en voelde zich verplicht me gerust te stellen. Na heel wat klopjes op mijn rug en de belofte niet mijn verzekeraar te benaderen en de politie erbuiten te houden, vertrokken we naar een kroeg twee straten verderop en goten ons vol wijn. We praatten honderduit. Ik over mezelf en zij over haar werk als arts in een nabijgelegen ziekenhuis. Het klikte zo goed, dat we dronken van het lachen en de drank tegen sluitingtijd naar buiten rolden, richting mijn huis, waar we een fles port openden. Een slaperige Mart zat op de huidkleurige bank tot zij afscheid nam. Pas een jaar later, tijdens een ruzie, vertelde ik dat haar gezondheid me tijdens het ongeval niks had kunnen schelen, dat ik me toen om iets heel anders zorgen had gemaakt. Maar tegen die tijd was het voor haar al geen verrassing meer. Inmiddels wist ze hoe ik in elkaar zat.

Het verleden was zoals het heden, gevuld met voorspelbaarheden, ik ging alleen om met die mensen waarin ik mezelf herkende. Elsa was als ik, en daarom begrepen we elkaar zo goed. We wilden geen van beiden kinderen en we wisten dat we niet waren gemaakt om lief te hebben, of om van te houden, omdat liefde voor ons eenvoudigweg niet bestond.

Elsa werd wakker en pakte het blauwzwarte jurkje dat ze voor me had meegebracht. Het leek meer op een zijden nachthemd, dat mijn borsten voor een groot deel vrij liet. Ze borstelde mijn haren en maakte me op. Ik veranderde in iemand die ik niet kende; een vrouw die begerenswaardig en seksueel was. Elsa legde haar hoofd op mijn schouder en wees naar mijn borsten.

'Werkelijk prachtig,' fluisterde ze hees. 'Mooi, groot en rond. Vanavond gaan we op zoek naar een leuke man die het waard is om eraan te zitten.'

Ik glimlachte en keek naar mijn spiegelbeeld. Het jurkje

kwam tot halverwege mijn dijbenen, die langer leken door de zwarte pumps met lange stiletto's die ik van haar mocht lenen tot ik zelf nieuwe had gekocht. Elsa keek naar de klok.

'Tien uur. Zullen we?'

Ze liep naar de voordeur en griste haar jasje van de kapstok. Ik volgde haar en knipte onderweg het licht uit.

# 9

Twee mannelijke verpleegkundigen met hippe, blonde, ge-
kortwiekte kapsels en trendy kleding, Elsa en ik zaten in een
te luidruchtig café, dat het midden hield tussen een disco en
een nachtclub. De lucht boven ons tafeltje was dik van de
rook. De sigaretten en jointjes gingen rond, en als ik aan de
beurt was, schudde ik kort mijn hoofd zonder iets te zeggen
en keek strak naar de barman tegenover me, die kunstig een
cocktail mixte. Elsa legde haar arm zwaar over mijn schouders en boog zich naar me toe.

'Zie je al iemand?'

Ik schudde mijn hoofd, maar eigenlijk had ik nog niet echt
om me heen gekeken.

'Ze zijn wel wat jong vandaag,' constateerde Elsa een beetje
teleurgesteld. 'Misschien zijn we wat vroeg. O kijk, daar komen weer wat mannen binnen.'

Ze zagen er wel oké uit. Het waren Zweedse types, lang en
blond, met een hautaine houding die hun superioriteitsge-
voel benadrukte.

De homoseksuele verpleegkundige, Elsa's vriendje met wie
ze onze ruzies besprak, tikte ons op de schouder, schudde
met een gekunsteld lachje zijn hoofd, vouwde zijn handen
samen en stond op. Hij beende naar de twee blonde mannen
en drukte zonder een woord te zeggen zijn lippen tegen die
van de jongens die vol overgave terugtongden.

'O, shit. Hebben wij weer. Misschien moeten we maar ergens anders heen,' zei Elsa terwijl ze met haar ogen rolde.

De verpleegkundige keerde heupwiegend terug en plofte naast ons neer.

'Sorry dames, dit is niet jullie avond. Die twee ken ik van het uitgaansleven.'

'Valse nicht,' siste Elsa en ze kneep in zijn magere bovenarm.

Hij grinnikte en sloeg zijn martini in een keer achterover.

'Laten we gaan,' zei ik. 'Het bevalt me hier niet zo.'

Elsa stond meteen op en trok haar jas aan.

'Gaan jullie mee?' vroeg ze aan haar vrienden.

De mannen schudden vol overgave hun hoofd. 'Echt niet,' riepen ze bijna tegelijk.

'Vanavond gaan wij scoren,' riep de kleinste met het ringetje in zijn oor.

Ik liep weg zonder de jongens gedag te zeggen. Buiten rende Elsa hijgend achter me aan. Haar hakken maakten een raspend, tikkend geluid op de straatstenen.

'Loop niet zo snel. Deze schoenen zijn nieuw, ik moet ze nog inlopen. Amelie!'

Ik reageerde niet en verborg mijn koude handen in de zakken van mijn jas. Ik had er geen zin meer in. Mijn maag trok samen en hoewel Elsa vlak bij me in de buurt was en ik dolgraag met haar wilde praten, wist ik dat de woorden die zich in mijn gedachten vormden mijn mond niet zouden verlaten. Machteloosheid maakte zich van me meester. De herfst, die weldra in de winter zou overgaan, leek mijn gemoedstoestand te beïnvloeden. Ik had me nog nooit zo alleen gevoeld. Elsa rende achter me aan. Ineens werd ik overweldigd door een diepe genegenheid. Ik bleef staan en wachtte tot ze vlak bij me stond. En zonder dat ik erover nadacht, draaide ik me naar haar toe en nam haar zomaar in mijn armen. Ik hield haar stevig vast, alsof ik bang was dat zij elk moment kon vallen. Elsa stopte met ademhalen. Ik voelde haar lijf verstrakken, haar armen hingen slap langs haar lichaam. Langs, naast en achter ons liepen mensen, vrouwen en mannen, hondenuitlaters en fietsers die behendig de trams ontweken. Auto's gleden soepel over het wegdek en heel in de verte klonk een donderslag, gevolgd door een bliksemflits die de hemel in tweeën leek te splijten. En al die tijd, het leek wel een eeuwigheid, stonden we als albasten beelden tegen elkaar en ik hield haar vast, zonder dat zij bewoog. De verbazing verlamde haar en ik voelde alleen maar nog meer liefde voor Elsa. Dit hoorde niet bij mij en daarom wilde ik mijn vriendin niet loslaten, uit angst deze warmte te verliezen. Elsa slikte en probeerde een stap achteruit te doen, maar ik liet haar niet los. Mijn hoofd rustte op haar schouder en mijn hand streelde haar magere rug. Ze moest meer eten, dacht ik bezorgd, en ik wreef over haar botten die koud aanvoelden, om haar weer warm te laten worden. Ik wreef steeds harder en harder tot Elsa me van zich af duwde, naar adem snakkend, haar ogen wijd open van onbegrip. Alsof ze de logica van mijn gedrag niet inzag.

'Amelie,' bracht ze er schokkerig uit en ze schudde haar hoofd. Ze spreidde haar armen om haar machteloosheid te tonen. 'Gaat het wel een beetje met je? Ik...'

Ik draaide me om en liep weg, richting tram. Ik wilde naar huis, naar bed en naar een dvd'tje kijken en warme chocomel met slagroom drinken. Maar eerst wilde ik ergens kroketten kopen. In de Leidsestraat trok ik bij de Febo lukraak de minuscule raampjes in de muur open. Met mijn handen vol rotzooi snelde ik naar de tram en Elsa liep nog steeds mee. Ik hoorde haar niet, maar voelde wel haar aanwezigheid. Ik had besloten dat dit genoeg moest zijn, ik had geen zin om te praten. Ze riep me en eiste dat ik stil zou blijven staan, maar gelukkig kwam tram 2 eraan. Ik wurmde mezelf in de menigte en vond een zitplaats achterin, waar ik mijn kroketten en kaassoufflés verorberde terwijl ik uit het raam keek, recht in Elsa's verbijsterde gezicht. Ik bleef kijken tot de tram rinkelend wegreed.

Ik stapte bij het Centraal Station uit. Het plein was vergeven van jongeren, studenten, junks en daklozen en de spoorwegpolitie probeerde alles in goede banen te leiden, maar dat kon ze niet omdat ze het overzicht kwijt was. Verloren keken de mannelijke agenten om zich heen, af en toe werden ze aangeklampt door een provinciaal die de weg kwijt was. Ik liep naar de metro, maar bedacht me. Plotseling benauwde me het idee om weer opgesloten te zitten in een kubus vol dozen met herinneringen, die nog steeds moesten worden uitgepakt. Mijn innerlijke chaos was genoeg, al dat andere kon ik er niet ook nog eens bij hebben. Ik volgde twee Amerikanen met rugzakken, die naar de wallen liepen, terwijl ik de laatste kroket in mijn mond propte. De afgrijselijke stiletto's hadden me al minstens tien blaren bezorgd.

Uit de cafés vol hoerenlopers, dagjesmensen en pooiers kwam muziek en gelach. Ik liep langs de ramen waarachter de rode verlichting een eenzame gloed op de schaarsgeklede vrouwen wierp. Ze negeerden me en lachten naar de Japanners en Britten die verlekkerd naar hun volle rondingen staarden. Een Aziatische danste verleidelijk en boog zich voorover, waardoor haar kleine borsten wat voller leken. Even verderop stonden twee jongens met een biljet van tien euro te zwaaien.

'Tien euro. Ik ben zo klaar, weet je?' zei de kleinste in zijn versleten spijkerjas, bruine spijkerbroek en Nike-sneakers. Zijn lange bruine haren hingen als die van een hippie langs zijn gezicht. De grote negerin in een nietsverhullend jurkje schudde vermoeid haar hoofd en gebaarde dat ze op moesten donderen.

'Kom nou. Tien euro, man. Het is tien euro, meer dan twintig gulden. Even neuken en klaar.'

Ik moest mijn lachen inhouden, dit was zo banaal. Ze waren niet ouder dan veertien en snakten zo hevig naar volwassenheid dat hun wanhoop pijnlijk voelbaar was. Een magere man rookte een sigaret en pakte uit zijn leren jas een zakdoekje waar hij vol overgave zijn neus in snoot. Met zijn rechterhand veegde hij een sliert zwart haar van zijn voorhoofd, waarna hij met grote passen naar de jongens liep, ze bij hun schouders pakte en wegtrok van het raam.

'Oprotten, teringlijers,' schreeuwde hij met een verrookte stem. 'Jullie kosten me mijn omzet. Nog een keer en ik schop je zo hard dat je alleen nog maar in je dromen kunt neuken.'

De jongens trokken zich los en renden, bijna struikelend over hun eigen benen, weg. De Surinaamse vrouw, die er eerder uitzag als een verweerde huisvrouw, snoof verachtelijk en opende de deur voor een man, strak in het pak en zijn haar glimmend van het gel. Ik herkende hem van Dante, het was de effectenmakelaar. Het gordijn werd dichtgetrokken.

'Hé, geil wijf,' zei de magere pooier die een shaggie aan het draaien was. 'Ik heb nog wel ruimte voor een leuk ding. Wil je wat verdienen? Je hoeft er niet veel voor te doen, alleen maar je benen te spreiden.'

Ik bleef staan en keek hem aan. Hij stopte met draaien, ik zag dat hij verrast was, hij had verwacht dat ik weg zou lopen. Maar ik bleef hem aankijken en pas toen er een glimlach op zijn gezicht verscheen, liep ik terug naar het station.

In de hal stonden groepjes jongeren voor een frietzaak, gadegeslagen door keuvelende tienermeiden die giechelend cijfers gaven voor het lekkerste kontje. Een stel, hij een sikh en zij in een sari met daaroverheen een winterjas, liep samen met twee kinderen zoekend rond en trok een hypermoderne Samsonite achter zich aan. Ik volgde hen en draaide me al lopend om. In de verte kwam een bejaard Hindoestaans stel ze tegemoet, de armen wijd. Ze omhelsden de twee jongens en kusten de man en vrouw die van blijdschap hun koffers in de steek lieten. Een tijdloze hereniging, onbewust krulden mijn lippen zich in een gelukkige glimlach, alsof ik met zo veel liefde in de armen werd gesloten. Met een schok botste ik tegen een bebaarde grijsaard, gekleed in een versleten militair kostuum. De stank die hij uitwalmde was penetrant en adembenemend. Mijn maag duwde de kroketten naar boven. De man stak zijn hand uit, zijn ogen bijna dreigend samengeknepen, alsof ik hem de schade van de botsing moest betalen. Ik ontweek hem en liep door, mijn blik op oneindig.

'Vuile hoer,' schreeuwde hij met dikke tong. 'Vuil teringwijf!'

Niemand die opkeek of er iets van zei. Het was een alledaags tafereel met een man die voor de samenleving en nog meer voor mij een onaanraakbare was.

Hoewel de avond de nacht net leek te raken, liet ik me door de mensenstroom naar buiten leiden, richting het pontje naar Amsterdam-Noord. Ik volgde de meute en ontweek de fietsers die behendig het pondje opreden. Het was vol, overvol, maar ik wurmde me erop en sloeg mijn armen over elkaar om me warm te houden. Met een lichte schok bewogen we van de kade, op de golven van het IJ. Een lamp verlichtte het duistere water. Ik keek naar de dubbeldeksrondvaartboten met hun majestueuze namen. Maar wat deed ik hier eigenlijk? Ik besloot de volgende pont terug te nemen.

Aan de overkant verlieten alle reizigers de pont. Ik liep ze voorbij, draaide me om en keek naar de boot achter me. Ik moest terug, maar iets dwong me om verder te lopen. Het voetpad werd geflankeerd door donkere struiken en een felgekleurd flatgebouw. Een man en een vrouw reden op hun scooter voorbij, harde vlagen R&B-muziek uit hun speakers overstemde het geluid van krekels en het hysterische gehuil van een baby, ergens in een appartement. Stug liep ik door, rillend van de kou die genadeloos door mijn jas drong en tussen mijn huid en het flinterdunne, zijden jurkje bleef hangen als een ongewenste bezoeker. Hoe verder ik liep, hoe meer ik rilde van de zenuwen. Angstig keek ik om me heen. Als niemand mij maar zag. Bij een bushalte bleef ik staan. Een gebouw, dat ik jaren niet meer had gezien, hield mijn aandacht vast. De bovenramen van de moskee, gesitueerd in een verheiligd woonhuis, waren verlicht. Ik hoorde vage stemmen, er werd melodieus een koranvers opgezegd. Ik luisterde en voelde een vreemde rust. Slap zakte ik op een koud bankje, terwijl ik mezelf krampachtig omhelsde. De deur zwaaide open en een groepje mannen, ik herkende het vierkoppige bestuur, onder wie mijn vader, kwam naar buiten. Mijn vader droeg een bruine djellaba, die vormeloos over zijn tengere gestalte hing. Een zwarte muts bedekte zijn haren, die nu grijs moesten zijn. Hij praatte druk gesticulerend met de drie mannen, die telkens knikten en gelijktijdig over hun baarden streken. Een Mercedes stopte naast hen. De koplampen van de wagen verlichtte een deel van mijn vaders gezicht. Ik merkte dat mijn adem stokte. Hij zag er zo oud uit. Zijn gezicht was geteisterd door groeven. Het topje van zijn neus was een beetje rood en vochtig. Uit de zak van zijn djellaba diepte hij een katoenen zakdoekje op, en hij veegde zijn neus schoon. Mijn vaders ogen leken vermoeid en futloos, maar ook wilskrachtig. Toen bewoog hij zijn hoofd mijn kant op. Zijn blik bleef even op mij rusten, maar door de snelheid waarmee hij zich weer afwendde, realiseerde ik me dat hij me niet herkende, omdat hij me gewoon niet verwachtte. Mijn vader stapte in de Mercedes. Pas toen de auto wegreed, zag ik dat Ilham achter het stuur zat. Ze kuste mijn vader op zijn wang. Hij liet zich het welgevallen. Een glimlach deed hem even jonger lijken dan zijn uiterlijk deed bevroeden. Met piepende banden reed de bak weg, terwijl de andere Marokkanen hem goedkeurend nastaarden.

Ik bleef als bevroren in het bushokje zitten en negeerde de bussen die met een lichte aarzeling voor me stopten om vervolgens met luid geraas en een zachte zucht weer weg te rijden. Er liepen slechts enkele opgeschoten jongeren rond. Ik keek naar hen, die mij met een lichte verbazing aanschouwden. Ik begreep niet waarom ze buiten waren, als ze ook bij hun familie konden zijn. Dit was een te koude, onpersoonlijke en ongastvrije nacht. De wind sloeg zijn armen om me heen en streelde met vingers als ijspegels de hardheid van mijn huid. Eindelijk liep ik terug naar de pont, maar die bleek niet meer te gaan. Geld voor een taxi had ik niet en het was minstens een halfuur lopen naar de dichtstbijzijnde automaat. Dus besloot ik maar weer op een bankje te gaan zitten, hopend op de meegevendheid van de tijd. Ik luisterde naar de golven, die zacht met de kade speelden.

Geschreeuw, gefluit en de dreigende voetstappen van jongens die ik had moeten ontwijken. Ze naderden, geëscorteerd door de deuntjes van radiozender FunX op hun mobiele telefoons.

'Hé, moet je die chick zien,' riep er een achter me. 'Waar wacht ze op?'

'Vraag het haar, niet mij, man!' antwoordde een ander.

'Dag vrouwtje, wat doe je hier alleen?'

Een donkere jongen ging naast me zitten en sloeg zijn arm om me heen.

'Volgens mij heb je het niet zo leuk in je eentje. Zullen we samen iets doen? Even genieten, alleen jij en ik.' Hij lachte luid.

Ik keek hem aan. Hij was lang en slank, met hoge jukbeenderen en bruine ogen; ogen die ik uit duizenden zou herkennen.

Twee anderen kwamen voor me staan. De kleinste met de meeste krullen stak een sigaret op, zoog zich eraan vast, inhaleerde alsof zijn leven ervan afhing en boog zich voorover.

'Laten we met z'n allen iets leuks doen,' zei hij en toen viel hij stil.

Ook de andere jongens zeiden niks meer. Ze keken me vertwijfeld aan en de jongen naast me haalde zijn arm van mijn schouder.

Hun zwijgen was drukkend en toen ik ze zo om me heen zag staan met een niet-begrijpende blik in hun ogen, en met de onmacht die hun houding uitstraalde, begon ik als een waanzinnige te huilen.

'Ben, haal je auto.'

De jongen met de krullen liep weg en niet veel later kwam er een Golf schokkend tot stilstand.

'Ben brengt je naar het station. Daar kun je een taxi nemen. Kom hier niet meer,' zei de kleinste van de vier. Hij probeerde dreigend te kijken, maar het hakkelen van zijn stem verried een machteloze meelevendheid waarmee hij niets kon. Ik stond op en stapte naast Ben in de auto. Op de deunen van folkloristische berbermuziek reden we over de snelweg via de IJtunnel naar het station. Ben stopte langs de kant van de weg. Hij schakelde zonder de koppeling goed in te drukken, en een scherp ijzer-tegen-ijzer-geluid teisterde mijn oren. Ik had de deur nog niet achter me dichtgegooid, of Ben trok op en stoof weg zonder een woord. Als een dier op de vlucht.

# 10

De schittering van de helderblauwe hemel en de hoogstaande zon gaven de illusie van een warme zomerdag. Terwijl ademwolkjes uit mijn mond ontsnapten, zocht ik naar het juiste adres. Ik wilde de weg vragen, maar geen voorbijganger leek uit dit deel van de stad te komen. Het waren louter bezoekers, die ongeïnteresseerd hun schouders ophaalden en hun weg vervolgden. Mijn dikke mantel en wollen handschoenen zorgden voor bescherming, slechts mijn oren en neus waren zo koud dat ze op het punt stonden gevoelloos te worden. Na een halfuur te hebben rondgelopen en de psychologe keer op keer te hebben gebeld, maar ik kreeg telkens het antwoordapparaat aan de lijn, besloot ik terug te keren naar de tramhalte. Diep vanbinnen was ik opgelucht. Ik had geen zin om een uur te verkwanselen met nietszeggende onzinnigheden. Maar net toen de tram om een bocht verscheen, ging mijn mobiele telefoon af. Ik aarzelde, maar de naam van de psychologe lichtte zo op, dat het bijna dreigend leek. Alsof de vrouw achter me stond en me nauwlettend in de gaten hield. Ik nam op en liet de tram aan me voorbijgaan. De zachte stem van Yvon Hidalgo klonk bezorgd maar ook giechelig, omdat ik duidelijk niet de enige was die haar niet kon vinden. Helder zette ze de route uiteen en algauw stond ik voor haar appartement, innig omklemd door twee familiezaken: een verwaarloosde wasserette met graffiti op de muren, en een tabakswinkel. Ik belde aan. Een luid gezoem welde op en met een zucht van teleurstelling, omdat het me dit keer niet was gelukt om de afspraak te ontlopen, drukte ik tegen de zware, metalen deur. Een ellenlange, steile trap doemde naargeestig voor me op, donker en op elke tree lagen kranten, affiches en brieven. Als in een studentenhuis. De praktijk van de psychologe was gevestigd op de vierde verdieping, dus moest ik vier steile trappen op terwijl ik geen conditie had. Met piepende adem en bezweet kwam ik na zes lange minuten uiteindelijk aan. Een mooie, mollige, donkere vrouw met een afrokapsel begroette me met een warme glimlach. Ze droeg een wijdvallende rode jurk, die haar overdadige rondingen niet kon verhullen. Haar gezicht was rond, en ze had pretlichtjes in haar ogen die ieder ander tot een glimlach zou verleiden, maar ik was er immuun voor. Ze leidde me naar haar werkkamer, een kleine ruimte die knus was ingericht met zachte, rode sofa's en een houten tafeltje met een schaal baklava, en de muren waren bedekt met tientallen kindertekeningen.

'Van mijn kleinkinderen,' zei ze zacht toen ze mijn blik volgde. 'Ik word er vrolijk van, het is dan net of ze bij me zijn.'

Ze lachte en gebaarde dat ik tegenover haar in een van de banken kon plaatsnemen. De kussens waren zo zacht dat ik dreigde te ontspannen. Ik had mijn jas nog aan en ik hield met beide handen mijn tas vast, die zwaar op mijn schoot rustte.

'Je kunt je jas uitdoen, hoor. Geef anders maar, dan hang ik 'm wel op.' Ze stond op en stak haar arm uit, maar ik schudde defensief mijn hoofd.

'Ik heb het een beetje koud,' zei ik zonder me te verroeren.

De dikke psychologe zakte weer in haar fauteuil. 'Het is hier twintig graden. Kijk maar, daar hangt een thermostaat.'

Ik zei niks en staarde haar afwachtend aan. De vrouw

vouwde haar handen, knikte en stond weer op. Uit een grijs-blauwe dossierkast, die in de kleurige, gezellige kamer volledig misstond, haalde ze een stapel formulieren tevoorschijn. Ze legde ze netjes voor me op tafel neer.

'Voordat we beginnen, zou ik je willen vragen om dit in te vullen. Het is standaardprocedure. Gewoon wat vragen over jouw medische verleden. Het wijst zich vanzelf. Het is voor je dossier,' zei ze zacht.

Met tegenzin zette ik mijn tas op de grond en boog me voorover naar het tafeltje. De psychologe gaf me een blauwe Bic-pen.

'Wil je thee, koffie of wat fris, misschien een jus?'

'Nee, dank u.'

'Ik heb vandaag heerlijke baklava bij de Turkse bakker gehaald, de beste in Oost. Zal ik een stukje voor je op een bord leggen?'

Ik schudde mijn hoofd, terwijl ik druk mijn naam, achternaam, leeftijd en nog meer arbeidsintensieve antwoorden op de lijst invulde. Hier had ik geen zin in.

'Ik ga voor mezelf wat thee inschenken,' zei ze met een gekunsteld vrolijke stem. Ze glimlachte, maar haar ogen stonden ernstig.

Ze schuifelde de kamer uit en vanuit de keuken hoorde ik haar luid rammelen met kopjes terwijl ze in een vreemde taal een liedje zong. Na een kwartier was alles ingevuld. Ik legde het stapeltje voor haar neer, de goedkope pen er pontificaal bovenop. Ik pakte mijn tas, zette die weer op mijn schoot en wachtte tot zij zou beginnen. Maar de psychologe had geen haast. Heel rustig legde ze twee baklava's op een bordje, nam een slok van haar thee en at de zoetigheden met gesloten ogen op. Nu en dan hmm'de ze, terwijl ze verlekkerd nog een stuk van het met honing doortrokken gebak verorberde. Ik keek op mijn horloge. We hadden nog twintig minuten. Ik vond het best. Yvon veegde haar vingers met een papieren servet af en nam weer een slok thee, waar ze minstens vier suikerklontjes in had gegooid. Ze keek intens tevreden.

'Waarom zo stijf?' vroeg ze luid lachend. 'Als we dood zijn hebben we tijd genoeg om stijf te liggen.'

Mijn mond viel open.

'Dood?' bracht ik uit en ik hield mijn hoofd schuin. 'Wat is dit voor een opmerking?'

De psychologe verstrakte.

'Ik voel veel weerstand, je bent te stijf en te ernstig. Een on-doordringbare muur. Ik heb wel vaker mensen in mijn prak-tijk die zich zo bedreigd voelen dat ze de deur van hun inner-lijk dichtgooien. Je uitval zal ik dan ook opvatten als een teken van onzekerheid en angst.'

'Ik ben nergens bang voor,' zei ik scherp. 'Ik ben de laatste tijd gewoon wat moe en zwaarmoedig en daardoor komt er niks meer uit mijn handen. Ik heb me ziek gemeld.' Ik zocht naarstig naar andere woorden om mijn situatie te verduide-lijken. Ik kon moeilijk zeggen dat ik er slechts was voor een alibi, opdat ik niet meer naar mijn werk hoefde, of in ieder geval voorlopig nog niet. Maar toch voelde ik agressie. Ze was te lief, te aardig, te gastvrij en begrijpend. De psychologe vul-de haar bord met nog meer baklava en ik keek haar jaloers aan. Ik wilde ook eten. De hele schaal leeg. Alles naar binnen proppen met een kan suikerthee toe. Maar ik zou nu niet bre-ken en ze zou niks van me horen, alleen het geijkte.

De psychologe at en dronk. Toen veegde ze weer haar vin-gers af.

'Niet bang om aan te komen?' vroeg ik wijzend naar de overvloed aan vetrollen die rond haar lijf bungelde.

Ze lachte hard. Haar afro waaierde als een aureool boven haar hoofd. Ik wilde haar niet aardig vinden.

'Mooie, mooie dame,' zei ze nahikkend. 'Ik ben zestig jaar,

ben drie keer getrouwd geweest en ook weer gescheiden, en woon nu samen met een droom van een vent. Ik heb zes kinderen gebaard en die hebben me meer dan twintig kleinkinderen geschonken. Nu is het mijn beurt om te genieten. Een beetje vet kan geen kwaad. Ik ben niet zoals jullie autochtonen, die constant op de calorieën letten. Mannen houden van een rond en voluptueus achterwerk en van grote borsten en natuurlijk van een zachte buik. Vraag een man waar hij liever op ligt, dan zegt hij "liever op een teder kussen dan op een zak met uitstekende botten". Ja, ik ben dik. Maar ik heb de beste seks ooit en kom zelfs van bouwvakkers geen aandacht tekort.'

Ik probeerde uit alle macht een glimlach te onderdrukken, waar ik grandioos in faalde. Voor ik het wist zaten we te gillen van de lach. Ik sloeg met mijn handen op mijn dijbenen, terwijl ik het uitproestte en de psychologe moest nog harder lachen toen ze zag dat het haar gelukt was om mijn weerstand binnen veertig minuten te breken. Zonder te vragen pakte ze een bord, legde daar drie stukken baklava op en schonk thee voor me in waar ze ongevraagd vier klontjes suiker in gooide. Ik trok mijn jas uit, omdat ik inmiddels zweette van de hitte en legde mijn tas op de grond. De rest van het uur hadden we het alleen maar over het slechte weer in Nederland.

Voor het eerst sinds tijden liep ik met een brede glimlach over straat. De zon scheen, hoewel het koud was, maar het vrolijke licht maakte me diep vanbinnen blij. Ik besloot geen tram te nemen, maar een flink stuk te lopen om de calorieën te verbranden. Ik was tenslotte nog geen zestig en moest eerst een vent aan de haak slaan voor ik mezelf kon laten gaan. In een boekenzaak kocht ik een tijdschrift en ik ging in een cafeetje een cappuccino drinken. Terwijl ik genoot van het melkschuim op mijn tong, voelde ik een enorme drang om op te kijken. Een man en een vrouw, innig gearmd alsof ze in hun wittebroodsweken waren, kwamen binnenlopen. Ergens achterin, naast de gokkast, de kapstok en de toiletten, vonden ze een tafel. Hij schoof haar stoel naar achteren en zij ging zitten. Zonder zijn adorerende blik van haar af te houden, plofte hij tegenover haar neer. Meteen schoven hun handen in elkaar. Haar duim gleed liefkozend over de zijne. Hij pakte haar hand en drukte er zijn lippen op. De verliefdheid die ze ongegeneerd tentoonspreidden was misselijkmakend. In mijn keel zat een brok. Ik wist niet of ik die eruit moest kotsen of hard moest gillen om de brok door de kracht van het geluid te breken. Mijn handen trilden zo erg dat ik koffie op mijn tijdschrift morste. Mijn mond stond wagenwijd open. Ik keek naar hem en haar met een woede die steeds groter werd. Ik stond op en rende praktisch naar hen toe en toen ik voor ze stond, zag ik dat ik mijn inmiddels lege kop nog steeds vasthield.

'Vuile klootzak,' gilde ik. 'Vuile, doortrapte goorlap.'

Iedereen in de zaak stopte als één stem met praten, luisterde naar mijn met woede doordrenkte gescheld en keek naar het met afgrijzen gevulde gezicht van Mart en zijn nieuwe vriendin.

'Amelie!' Mart keek opgelaten om zich heen. 'Niet hier en niet zo.'

'Wie denk je wel niet dat je bent? Wat ben jij een lul!'

'Amelie,' zei de vrouw die ik weleens tijdens een etentje had gezien. Zij was de zus van Anne, Oliviers vrouw. 'Misschien is het beter dat je gewoon even gaat zitten, dan kunnen we dit rationeel bespreken. Dat is beter dan hier een scène schoppen.'

Mijn god, dacht ik, zij was Marts kloon.

Terwijl zij haar idee op een heldere toon uiteenzette alsof

ze een vergadering voorzat, zag ik Mart driftig knikken. Hij keek haar aan alsof hij elk moment zou klaarkomen.

Ik wilde hem slaan en haar ook.

'Hoelang heb je al een relatie met haar?' vroeg ik. 'Want daarom heb jij het uitgemaakt. Jij zou nooit iets eindigen zonder zekerheid over iets anders. Ik ken je inmiddels goed genoeg.'

'Het is uit, Amelie. Het is uit,' zei de nieuwe vriendin, terwijl ze verachtelijk snoof.

Ik kon me niet inhouden en voor ik het wist had ik het glas water gepakt, dat op een dienblad stond van de roodharige serveerster die toevallig passeerde, en de inhoud in het gezicht van Marts vriendin gegooid. Toen werd ik door de bedrijfsleider of manager of gewoon een senior medewerker naar buiten geholpen. Even later kwam de serveerster naar me toe met mijn spullen en ze zei zacht dat ik niet hoefde te betalen. Terwijl ik ziedend van woede mijn jas aantrok, boog ze zich naar me over en legde kort haar hand op mijn schouder.

'Wat super zeg, dit ga ik aan mijn vriendinnen vertellen. Mannen zijn klootzakken.' Ze liep naar binnen, maar draaide zich bij de deur om en haar glimlach deed mijn woede in één keer smelten.

Maar ik ging niet weg. Ik bleef om de hoek van het café wachten tot het gespuis naar buiten liep. De haren van Marts vriendin hingen in natte pieken om haar ingevallen gezicht. Ze keek beduusd, alsof ze niet kon begrijpen dat mensen zich zo konden laten gaan. Ze wilde schreeuwen toen ik op hen af liep en dreigend voor ze ging staan. Mart keek wanhopig naar het hemeldak, alsof hij verwachtte dat demonen hem te hulp zouden schieten.

'Hoelang had je een relatie met haar gehad toen je nog met mij was?' vroeg ik met strakke stem.

Mart keek naar zijn schoenen en zijn vriendin zei ook geen woord, maar ik wist genoeg. Ik draaide me om en liep weg zonder om te kijken. Gelukkig stopte er op dat moment een tram richting de Dam. Ik stapte in en voelde hun blikken in mijn rug branden.

# 11

Mijn moeder en ik konden niet goed samen overweg. Mijn familie zei weleens dat onze karakters als twee druppels water op elkaar leken en het is nou eenmaal bekend dat plus en plus niet samengaan. Mijn moeder en zusje waren min en plus, en daarom vielen hun karakters harmonieus in elkaar. Maar ik was ik en op bepaalde momenten vervloekte ik mijn opvliegendheid. Nog meer haatte ik mijn vermogen er op willekeurige momenten van alles uit te flappen. Wat ik ook voelde, waar ik ook aan dacht, ik gooide het er meteen uit. Op school konden ze niet met mij omgaan, op het werk vonden ze me bot en soms zelfs meedogenloos. Ik spaarde niemand, ook mezelf niet. Mijn moeder werd woedend als ik zelfs in het heetst van de strijd toch nog mijn mond opendeed en keihard riep dat ik het niet met haar eens was. Het maakte niet uit wat, als zij a zei, antwoordde ik z, tot haar grote frustratie.

Ik voelde me vaak alleen. Ik kan me niet herinneren wanneer mijn vader ons verliet, zonder daadwerkelijk weg te gaan. Wij woonden in een huurflatje en mijn vader kocht een huis. Ik mocht vaak langskomen, zijn nieuwe huis stond pal tegenover onze flat, maar mijn moeder wilde dat hij zijn kinderen bezocht en niet omgekeerd, omdat ze hoopte hem zo vaker te zien. Ik hunkerde om bij hem te zijn en zijn dagelijkse beslommeringen te zien. Een van zijn grootste hobby's was om op een zondag, gekleed in een trainingspak en met een muts op zijn hoofd, in de tuin met zijn transistorradio te spelen. Dan deed hij alsof het ding een satellietschotel was. Hij richtte de radio naar oost, west, zuid en noord en sprong van vreugde op en neer als hij vaag en krakend een Arabisch sprekend persoon hoorde. De dagen dat het hem lukte om een Marokkaanse voetbalwedstrijd in zijn geheel te volgen, waren niet alleen voor hem paradijselijk, maar ook voor mij. Dan gaf hij me een paar gulden en mocht ik bij de snackbar een patatje met mayo kopen. Ik liep dan smullend terug naar huis en zorgde ervoor alles op te hebben voor mijn moeder het zou zien. Als de avond viel, moest ik op mijn zusje passen omdat mijn moeder naar mijn vader ging. Ze bleef daar tot de volgende ochtend en kwam verfomfaaid terug, met vegen mascara op haar gezicht en wild doorwoelde haren, dan intens tevreden. Aan de keukentafel, terwijl ik boterhammen voor mijn zusje en voor haar smeerde, stak ze de ene sigaret na de andere op, terwijl ze afwezig uit het raam staarde.

Maar er veranderde iets toen mijn vader van mijn moeder scheidde. Ze bleven voor de Marokkaanse wet getrouwd, maar om Saloua, zijn nieuwe vrouw, het land in te krijgen moest zijn dossier in Nederland schoon zijn. Ik was erg jong, maar toch kan ik me de spanningen nog goed voor de geest halen. Ik herinner me mijn moeder die in het holst van de nacht vaak huilend voor mijn bed stond. Dat waren de enige momenten waarop ze aardig voor me is geweest, omdat ze iets van mij verlangde. Dan kwam ze bij me zitten en legde haar hoofd op mijn borst, terwijl ik haar haren streelde en haar wiegde om haar rustig te krijgen. De eerste keer dat ze het deed, raakte ik in paniek. Zodra zij weer wegging, dook ik onder de dekens en huilde omdat ik me nooit eerder zo onveilig had gevoeld. Maar als ik eraan terugdenk, weet ik dat de enige flexibelen in deze samenleving kinderen zijn, want zij passen zich overal feilloos aan aan. Net als ik vroeger. Ik wende aan de situatie en op een gegeven moment ontleende ik er zelfs vreugde aan. Een huilende moeder was voor mij uiteindelijk beter dan een schreeuwende. Ik weet nog dat mijn moeder zacht fluisterde dat ze zo veel van mijn vader hield, en dat ze bang was dat hij haar helemaal zou verlaten en dat ze zonder hem niks was. Ik weet ook nog dat ze het over seks had. Ik begreep haar niet. Ook niet toen ze mompelde dat zij nog altijd beter met mijn vader neukte dan dat dorre blad uit de bergen. De volgende dag ging ik naar mijn vader en vroeg waarom hij liever met een dor blad wilde neuken dan met mamma. Ik weet nog als de dag van gisteren dat mijn vaders mond openviel van verbijstering en dat de buurvrouw, die naast hem stond, zich vasthield aan de heg. Ik begreep hun reactie niet. Mijn vader hief zijn hand op om mij te slaan. Ik dook ineen, maar zijn hand zakte omdat de buurvrouw haar hand voor haar mond sloeg en afkeurend haar hoofd schudde:

'Dit is Marokko niet, buurman. Hier kun je je kinderen niet zomaar slaan,' zei ze schel. Ik was haar dankbaar. Maar had toch liever die klap van mijn vader gehad dan de bezemslagen van mijn moeder.

Reepjes verleden zakten naar de achtergrond toen ik in de keuken naar de tienerfoto van mijn zusje keek. Haar huid was smetteloos blank met alleen een puistje naast haar neus dat haar niet eens misstond. Haar ogen waren groot en amandelvormig en haar haren omlijstten haar ovale gezicht. Een golf warmte stroomde als lava door me heen. Ik streelde haar lippen, haar wangen en bracht de foto naar mijn mond. Ik kuste haar alsof zij naast me zat en in gedachten stelde ik me voor dat ze me omhelsde, me wiegde, me troostte en mooie woorden in mijn oren fluisterde; dat alles eigenlijk slechts een vluchtige nare droom was geweest en het echte leven achter de horizon van de nachtmerrie te vinden was.

Die luttele seconden dat ik haar even dacht te voelen, waren me waardevol. Met hernieuwde energie stond ik op en zette een pot muntthee. Bij de Marokkaanse slagerij had ik een bos muntbladeren gekocht en een blik Chinese thee. Routineus waste ik de bladeren, goot heet water over een beetje Chinese thee, spoelde die om en goot het water af in de wasbak. Ik propte de bladeren met een berg suiker in de theepot en vulde alles aan met kokend water. Toen liet ik de thee pruttelen. Geleidelijk aan rook de keuken naar de kamers van mijn herinneringen. Ik vulde een glas met het goudkleurige vocht en ging in de huiskamer op de bank zitten. Ik warmde mijn handen, rook aan de thee en nam voorzichtig een slok. Ik zette de tv aan en keek zonder ze echt te zien naar de beelden op het scherm. Gewend aan de hitte van de thee dronk ik hem met grote slokken op en zette het lege glas op de grond. Uit mijn vestzak haalde ik de foto van mijn zusje weer tevoorschijn. Ik glimlachte terwijl ik naar haar keek en vroeg me af of zij nu ook aan mij dacht. Ik vroeg me af of zij me net zo erg miste als ik haar. Zou ik haar ooit nog spreken? Zou ik ooit nog haar armen om me heen voelen?

Ik had nooit gedacht dat het leven dit spel met mij zou spelen. Lange tijd gaf ik mezelf de schuld voor wat er was gebeurd. Was ik maar met de stroom meegedreven, dan was me dit niet overkomen, dan was ik niet verworden tot een verschoppeling: iemand die er jaren over had gedaan om vroeger te vergeten, om het voelen weg te drukken. Ik had veel gelezen en gemediteerd om mezelf weer te vinden. Uit die zelfkennisboeken leerde ik dat alles een reden had en dat je deed wat bij je hoorde en dat ook jij als mens een geschiedenis met je meedroeg, die in het heden je toekomst zou bepalen. Tot op de dag van vandaag begreep ik die redenering niet helemaal. Ik bleef hangen op dat alles een reden heeft.

Het enige wat ik geleerd had, was dat ik niet alléén kon overleven, terwijl ik daar vroeger juist van overtuigd was geweest.

Onrustig liep ik in mijn kamer heen en weer en hoorde de telefoon voor de zesde keer rinkelen. Het display verried het nummer van mijn werk. Zouden ze me missen? Ik moest er niet aan denken om weer in dat muffe kantoor te zitten, met al die mensen die ik het liefst aan de hoogste boom zou willen hangen. Ik kon niet meer tegen hun gemaaktheid en hun hang naar uiterlijkheden en status. Vroeger ging het me beter af omdat ik niet zo veel van hen verschilde, maar een aantal weken van hen verstoken, deed me mezelf weer ontdekken. Het was een schril contrast met vroeger, toen ik alles wat met mijn diepste ik te maken had, wilde ontwijken. Ik glimlachte toen ik aan de psychologe dacht. Haar warmte en haar onorthodoxe werkwijze hadden een gevoelige snaar bij me geraakt. Ik zag haar niet als een professional, maar als een moeder. Ik hunkerde ernaar om bij haar te zijn en te vertellen over mijn dromen en mijn idealen, zoals reizen, lekker eten en mooie mannen. Ze had me een brief meegegeven voor de bedrijfsarts, waarin ze schreef dat ik gebukt ging onder overweldigende zwaarmoedigheid en depressiviteit. Ik lachte toen ze dat opschreef, want het betekende uitstel om weer te moeten gaan werken. Zij en mijn huisarts waren me gunstig gezind en daarom wilden ze veel voor me doen. Ik vond het lief dat zij uit vriendelijkheid over mijn depressie had geschreven terwijl ze, net als ik, wist dat ik daar absoluut niet aan leed. Ik ging bij haar langs en nam taartjes mee, waar ze heel blij mee was. We keuvelden wat, praatten over alledaagse dingen en zij schreef het een en ander op. Ze liet me begaan en juist die vrijheid zorgde voor een bepaalde mate van rust. Zij gaf me het gevoel thuis te komen.

Ze vond mijn naam mooi: Amelie Céline. Ik knikte en zei niks, maar nam in plaats daarvan een slok van de overdreven zoete thee, even glazuur-van-tandenspringend-zoet als Marokkaanse thee. Ze vroeg naar mijn afkomst.

'Mijn moeder is Française en ze heeft me naar mijn oma vernoemd,' zei ik een beetje ontwijkend. Ik wilde het daar niet over hebben. De psychologe had het door en vertelde over de aankomende Gayparade. Haar jongste zoon, Arthur, was een van de organisatoren. Ze glom van trots als ze over hem sprak en ze kon het niet laten me een foto te laten zien van hem en zijn Marokkaans-Nederlandse vriend Mehdi. De twee mooie mannen stonden bij de deur van een disco, de armen innig om elkaar heen geslagen terwijl ze elkaar bijna dronken van verliefdheid aankeken.

'Prachtig,' zei ik vertederd. 'Werkelijk prachtig,' en ik gaf haar de foto terug.

Ik moest wennen aan de vele veranderingen in mijn leven. Het ging me moeilijk af omdat ik de weerstand die ik tegen veranderingen voelde, de nieuwe leefregels, tegen probeerde te houden en me een naar gevoel gaf. Ik voelde me een puber die zich tegen haar ouders verzette. Ik leefde als van God los, zoop me te pletter en overat me aan alles waar een minimum aan voedingsstoffen in zat. Ik luisterde naar harde muziek en deed alsof ik het kloppen en bellen van geïrriteerde buren niet hoorde. Ik danste naakt rond met de gordijnen wijd open en hield mijn borsten vast terwijl ik half over de balustrade van mijn balkon hing. Ik hoopte dat iemand me zou zien, maar net als ik was ieder ander verstrikt in zijn eigen egocentrisme; het kon ook niet anders, dit was de periode van blindheid voor de buitenwereld. Ik moest mezelf bedwingen, toen ik zo veel whisky had gedronken en valium had geslikt, om buiten volledig naakt rond te gaan lopen. Ik wilde zien hoe er op me gereageerd zou worden. Nee, ik wilde worden opgemerkt, ik wilde dat mensen doorhadden dat ik er ook nog was, begeerlijk met mijn uitdijende rondingen. Ik was lui, zo godvergeten lui, dat ik me niet meer schoor en mijn okselharen op lianen leken en de haren op mijn benen op een geheel onontdekt tropisch bos. Maar eigenlijk moest ik me wel scheren, want ik wilde uitgaan en dansen en nog meer drinken en tegen mannen aan hangen en met ze mee lullen over van alles en nog wat en doen alsof hun idiote grappen echt grappig waren, dus gewoon neplachen zodat zij gecharmeerd van mij raakten, zoals zij dat ook waren door al die blonde nitwits met de hersencapaciteit van een pasgeboren chimpansee. Ik snakte ernaar om eens goed geneukt te worden. Gewoon keihard, zo hard dat mijn hoofd tegen de bedrand aan knalde, zo hevig dat ik na afloop niet meer kon lopen. Tijdelijke, vrijblijvende seks. Ik pakte mijn mobiele telefoon en belde Elsa en natuurlijk nam ze niet op omdat zij weer driedubbele diensten draaide. Ik wilde iemand anders bellen, maar ik had verder niemand. Ik maakte een nieuwe fles J&B open en goot de alcohol in mijn keel. De warmte golfde naar mijn maag en borrelde onbestendig, maar het voelde lekker, geruststellend. Ik kon slapen, maar eigenlijk had ik daar helemaal geen zin in. Vandaag was het tijd om uit te gaan, om nieuwe contacten aan te boren.

Mijn volle blaas rukte me uit een vlakke, droomloze slaap. Met tegenzin kwam ik overeind en kreeg meteen een klap tegen mijn hoofd: de beginnende kater van een nacht die ik me niet meer voor de geest kon halen. Mijn slapen klopten pijnlijk en mijn mond smaakte zurig, alsof ik mijn longen uit mijn lijf had gekotst. De kamer was zo donker dat ik geen hand voor ogen kon zien. Met mijn brakke lijf strompelde ik het bed uit en struikelde over een schoen die ergens lag. De gladde vloer lag koud onder mijn naakte voeten. Op de tast zocht ik de wc, maar mijn oriëntatievermogen hielp me niet.

Niks klopte. Normaal zou ik de deur na vijf stappen moeten vinden en dan links de gang door naar de badkamer moeten lopen, maar in plaats daarvan vond ik een kast, en stootte pijnlijk hard mijn tenen tegen iets ondefinieerbaars. De felle pijn schoot recht naar mijn hoofd en ik kon de frustratie niet eens uitschreeuwen, omdat mijn stembanden als verlamd leken. Mijn keel was droog, ik had water nodig, veel water, maar ik vond niet wat ik zocht en alles voelde en rook vreemd. Eindelijk was ik in de gang maar die kende geen einde, toen vond ik de deur van het toilet. Het licht van de volle maan verlichtte de plavuizen in de hal. Ik herkende niets en was volledig de weg kwijt. Ik klikte het licht aan en vond een luxe badkamer, met een roestvrijstalen jacuzzi en een aparte douchecabine. Daartegenover hing een zwevend toilet. De entourage glom alsof er met man en macht was geboend. Het rook er naar Jif. Ik ging voorzichtig op de pot zitten en keek om me heen; het felle licht deed pijn aan mijn ogen. Het duurde even, maar toen besefte ik dat mijn benen plakkerig waren. Een volmaakte druppel wit vocht gleed langs mijn dij naar mijn onderbeen. Met mijn vinger bracht ik het naar mijn neus. Het rook naar sperma. Toen trok mijn baarmoeder zich een paar keer samen, waardoor het me amper lukte om te plassen. Druppels vielen in het water en pas toen ik me weer had ontspannen, golfde de rest naar buiten.

Het duurde lang voor ik me wilde realiseren dat ik in iemand anders huis was. Van wie wist ik niet. Ik durfde niet om me heen te kijken en zocht strategisch naar een vluchtroute. Eerst moest ik de slaapkamer weer terugvinden. Gelukkig begeleidde me het nachtlicht van buiten, dat gastvrij door de gordijnloze ramen werd toegelaten. In de slaapkamer kroop ik op handen en voeten over de grond en vond een schoen en nog een en een bh, mijn rok en mijn jas. De rest was in het donker ondergedoken. Ik hoorde de ritmische ademhaling van een vreemde, van wie ik het gezicht en de naam niet kende. In de hal kleedde ik me al lopend aan en ik hoorde mijn hart zo hard in mijn oren kloppen, dat ik even bang was dat dat geluid mijn gastheer zou wekken. Ik droeg een bh en mijn rokje, met daaroverheen mijn jas, maar geen onderbroek en bloes. Mijn schoenen hield ik vast, omdat het klikken van de hakken mijn nachtmerrie zou doen ontwaken. Vluchtig veegde ik wat kronkelige lokken achter mijn oren en net toen ik de deur uit wilde vluchten, bedacht ik me dat mijn tasje met geld en alles wat belangrijk was om weer thuis te komen, nog ergens moest liggen. Binnensmonds vloekend legde ik voorzichtig mijn schoenen bij de deur neer en sloop op mijn tenen de slaapkamer weer in. Ik kroop opnieuw over de kille vloer, op zoek naar mijn bezitting. Ik durfde amper adem te halen. Onder het bed ontdekte ik het tasje en dat maakte me zo blij dat ik bijna joelde. Ik kroop weer naar de deur, sloop door de hal naar de voordeur, en pakte mijn schoenen op. Ik kwam langzaam overeind en draaide het slot om. De deur opende geruisloos, vloeiend, alsof hij met me samenspande. Opeens baadde de hal in een fel licht. Geschrokken draaide ik me om en zag een naakt mannenlijf met daarop een aantrekkelijk slaperig hoofd; een gezicht dat ik me vaag herinnerde, met een geprononceerde haviksneus, bruine krullen en volle, sensuele lippen. Ik vroeg me af of die lippen de mijne hadden gekust. De vreemde man keek me meewarig aan, liep zonder iets te zeggen naar me toe en drukte me mijn onderbroek en bloes in de handen.

'Doe de deur goed achter je dicht,' zei hij schor. 'Hij klemt.' Meteen daarop liep hij terug naar de slaapkamer. Voor hij verdween, draaide hij het licht weer uit.

Het was moeilijk om midden in de nacht een taxi te vinden. Ik wist niet waar ik was en herkende de gebouwen en de straatnamen niet. Ik dwaalde rond en was opgelucht dat de wind was gaan liggen. Ik liep doelloos straat in en straat weer uit, totdat ik op de Van Baerlestraat uitkwam. Toen pas herkende ik mijn vroegere woonwijk. Ik zag twee taxi's, rende de weg op en zwaaide met mijn tas. Het deed erg New Yorks aan. Ik voelde me een beetje een bohemienne en vroeg me af hoe mijn collega's dit zouden vinden.

De taxichauffeur was een wat oudere Pakistani, die niet naar muziek maar naar de oratie van een imam luisterde. Ik voelde me vreemd opgewonden en keek hem via het binnenspiegeltje uitdagend aan. Hij fronste zijn wenkbrauwen, alsof hij me voor een goedkope hoer versleet, want ik zweette, rook naar seks, mijn haren waren ongekamd en mijn gezicht vertoonde vlekkerige sporen van make-up. Ik vroeg me af of die man dochters had en of hij wist wat die uitvoerden.

De taxi stopte voor mijn flatgebouw. Ik betaalde de man, maar gaf geen fooi. Hij stoof zonder een woord aan me vuil te maken weg. De avond was mooi en ik voelde me heerlijk omdat ik voor het eerst in mijn leven iets had gedaan waar vroegere huisgenootjes wel eens over vertelden en waar ik jaloers op was geweest, omdat het me de ultieme vrijheid leek. De lift deed het niet, maar dat maakte me niet uit. Op blote voeten beklom ik de smerige treden tot aan de tiende verdieping. De wereld was in slaap gedompeld.

Binnen gooide ik mijn schoenen bij de kapstok op de grond en slingerde mijn tas ergens neer. Terwijl ik liep trok ik mijn kleren uit en in de badkamer rolde ik mijn slipje van mijn kont. Het rook smoezelig bedompt en was plakkerig, net als mijn vagina. Ik draaide de douche open en ging eronder staan. Ik genoot van de warmte van het water. Na afloop depte ik mezelf droog met een zachte, naar lavendel geurende handdoek. Ik had barstende koppijn, maar toch voelde ik me verlicht en blij, alsof de ketenen van jaren langzaam ver-

sleten en ik eindelijk kon doen wat ik mezelf zo lang had ont-
zegd. In mijn kamer vond ik mijn lekkerste nachthemd en
een oude onderbroek, die ik al jaren had en die even groot
was als het broekje van een gemiddelde bejaarde vrouw,
maar die zo lekker zat dat ik mezelf beloofd had hem nooit
weg te doen. Ik ging op bed liggen en deed het licht uit. Het
was vijf uur. Nog even en iedereen zou ontwaken. Ik had zin
om te slapen en doezelde langzaam weg, maar opeens
schrok ik wakker. Ik sprong uit bed en gilde het uit. Ik dacht
aan het vocht langs mijn benen en aan een man met wie ik
naar bed was geweest zonder dat ik hem kende. Seks zonder
condoom. Aids maakte me niks uit, want dood gaan we allemaal, maar ik slikte de pil niet meer en ik wist niet meer
wanneer ik ook alweer ongesteld moest worden. Alle ontspanning en rust vloeiden uit me weg. Sidderend van de
schok stond ik verdwaasd in het midden van mijn chaotische
kamer, koortsachtig pakte ik de telefoon om de dokter te bellen, maar het was midden in de nacht, dus belde ik de dienst-
doende apotheek. De man aan de andere kant van de lijn zei
nuchter en totaal niet onder de indruk, met een ondertoon
van 'wie zich brandt die moet maar op de blaren zitten', dat
hij me zonder recept niets kon en absoluut niets wilde geven.
Opgefokt schold ik hem uit voor boerenlul en verbrak trillend van woede de verbinding.

De morning-afterpil; twee roze pilletjes in een afgesneden
drukstrip. Ik had de eerste twee twaalf uur eerder ingenomen
en nu stond ik bij het aanrecht, vulde mijn glas met water en
dronk het in een teug leeg om het tweede pilletje naar mijn
maag te spoelen. Ik voelde me eerst nog wel oké, maar dat
veranderde al snel. Ik werd vreselijk misselijk en lag naar
mijn gevoel doorlopend met mijn hoofd in de pot en kotste
alles wat maar in mijn maag zat eruit en nog meer. Mijn lijf

trilde als bezeten. Ik durfde niet te ver uit de buurt van het toilet te blijven, want energie om de vloer te dweilen had ik niet, alleen het idee al vervulde me met weerzin. Twee dagen na de anonieme daad; ik geloofde de dokter die zei dat het allemaal wel goed zou komen en ik beloofde hem als een trouweloze dochter dat ik het nooit meer zonder condoom zou doen. En mocht ik weer een keer seks hebben, dan moest ik me in ieder geval herinneren hoe het was. Hij vond dit zo'n zonde. Hij gaf me ook twee formulieren, een moest ik invullen, het andere was voor het laboratorium, om mijn bloed te laten testen. Hij vond me onverantwoordelijk en zijn strenge blik vond ik eigenlijk wel fijn, er was iemand die aan me dacht en zich zorgen om me maakte.

De hele dag rinkelde de telefoon. Ik probeerde het te negeren, maar het geluid was indringend en ergerlijk, dus strompelde ik er uiteindelijk naartoe en trok het snoertje uit het stopcontact. Doodse, heerlijke stilte, met nu en dan het gedreun van een laag overvliegende Boeing richting luchthaven. Ik durfde pas weer op de bank te gaan liggen toen ik het gevoel had dat mijn maag enigszins tot rust was gekomen. Met de afstandsbediening in mijn hand en een fleecedeken over mijn koude ledematen keek ik naar de herhalingen van *Teletubbies*, *As the World Turns* en *Oprah Winfrey*. Ik was zo moedeloos, dat alles wat ook maar even zielig was op tv bij mij al voor een emotionele uitbarsting zorgde. Ik zat er volledig doorheen.

De tijd verstreek, zoals altijd als je niks te doen hebt, traag en zorgeloos, een bestaan zonder rancune. Voor het eerst wenste ik hoogbejaard te zijn, dan hoefde ik de ellende van een lang leven niet als een ondraaglijke last meer mee te zeulen. Mijn zelfmedelijden, dat me irriteerde omdat ik me terdege bewust was van mijn eigen falen, leek met brute kracht uit elk porie van mijn lijf te stromen. Ik had het gehad met dit huis, dat kaal was, waar geen fatsoenlijk schilderij hing, waar de vloeren niet bedekt waren met een heerlijk zacht oosters tapijt, waar geen dure beelden stonden en waar geen heerlijke rozen geurden. Het was een dodelijk zielloze woning, zelfs voor een kraker, alleen niet voor een junk die niet meer wist wat echt belangrijk was en slechts gericht was op het volgende shot heroïne.

Ik probeerde in slaap te zakken om deze dag weg te vagen zoals ik steeds deed, maar mijn lijf protesteerde en mijn maag was nog heel gevoelig. Voor ik het wist struikelde ik over de lakens, viel languit op de grond en stroomde het vocht uit mijn mond het laminaat op.

Daarna voelde ik me rustig worden, maar ik vertrouwde het niet, dus sleepte ik me naar het toilet en bleef ruim een kwartier op het kleedje voor de plee zitten, starend naar de vloer, die eens ernstig geschrobd moest worden omdat die donkere randen vertoonde en er stof in de hoeken lag.

Langzaam stond ik op, spoelde mijn mond, en spuugde het water weer uit, want ook dat kon mijn buik van streek maken. Ik trok een lange trui aan en sloeg een sjaal om mijn hals omdat ik het koud had. De thermostaat stond op vijfentwintig graden, maar ik merkte er niks van, dus ik sloot alle deuren en ramen en schoof de gordijnen ervoor. Geen greintje warmte mocht ontsnappen.

Uren later ging de bel. De zon hing zwaar op de horizon, vlamde vuurrood en oranje, met donkere wolkenstroken die krachtig uitkwamen en de hemel een dramatisch karakter gaven. Ik luisterde naar een cd van Botticelli en voelde me een deel van een opera, alsof ik slechts een rol speelde in de wereld die me zo vreemd was.

Ik wilde de deur niet openen, maar werd er toch naartoe getrokken. Ik voelde me eenzaam en was voor het eerst benieuwd wie me nodig had. Ergens hoopte ik op Elsa, die ik lang niet meer had gesproken, hoewel ze een paar keer had gebeld. Ik nam niet op, hoewel ik het graag wilde, omdat ik niet wist wat ik moest zeggen en de keren dat ik het wel wist, negeerde zij de telefoon. Het eeuwige kat-en-muisspelletje, dat bij onze vriendschap hoorde.

Mijn baas stond in zijn karakteristieke geruite jas en regen-boogkleurige vlinderdas voor mijn deur. Hij grijnsde zijn tanden bloot toen ik tot mijn spijt toch had opengedaan en overhandigde me een bos bloemen die hij vast en zeker bij een pompstation had gekocht.

'Dag Amelie,' zei hij kort en hij liep, zonder dat ik hem daartoe had uitgenodigd, mijn huis binnen. Zijn suède schoenen lieten bruine sporen achter. Ik wees ernaar, mijn mond vol tanden, maar hij liep de huiskamer al in.

'Mooi, mooi,' zei hij breed lachend. 'Ik dacht, laat ik even kijken hoe het met je gaat. Je bent bij onze bedrijfsarts ge-weest en ik heb te horen gekregen dat je een beetje overwerkt bent. Ik vind het erg voor je dat je je zo voelt, maar ik hoop dat je snel de oude bent, want er ligt nog een hoop op je te wachten.'

Hij sprak met lage en dan weer met hoge tonen en bewoog zijn armen wild om zijn verhaal kracht bij te zetten. Ik zat op de bank en keek naar hem op. Ik besloot dat ik hem niets te drinken zou aanbieden. Mijn blik bleef rusten op zijn onge-trimde baard, die wild om zijn rode gezicht woekerde. Uit zijn jaszak haalde hij een pijp die hij in zijn mond stak zon-der hem aan te doen. Hij kwam een beetje gestrest op me over, wat me plezier deed.

'We hebben geprobeerd je te bellen, maar je nam niet op. Ik hoor dat je in de stad gesignaleerd bent?' Hij keek me keu-rend aan.

Ik knikte. 'Dat moest van mijn psycholoog. Ik moet ont-spannen, en thuis zitten zorgt voor nog meer stress omdat de muren dan op me afkomen. Dat komt mijn genezing niet ten goede.'

'Ach ja, de psycholoog.'

Hij wreef over zijn behaarde kin en keek naar de onuitgepakte dozen en naar de borden met pizzaresten die op de grond naast de kast stonden.

'Het is hier erg warm.'

'Ik ben ziek en ik heb het nu koud, dat is ook een teken van depressie,' loog ik.

Hij negeerde mijn opmerking. 'We hebben een grote opdrachtgever binnengehaald, waar we erg blij mee zijn. Ik had gehoopt dat je snel beter zou worden omdat jij de enige bent met zo veel ervaring, de enige die zo'n portefeuille kan beheren.'

Eindelijk voelde ik me warm worden. Het had geholpen om de kieren en gaten te dichten. Ik trok de das van mijn hals en gooide het ding achteloos over de bank. Mijn baas keek er vertwijfeld naar.

'Ik heb je nooit zo meegemaakt,' zei hij voorzichtig.

'Hoe bedoel je?' vroeg ik niet-begrijpend. 'Je bedoelt de sjaal?'

Zijn lippen krulden zich tot een bijna spottende glimlach. 'De dozen, de spullen die overal op de grond liggen. Op het werk ben je heel anders. Daar ben je opgeruimd, perfectionistisch en gecoördineerd.'

Ik stond op, ging recht tegenover hem staan en keek hem aan zonder iets te zeggen. Hij keek naar mijn dikke trui en mijn blote dijbenen. Hij knipperde even en deed een stap achteruit.

'Juist. Ziek is ziek, maar ik zou het waarderen als je nu en dan wat van je laat horen. Dat zou ik wel prettig vinden. En ik wil ook weten wanneer je denkt weer aan de slag te kunnen.'

Een wanhopige ondertoon welde op in zijn vlakke stem.

Hij stopte de pijp weer in zijn jaszak en wilde zich omdraaien. Mijn maag trok met veel geweld samen, iets werd met kracht naar boven gedrukt. Ik legde mijn hand voor mijn mond en boog me voorover.

'Gaat het?' vroeg mijn baas bezorgd en hij legde zijn hand op mijn rug.

Ik kreunde en rende naar de badkamer. Ik maakte luide kokhalsgeluiden. Om eerlijk te zijn dikte ik dat een beetje aan. Ik spoelde mijn mond met veel water en zag in de spiegel dat mijn gezicht gele vlekken vertoonde, mijn ogen waren bloeddoorlopen en mijn gebarsten lippen trilden ongecontroleerd.

Mijn baas bekeek me met een mengeling van medelijden en afschuw, maar leek zich ook te generen nu de scheidslijn tussen werknemer en werkgever was doorbroken. Een kwetsbare Amelie was anders dan de onverwoestbare, die jaar in jaar uit zonder te klagen deed wat er van haar verwacht werd, snakkend naar aandacht en goedkeuring. Nu kreeg ik die, weliswaar op een andere manier, maar goed genoeg. Mijn baas knikte en liep naar de deur.

'Neem je tijd,' zei hij. 'Ga slapen, bel je ouders dat ze je moeten helpen. Je kunt hier niet alleen blijven. Misschien kan je moeder je verzorgen. Het is lekker om gewoon weer even kind te zijn, ik weet dat uit ervaring.' Hij knikte me liefdevol toe en liep weg zonder te beseffen dat hij me niet erger had kunnen kwetsen.

# 12

Mijn verleden en mijn ervaringen hadden me getraind in het wegdrukken van de beelden die bij mijn herinneringen hoorden. Later leerde ik ook niet meer te voelen wat ik vroeger had gevoeld, en gestaag sleep ik de scherpe randen weg tot een zoetgekleurde film die slechts deels bij mijn ik hoorde. Als er iets gebeurde wat me niet beviel, of als ik heel slecht de emoties erachter begreep, dacht ik er gewoon niet meer aan. Het was een kwestie van oefenen, gewoon afsluiten, gewoon je ogen dichtdoen en rustig ademen tot de slaap alles wegnam en een nieuwe dag hernieuwde kansen, gevoelens en ervaringen bracht, waar ik wel wat mee kon. Maar vandaag was het anders. Voor het eerst had ik iets ervaren waarnaar ik altijd benieuwd was geweest omdat het hoorde bij een heel andere wereld, een heel ander meisje dan ik was. Ik wilde me iets herinneren van de onenightstand en hoe ik in het huis bij die vreemde man was terechtgekomen. Daar werd ik steeds nieuwsgieriger naar. Ik kon mezelf niet bedwingen en deed pogingen om diep in mijn geest te graven. Beelden kwamen naar boven; die van een rokerig café, van een dronkenmansroes en toen met een schok het wazige, maar toch onmiskenbare beeld van Esther die, zoals ze blijkbaar gewoon was, aan de bar met haar neus in de nek van de man hing bij wie ik later in bed wakker zou worden. Tot daar ging het en toen sloot de deur zich met een klap. Hoe ik mijn hersens ook pijnigde, hoe ik ook nadacht, de rest was een ondoordringbaar rookgordijn en tot mijn spijt bleef de beestachtige seks anoniem en gevoelloos; een bladzijde die ik niet kon ontcijferen. Ik was een buitenstaander die er niets meer uit kreeg.

Ik goot mijn maag vol ontstekingsremmende pijnstillers tegen de hoofdpijn die maar bleef doorsudderen. Toch had ik geen spijt van de alcoholinname, ik zou het zo weer en vol overgave doen.

Ik ijsbeerde door het huis met de telefoon in mijn hand, ik wilde de vrouw bellen die mij meer kon vertellen. Maar ik durfde niet. Ik wist niet hoe ik normaal tegen Esther moest doen als ik niet minstens een paar wijntjes op had. Toen doemde in gedachten het gezicht van de mooie man op. Ik hunkerde naar hem omdat hij onbereikbaar was en totaal geen interesse in me had getoond toen ik wegging. De euforie was voorbij en de nuchtere zakelijkheid, die ook bij mijn karakter hoorde, was er weer voor in de plaats gekomen. Ik gooide de telefoon op de bank en liep naar de keuken, bedacht me, keerde terug en pakte het toestel weer op. Zonder verder na te denken toetste ik Esthers directe werknummer in. De telefoon ging lang over en net voor de voicemail het over zou nemen, hoorde ik de gehaaste stem van mijn rivale. Ze zei 'hallo' en ik opende mijn mond om mijn naam te zeggen, maar er kwam niets. Ze bleef 'hallo' zeggen tot ze het zat werd.

'Zoals je weet heb ik een nummermelder, ik weet wie je bent, zeg nu maar gewoon "hallo" terug en dat je óók niet meer zonder me kan.'

Arrogante trut, dacht ik en ik wist op tijd het laatste woord niet hardop uit te spreken.

'Ik wilde je wat vragen over die man, jeweetwel, die donkere man met die krullen en...'

Esther lachte luid en snerpend, een lach die eindigde in

een snik. Ik wilde ophangen, maar deed het niet, omdat mijn nieuwsgierigheid het won van mijn trots.

'Je bedoelt Samuel, toch? Ja, lekkere vent, hè. Ik ken hem al lang. Hij was mijn buurjongen. Heb ik je al verteld dat hij me heeft ontmaagd?'

Ik ziedde. Eerst mijn promotie en nu een aantrekkelijke man, waar zij natuurlijk ook een patent op had. Ik dacht dat ze lesbisch was.

'Ik zie hem regelmatig. We gaan vaak stappen en ik keur altijd zijn vriendinnetjes.'

Ik haalde diep adem.

'Maar hij is als ik, Amelie, totaal niet monogaam en totaal niet gericht op slechts één geslacht, want dat is te saai.'

'Ik weet het niet meer,' fluisterde ik.

'Wat? Praat eens harder. Ik hoor je niet, er zijn hier beneden stratenmakers bezig met een drilboor, precies onder mijn raam.'

'Esther, ik weet het niet meer,' zei ik, wat luider. 'Ik werd wakker in zijn bed en wat ervoor is gebeurd, kan ik me niet meer herinneren.'

Esther zweeg lange tijd.

'Hallo?'

'O sorry, ik kreeg net een mailtje. Wacht, ik moet 'm even beantwoorden.'

Terwijl ik heen en weer liep, hoorde ik haar aan de andere kant druk op de knoppen drukken en vaag de woorden mompelen die ze in wilde tikken.

'Hij werd met d of t?' vroeg ze.

'Wat bedoel je met d of t? Allebei natuurlijk,' zei ik gemeen.

'Dank je, goed. Wat zei je nou?'

Ik vertelde nog een keer wat me dwarszat en weer bleef het aan de andere kant lang stil. Toen hoorde ik haar lichtjes kreunen.

'Weet je, dat zou ik zelfs mijn ergste vijand niet toe willen wensen, om met een ontzettend lekker ding seks te hebben en dat niet meer te weten. Echt, heel erg.' Ze viel weer stil, maar ik hoorde haar tikken op het toetsenbord en zinnen mompelen. Ik wilde van ergernis wel gillen.

'Amelie, je hebt ongelooflijk veel gedronken. De ene cocktail na de andere. Het viel iedereen op, maar ik begrijp dat jij je leed wilt verzachten, jouw depressie en zo, dus ik heb je maar laten gaan. Ik belde je omdat ik iets belangrijks met je wilde bespreken en omdat ik vind dat het niet verstandig is om steeds maar thuis te zitten. Daarom vroeg ik je mee naar een feestje. Kun je je dat nog wel herinneren?'

Ik ontkende zacht en hield me stil, zodat zij haar verhaal kon voortzetten. Ze hield ervan om veel aan het woord te zijn; een eigenschap die ik vroeger niet in haar waardeerde, maar waarvoor ik nu dankbaar was.

'Er waren allemaal vrienden en zakenrelaties met wie ik het een en ander wilde bespreken, maar daar ga ik het in een later stadium met jou ook over hebben. Nu niet, want de muren hebben hier oren. Sam was er ook. Jij was dronken en je besprong hem praktisch. Eigenlijk beviel me dat wel. Ik zag een heel andere Amelie dan ik gewend ben. Je was zelfs nog losser dan in het steegje. Het was fijn toen, hè?'

Ik werd een beetje misselijk bij de gedachte aan dat voorval en wilde me het liefst onder het bed verschuilen, maar gelukkig praatte Esther er alweer overheen. Ik had Sam verleid als een ware vamp. Ik kon trots zijn op mezelf en Esther zei dat ze me een tweede kans wilde geven.

'En dit keer niet te veel drinken. Je moet na afloop wel weten hoe het was. Binnenkort spreken we opnieuw af en dan stel ik je voor de tweede keer aan Sam voor. We moeten dan ook even praten. Het is erg belangrijk.'

En op een heel on-Hollandse manier gooide ze de hoorn op

de haak, zonder afscheid, precies als in een Amerikaanse film. Met open mond luisterde ik naar de pieptoon en ik vervloekte deze meid met heel mijn hart.

Voorzichtig legde ik de telefoon op het tafeltje bij de huiskamerdeur en liep naar de badkamer om mijn gezicht te scrubben. Ik wilde me mooi maken.

# 13

'Mijn hoofd is één en al chaos,' zei ik.

De psychologe vulde onverstoord twee kopjes met thee en legde twee plakjes cake op aparte schoteltjes. Met een zucht plofte ze op haar stoel en klikte de cassetterecorder aan.

'Het is alsof mijn hersenen een kronkeling van oneindige steegjes zijn. Nee, alsof mijn hoofd gevuld is met tientallen kamers waar ik in wil, maar dat kan niet omdat ze vol rotzooi staan; schemerige ruimten, die ruiken naar schimmel en verdorven herinneringen.'

De psychologe knikte glimlachend.

'Mijn patiënten worden met het jaar creatiever in het verwoorden van hun gedachten. Ik zit eraan te denken om alles op te schrijven in een boek met citaten en daar mijn naam op te zetten.'

Ik keek haar verontwaardigd aan.

'Maar ik meen het,' zei ik. 'Zo voelt het. Mijn hoofd is één en al rommel, ik kan niet eens normaal denken en er gebeurt zo veel met me. Als ik er bij stil wil staan, is het net alsof ik niks heb meegemaakt, alsof ik een toeschouwer ben, een ramptoerist of zoiets, begrijp je me?'

De psychologe nam een hap van de cake die ik bij de bakker had gekocht en spoelde die weg met een slok thee. Ik volgde haar voorbeeld en zwijgend aten we tot alles op was, waarna ze weer twee plakjes op onze schoteltjes legde. Ze at weer, en ik at mee en we dronken en zeiden ruim vijf minuten niks terwijl het bandje geduldig doordraaide.

'Misschien moet je toch proberen een kamertje binnen te gaan,' zei de psychologe voorzichtig, terwijl ze me observeerde. 'Je zou kunnen proberen die kamer voor je te zien met rommel en al, samen met die hoge drempel waar je overheen moet stappen.'

Ik haalde mijn schouders op. 'Ja, ja, visualiseren, dat ken ik wel. Ik lees ook boeken.'

'Oké, dan niet,' zei ze onverschillig en ze schonk onze glazen nog eens vol. 'Je moet het zelf weten.'

'Kom ik hier helemaal naartoe om dat te horen?'

Nu was zij het die haar schouders ophaalde.

'Je bent van harte welkom en je moet zelf weten wat je wilt doen en wat je wilt zeggen, dat kan ik niet voor jou doen. Dat heb ik ruim achttien jaar voor mijn kinderen gedaan en dat vertik ik nog langer. Je bent volwassen en je moet zelf maar zien hoe je dit oplost.'

Van verbijstering wist ik even niks te zeggen, om er uiteindelijk bijna vijandig uit te spugen: 'En heb je daar al die jaren voor gestudeerd?'

'Het waren inderdaad heel wat jaren, ja. Ik was een deeltijdstudente.'

'Veel heb je niet geleerd hè?'

Ze lachte luid en knipoogde. 'Soms is levenservaring waardevoller dan tonnen kennisteksten. Uiteindelijk gelden alleen de rituelen en die zijn overal dezelfde, hoe ze ook verpakt zijn. Ik ben ook jong geweest, net als mijn moeder en haar moeder en mijn dochters en nu hun kinderen. De tijden zijn anders, maar de mensen veranderen niet. Ze reageren uiteindelijk allemaal hetzelfde. Dat noemen we overleven.'

Ik luisterde aandachtig. De donkere vrouw praatte bevlogen, druk gesticulerend. Ik was jaloers op haar kinderen, want zij hadden wat ik nooit had gekend.

Terwijl ze praatte, bewoog ze ritmisch met haar volle lichaam. Haar afrohaar danste mee. De ruimte waarin we zaten was groot, maar toch wist ze die te vullen en dat had niks met de omvang van haar lijf te maken. Het was iets anders, iets onbenoembaars, maar je kon het wel zien en ook voelen als je dicht bij haar zat. Ik werd maar niet moe van haar aanwezigheid. De dagen waarop ik bij de psychologe kwam onderbraken de onbestemde sleur, wanneer ik me verloor in chaotische gedachten en handelingen die me zo moe maakten dat ik alleen nog maar kon snakken naar een diepe, bodemloze slaap, want alleen die wist de drukte en het gepieker in mijn hoofd uit te wissen. Ik streek over mijn haar, dat ik een paar uur terug met een tang steil had getrokken. Ik zocht naar kroeshaartjes, want buiten was het vochtig. Misschien zat ik te staren, want de psychologe zweeg ineens. Haar voorhoofd was gefronst, met lange, ononderbroken rimpels. Ik stopte met het voelen aan mijn haar.

'Waarom kijk je zo?' vroeg ik nieuwsgierig.

'Waaraan dacht je, toen je zo aan je haar zat?'

Ik schoof met mijn lichaam een beetje naar achteren.

'Ik voelde alleen maar,' zei ik. 'Niets bijzonders eigenlijk.'

Ze glimlachte met stralende ogen en schudde toen kort haar hoofd.

'Jouw ogen keken naar heel ver. Nee, niet naar iets hier in de kamer, niet naar een punt, maar even was je ver weg. Jouw gezicht is heel expressief, alles wat je doet, denkt en voelt is erop te zien en dat is mooi, maar je ogen zeggen ook veel. Je ogen waren wel hier, maar ze vertelden me eigenlijk dat je even ver weg was en ik ben nu nieuwsgierig naar welke plek.' Ze helde licht voorover alsof ze me wilde overhalen over mijn gedachten te vertellen, maar ik begreep het niet. Ik was gewoon hier, voelde aan mijn haren en ik keek naar haar afro. Diep vanbinnen voelde ik iets kriebelen. Het was een fijn gevoel en ik glimlachte en de psychologe glimlachte terug.

'Ik maak mijn haar glad,' zei ik. 'Dat doe ik al jaren. Ik droomde vroeger van de kapsels van Catherine Deneuve en Claudia Cardinale, van die prachtige actrices uit de jaren zestig met schitterende bossen haar.'

Ik wees naar haar afro en ze raakte teder haar weelderige kroeshaar aan alsof het een kostbare schat betrof. Maar ze zei niets, ook niet toen ik bleef zwijgen. Ze bleef me indringend aanstaren en toen vertelde ik over mijn zusje Sanaa en mijn obsessie voor mijn haar.

'Omdat ons huis zo klein was, stond de strijkplank met daarop het strijkijzer altijd naast de eettafel in de huiskamer. Op die plank lagen onze opgevouwen kleren op elkaar gestapeld, waarvan nu en dan een deel zijn weg naar de kledingkasten vond, maar telkens kwam er weer een nieuw stapeltje bij. En juist door die vergeelde oude strijkplank leek de kleine huiskamer rommelig en onverzorgd, hoe erg ik ook mijn best deed om goed op te ruimen en af te stoffen. De chaos die maar chaos bleef, dreef mijn moeder tot waanzin want ze kon er niet tegen als Saloua afkeurend om zich heen keek. Niet dat die er iets van zei, maar toch. Want was het huis van Saloua niet schoon en netjes en geordend en heerlijk geurend, wellicht omdat haar dochters wel de kunst van het opruimen onder de knie hadden gekregen? Ik werd moe van het spelletje dat Saloua's schatjes het wel konden en ik niet, maar daar gaat het eigenlijk niet om. Het gaat om de strijkplank. 's Morgens vroeg, voor ik naar school ging, borstelde mijn moeder mijn haren. Het deed pijn, want ze gebruikte altijd een harde kam en nooit de borstel, zoals bij mijn zusje. Ik stond tussen haar benen en beet op mijn lippen om het niet uit te schreeuwen, want het deed verrekt veel pijn. Ze trok en duwde de klitten door de kam en bleef er ruw mee doorgaan tot ik het gevoel had dat een groot deel van mijn haren tussen de tanden waren achterbleven. En dan maakte ze eindelijk een paardenstaart en kon ik gaan, maar niet voordat zij binnensmonds mompelde dat ik van dat joodse haar had. Van die vreselijke, opstandige, onbestemde, grillige, kleine, lelijke krullen, die naar kroes neigden en waar ze absoluut niks mee kon. Joods haar. De manier waarop ze het zei klonk vies, bijna walgend en haar aanval duurde tot mijn zusje tussen haar benen stond. Gelukkig had zij wel dik, meegaand lichtbruin haar, dat als vanzelf in een mooie golf viel. En mijn moeder borstelde tevreden en schoof een rode band in Sanaas haar.

'Joods haar,' herhaalde de psychologe en ze dronk van haar thee. 'Merkwaardig, ben jij joods?'

'Nee,' riep ik verontwaardigd uit. Zij schrok en ik ook. Ik had nooit zo fel moeten reageren. Ik moest voorzichtig zijn, dus beantwoordde ik haar vragende blik niet en hield ik me krampachtig vast aan mijn herinnering die me beurtelings naar, maar ook mooi voorkwam. Ik besloot ook niks meer over Saloua te zeggen, want dat zou Yvon helemaal niet begrijpen.

'Nee, ik was niet jaloers op mijn zusje,' vervolgde ik. 'Want juist omdat zij zo veel volmaakter was dan ik, kon ik ontsnappen aan de onvoorspelbare grillen van mijn moeder. Maar op een middag, toen mijn zusje en ik uit school kwamen, was mijn moeder niet thuis. Ze had ook geen briefje achtergelaten.'

'Hoe oud was je toen?'

Ik dacht na, maar ik wist het niet precies en haalde mijn schouders op.

'Ongeveer?'

'Veertien, vijftien misschien?'

De psychologe knikte en gebaarde dat ik verder moest vertellen.

'Ze was er niet en ik was opgelucht want dan was het rustig thuis. Ik maakte brood voor ons en Sanaa zat op de bank tv te kijken. Naar *Monthy Python* of zo. Ik kan me herinneren dat het een komedie was,' ik glimlachte, 'want ze lachte hard en normaal, als moeder er was, kon dat niet. Ik ging naast haar zitten. Het programma was net afgelopen toen er een reclamespot op tv verscheen. Ik weet niet meer wat voor reclame, maar er was een prachtig blonde vrouw met golvend, glad haar en ik zat helemaal met mijn neus tegen het tv-scherm gedrukt. Ik vond die lokken zo mooi dat ik verzuchtte dat ik ook zo graag zulk haar wilde hebben. Mijn zusje...'

'Hoeveel schelen jullie?' onderbrak de psychologe me.

'Twee jaar,' antwoordde ik geïrriteerd. 'En wat ik wilde zeggen is dat mijn zusje me meetrok naar de strijkplank, een stoel pakte en zei dat ik daarop moest zitten en mijn hoofd naar achteren moest buigen.' Terwijl ik vertelde kon ik een lach niet meer onderdrukken. Ik lachte eerst zacht, maar toen hard, echt een oprechte schaterlach. Ik voelde me vrolijk en licht vanbinnen, want ik zag alles voor me en voelde ook weer de spanning van toen. Maar ik wilde verder vertellen omdat ik juist daardoor alles zo helder voor me zag. Ik sprak snel en struikelde over mijn woorden om het beeld van vroeger zo duidelijk mogelijk in woorden om te zetten, maar toch wist ik dat ik de werkelijkheid nooit zou kunnen benaderen omdat de replica altijd kleurlozer en valer is dan het origineel.

'Mijn zusje streek mijn haren met het strijkijzer glad. Maar het strijkijzer was ontzettend heet en er kwam rook van mijn haren. Ik moet toegeven dat ik 'm kneep, maar toch liet ik haar begaan, want hoe kon ik haar ooit iets weigeren? Maar o, wat was ik bang dat mijn haar zou verbranden en aan de andere kant vond ik het zo geweldig, echt goed van haar verzonnen om het eens op deze manier te proberen. En het lukte Sanaa ook nog. Mijn haar krulde bij de wortel nog wel, maar beneden was het redelijk glad. Ze trok me mee naar de badkamerspiegel en ik kon alleen maar staren, want ik had mezelf nog nooit zo gezien. En toen was het tijd om te showen, dus ik volgde mijn zusje naar buiten zodat iedereen, ook een jongen uit de flat die ik leuk vond, mij zou kunnen zien. Maar er was niemand, er waren alleen wat onbelangrijke oudere mensen, geloof ik. Helaas kwam de kroes binnen de kortste keren weer terug omdat het buiten vochtig was. Sanaa baalde nog meer dan ik en wilde mijn haren weer strijken, maar ik vond dat toch niet zo'n goed idee. Want door het geweld van het strijkijzer waren die heel droog geworden en de weken daarna had ik veel dode punten.'

Ik lachte nog eens en merkte pas dat de tranen langs mijn wangen gleden, toen de psychologe me een zakdoekje gaf. Ik snoot vertwijfeld mijn neus. Ik huilde en ik had het niet eens door.

'Herinneringen kunnen fijn zijn,' zei ze zacht. 'Vooral als ze mooier zijn gemaakt dan ze in werkelijkheid waren.'

Ik begreep haar niet. Ze zag mijn gezichtsuitdrukking en probeerde het uit te leggen, maar het lukte me niet om het te begrijpen, want mijn gedachten bleven bij vroeger, bij Sanaa en bij de strijkplank en vooral bij het geweldige gevoel van opluchting toen ik ontdekte dat mijn moeder niet thuis was. Maar ik voelde me ook vreselijk en dat verscheurde me, want ik had er nu alles voor over om hen weer te zien.

'Ik moet me geen illusies maken,' zei ik onbedoeld hardop.

De psychologe vroeg wat ik bedoelde, maar ik wilde niets meer zeggen. Ze zou het toch niet begrijpen als ik haar vertelde dat ik een verstotene was en daarom voor mijn familie niets meer dan een rimpeling in de tijd, die zij effectief hadden weggestreken. Ik dacht dat ik dat ook had gedaan, maar bij mij waren de oneffenheden van vroeger weer als onkruid teruggekeerd en ik wist niet hoe ik ze voor altijd kon verwijderen. Daarom sloeg ik mijn nachten stuk met te veel drank, pijnstillers en valium. Ik keek op de klok. Het was halfdrie en we hadden nog een halfuur. Voor het eerst snakte ik naar het eind, want mijn woordenstroom had meer energie van mij gevergd dan ik verwacht had. Ik was moe en wilde naar buiten, langs de grachten lopen. Misschien kon ik ergens bij het Singel een cappuccino drinken en een bagel eten met daarop banaan en ahornsiroop. Ik had ook zin in kwarktaart, van aardbei, of perzik of citroen. Het maakte me niet uit als het maar vol en romig was. Mijn mond vulde zich met speeksel. In gedachten nam ik ook warme chocolademelk met veel slagroom. Ik wilde eten, dus ik stond op en trok mijn jas aan.

'De tijd is nog niet om,' zei de psychologe verward. 'We hebben nog ruim vijfentwintig minuten.'

Ik schudde mijn hoofd en sloeg een sjaal om mijn hals. 'Ik moet nog heel veel doen. Volgens mij ben ik vergeten het koffiezetapparaat uit te zetten, dus ik moet snel naar huis, straks staat alles in de fik.'

Ik lachte nerveus en stapte naar de deur, door haar gevolgd.

'Zullen we voor volgende week woensdag, zelfde tijd afspreken?'

'Eh, ja. Is goed. Maar ik heb mijn agenda niet bij me. Als ik niet kan, bel ik wel van tevoren af.'

Ik liep heel snel de trap af naar beneden, opende de voordeur en ademde de frisse geur in van de kille wind, die genadeloos in mijn gezicht sloeg. Een spanning viel van me af. In de verte zag ik een falafeltentje. Die bagel en cappuccino kwamen later wel. Eerst een broodje falafel met veel knoflooksaus.

# 14

De wereld ging gehuld in een diepgrijze sluier. Over alles
hing een doorzichtige maar ondoordringbare waas. De geluiden klonken vervormd zodat ik ook de stemmen van de mensen, met wie ik nou al zo lang omging, niet direct herkende.
Maar de gezichten feilloos: die van mijn dierbaren. Ik was
weer terug in mijn ouderlijk huis en keek onwennig om me
heen. Op de bank lag Sanaa languit naar de cassetterecorder
te luisteren en tegelijkertijd halfslachtig haar lesboek in te
kijken. Ze was geen ster in leren en had er dan ook een hekel
aan. Ik liep naar haar toe, maar ze merkte me niet op. Ik boog
me voorover en raakte haar voorhoofd aan, maar mijn vinger
drong haar vlees binnen alsof het een pudding was. Geschrokken deinsde ik achteruit. Ik zei haar naam, maar ze reageerde niet. In de keuken hoorde ik de rammelende potten
en pannen en het bekende gezucht van mijn moeder. Ik ver-
starde toen ik aan haar dacht maar dat weerhield me er niet
van naar haar toe te lopen. Daar stond ze, de lange, ooit slanke vrouw, met een doek slordig om het hoofd geknoopt. Ze
droeg een bruine *tshemir* die met een katoenen riem om haar
middel was gebonden. Ik rook de geur van schapenvlees. De
buitendeur was open en het balkon wemelde van de fietsban-
den, tassen en lege flessen goedkope halal frisdrank. Mijn
moeder liep heen en weer, deed kastdeuren open en weer
dicht, zocht iets in de koelkast maar kon het niet vinden en ik
zag haar met de minuut opgewondener raken, alsof ze er-

gens op wachtte en haar zenuwen niet meer de baas kon blijven. De goudomrande wijzers van de wandklok wezen op kwart voor vier. Ik stond dicht bij haar. Ik hoorde en rook haar zelfs, maar zij deed wat ze moest doen zonder mijn aanwezigheid op te merken. Ze gooide een bouillonblokje in de pan. Toen liep ze dwars door me heen naar de hal en de voordeur. Daar stond mijn vader in zijn djellaba met de capuchon over zijn hoofd. De lijnen in zijn gelaat en de vurige ogen gaven zijn gezicht iets heel hards. Hij kwam genadeloos over en geleidelijk aan nam mijn angst toe, want het kwam me allemaal zo bekend voor. Sanaa ging bij ze in de hal staan. Ze keek bezorgd en ook een beetje bang. Haar handen trilden. Een sleutel werd in het slot geduwd en omgedraaid en de deur ging langzaam open. Een jong meisje, niet ouder dan achttien, liep naar binnen. Ze was bleek en droeg een rugtas die grijs leek, maar ik herinnerde me dat die eigenlijk geel was. Zodra ze haar moeder, vader en zusje zag, begon ze ongecontroleerd te praten om ze ervan te overtuigen dat het zo niet was gegaan, maar heel anders. Ze bedoelde het anders, zei ze. Ze bedoelde het goed. En toen schoof mijn ziel in haar lichaam en voelde ik de slagen op mij neerkomen. In een flits kwam ik op straat terecht. Het was koud, kil en ik rende op blote voeten, met achter me het geschreeuw van een vrouw die bezwoer me te vermoorden. Ik rende, terwijl ik niets aanhad dan een dun nachthemd en mijn onderbroek. Het was winter en gelukkig lag er geen sneeuw, maar de grond voelde als de binnenkant van een vriezer. Ik gilde en huilde en proefde de metaalachtige smaak van bloed in mijn mond. En met die smaak voelde ik pijn, niet de pijn van mijn gehavende lichaam, maar een veel ergere, omdat mijn hart die nacht was gestorven. Fel licht scheen in mijn gezicht. Licht van de koplampen van een auto met zwaailichten. Een andere wagen passeerde met dreunende klassieke muziek op de achtergrond en toen werd ik wakker en hoorde de harde klanken van Tsjaikovski als een overblijfsel van de lucide droom waaruit ik geleidelijk aan ontwaakte maar die als een virus door mijn lijf raasde.

Het was maar een droom, een simpele droom, nee een nachtmerrie. Ik zei het tegen mezelf, terwijl ik midden in de nacht onder de warme douche stond om het zweet van mijn lichaam te spoelen. En zo was het niet helemaal gegaan, toch? Want hoe had ik kunnen weten wat mijn moeder had gedaan, en mijn zusje en mijn vader? 'Omdat het een ritueel betrof. Ze deden wat ze altijd deden en daarom zie je het zo,' sprak ik mezelf streng toe. 'Niets meer ontkennen, gewoon onder ogen zien. Voelen! Hoeveel pijn het ook doet.'

Pijn is goed, herhaalde ik in gedachten als een mantra. Pijn is goed. Pijn is goed.

Ik kon niet meer slapen, want ik was bang om weer in een nachtmerrie te worden verleid en dat kon ik niet meer aan. Ik lachte luid, met waterige ogen. Eerst was de dag mijn vijand en de nacht mijn vriend, maar nu vreesde ik de duisternis meer dan de helderheid van de zon.

De duisternis leek eeuwig te bestaan en ik ijsbeerde door mijn huis, las een tijdschrift en keek tv om de tijd te verdrijven. Maar de dag kwam niet en de vermoeidheid hield mij in een ijzeren greep. Ik snakte naar rust, naar een droomloze slaap. Ik hunkerde naar het zachte kussen en de warme omhelzing van mijn deken. Maar de angst weerhield mij ervan in bed te kruipen en me te verbergen, zoals ik vroeger altijd deed als ik het slechte buiten wilde sluiten. De stilte werd verscheurd door de klanken van een Telsell-commercial op tv. Ik voelde mijn oogleden zwaarder worden, dus sprong ik op om in de keuken koffie te zetten. Ondertussen keek ik uit het raam en zag de vele onverlichte ramen van de appartementen en de huizen aan de overkant. Ik stelde me voor hoe iedereen diep in rust was, gezinnen en stelletjes, en dat gaf met het gevoel dat ik in deze wijk de enige was die alleen woonde. Ik dronk mijn koffie en kreeg het briljante idee om de laatste vijf verhuisdozen op te ruimen. Het was halfvier en het zou nog minstens vier uur duren voor het eerste licht de stad zou raken. Ik trok de ceintuur van mijn badjas nog steviger aan en ging in de lege logeerkamer, die als rommelzolder fungeerde sinds ik alle rotzooi daarin had gedumpt, zittend op mijn knieën, mijn koffie naast me, en ik opende de eerste doos.

Ik vond een fotoalbum, zo oud dat ik vergeten was dat ik het nog had. Het zat vol gele vlekken en had een vaalrode kleur, die ooit vrolijkheid had moeten symboliseren. Hoewel ik wist welke foto's ik zou vinden, sloeg ik het album open, me schrap zettend, maar ik vond dat ik moest kijken. Het waren tenslotte niet meer dan afbeeldingen van verstilde figuren uit een vorig tijdperk. Mijn vaders gezinsfoto's. Hij was met twee vrouwen getrouwd en had bij elk van hen kinderen verwekt, maar hij vond het belangrijk om op alle grote feesten samen te zijn. Op het offer- en suikerfeest en op verjaardagen. Ook voor foto's trommelde hij iedereen bij elkaar en dan stonden we als een voetbalelftal geforceerd glimlachend naar de camera te staren. Je moest goed kijken om te zien wie van de kinderen bij wie hoorde. Maar uiteindelijk vielen de scherpere jukbeenderen en de on-Marokkaanse gelaatstrekken bij mijn zusje en mij op. Mijn moeder oogde met haar allesbedekkende zwarte sluier Arabischer dan Saloua, die een bescheiden maar mooi hoofddoekje droeg. Ik bleef staren naar de strenge blik van de vrouw die mij het leven had geschonken en me sindsdien altijd had verweten dat ik haar leven had verpest, want door mij koos mijn vader voor een andere vrouw. Ze bleef het me verwijten, ook toen ze uiteindelijk toch maar het geloof aannam, en zelfs toen ze islamitischer werd dan de buurt-imam van de moskee uit onze wijk. Uiteindelijk was ze trots op het feit dat zij één van meerdere vrouwen was, want had de profeet zelf niet meerdere echtgenotes gehad? Maar ze schepte daar alleen maar over op tegenover familie. In het gezelschap van buitenstaanders bleven haar lippen op elkaar geperst en mochten mijn zusje en ik er ook niks over zeggen. Heel lang begreep ik niet waarom. Pas veel later ontdekte ik dat mijn vader met haar volgens Nikah, dus op islamitische wijze, was getrouwd. Hij scheidde van haar voor de Nederlandse wet, zodat hij in Marokko met Saloua, zijn nicht, kon trouwen. Die verbintenis was ook islamitisch en later juridisch, zodat zij naar Nederland kon komen. Mijn vader had nooit aan de Nederlandse ambtenaren doorgegeven dat hij volgens de islamitische wet nog met mijn moeder was gehuwd. Het was geen kwade wil en hij was de enige van de familie in Europa die meerdere vrouwen had. Hij wilde een vader zijn voor zijn dochters. Hij had een baan en onderhield mijn moeder een tijdlang, tot ze een bijstandsuitkering aanvroeg. Tot hun verrassing kreeg ze die, want ze was een alleenstaande moeder. Ze vierden het met een Hema-taart. Eenmaal wat ouder, en wijzer, besefte ik dat ze geen recht op dat geld had en ik schaamde me daarvoor. Maar hoe dubbel ook, ik dacht met veel plezier terug aan de tijd dat we feestten met goedkope slagroomtaarten, die voor mij niettemin erg waardevol waren omdat het leven dan net zo luchtig en zoet leek als de slagroom. Ik wilde er intens van genieten voordat alles op was.

Saloua en mijn vader kregen vijf dochters. Telkens probeerden ze het opnieuw voor een jongen, en telkens ervoeren ze weer die teleurstelling. En als er weer een meisje het levenslicht zag en het me opviel hoe verdrietig mijn vader en Saloua keken, nam mijn moeder Sanaa en mij mee naar de stad en kochten we taart, die we met z'n drietjes thuis oppeuzelden met een fles echte Coca-Cola. Na de derde dochter kocht mijn moeder taart, maar geen Coca-Cola meer, omdat die door joden werd gemaakt. We dronken Fanta. Mijn moeder probeerde Saloua er ook van te overtuigen dat zij als moslima geen joodse producten meer in huis moest halen. De zachtaardige Saloua knikte slechts en gaf mijn zusje en mij in de keuken stiekem joodse cola. Ik zie Saloua nog voor me: haar liefdevolle blik, de zachtheid van haar huid en de warmte die zij uitstraalde. Heel vaak kroop ik naast haar en dan vertelde ze me in het Arabisch verhalen, volksvertellingen over djinns en meisjes die hun geluk najoegen in een sinistere dimensie. Ik luisterde ademloos. Elk anderhalf jaar werd er een kind geboren en dan had zij het druk, maar ik hielp haar zo veel ik kon. Mijn moeder had liever niet dat ik bij Saloua kwam, maar mijn vader dwong haar ons vrij te laten. We waren één gezin en zijn tweede vrouw had hulp nodig. Zinnen die Saloua hem influisterde, die ik haar vroeg hem te zeggen. Ik wilde niet meer thuis zijn omdat het grillige karakter van mijn moeder me onrustig maakte en vooral bang. Bovendien was het thuis altijd donker. De gordijnen waren voortdurend gesloten en alle schilderijen waar ik gek op was en die mijn vader uit Marokko had meegebracht, had mijn moeder weggehaald omdat de islamitische leer verbood om afbeeldingen van mensen in huis te hebben. Niet veel later verdween ook de tv en bleef alleen nog maar de cassetterecorder over. Die stond luid aan, met de strenge, zangerige stemmen van mannen die koranverzen predikten. Ik was met haar al nooit echt gelukkig, maar de geloofsverandering van mijn moeder transformeerde ook de sfeer in huis. Zelfs als ik in bed lag, voelde ik de allesoverheersende triestheid van het bestaan, waar mijn moeder steeds over sprak.

'Het graf wacht op ons. We moeten goed doen om de hemel te mogen betreden. Het leven is niets anders dan de voorbereiding op de dood.'

Ik hoorde het haar zeggen en terwijl ik naast de opengeslagen doos, met het fotoalbum in mijn schoot zat en naar foto's van weleer staarde, dreunden haar voetstappen in de hal en zinderde het huis onder de ondraaglijkheid van haar stem. Ze kwam de kamer binnen; een lange, forse vrouw, geheel in het zwart, alleen haar ogen waren zichtbaar. Ze keek me aan en ik wist dat ze een schim uit het verleden was, maar toch herhaalde ze haar lijfspreuk keer op keer, keer op keer, tot ik hem herhaalde en nogmaals, bijna smekend, in de hoop dat mijn moeder uit mijn gedachten zou verdwijnen. De vrouw in het zwart keek met minachting op me neer en draaide zich om. Nu zag ik dat ik niet thuis was, maar in haar huis, en op de bank lag de zwarte sluier die ik moest dragen. Ik zag Sanaa voor de spiegel staan. Zonder te morren deed de veertienjarige wat er van haar verwacht werd, maar ik voelde een brok in mijn keel en vocht tegen mijn tranen. Ik schudde mijn hoofd en zei keer op keer dat ik het niet zou doen. Toen die oorvijg en nog een, en ze sleurde me naar de slaapkamer en toonde me haar stok, die zonder genade mijn vlees zou openrijten, want zij had geen afvallige gebaard.

Ik probeerde haar tot inkeer te brengen. Waarom moest ik zo'n sluier om, de andere dochters van mijn vader hoefden dat toch ook niet? Mijn moeder werd razend.

'Omdat zij uit de schoot komen van een ongelovige. Ze mag zich dan wel moslim noemen, maar ze dwaalt. En dan dat doekje, dat armzalige doekje met al die kleuren die ze kunstig om het hoofd heeft geknoopt, dat heeft niks met islam te maken en alles met ijdelheid.'

En net voor zij die stok op me stuk wilde slaan, sloeg ik de sluier over me heen. Ze bleef kijken, tot alleen mijn gezicht nog te zien was. Uit de kast haalde ze zwarte handschoenen, dezelfde die zij droeg. Ik zag de blik in haar ogen en vol van doodsangst trok ik ze aan. Sanaa stond te wachten, met z'n drieën liepen we de hoogzomer in, richting de moskee in een andere wijk, die volgens haar rechter en daarmee juister in de leer was dan de moskee tegenover ons. Ik schaamde me toen we buiten liepen onder de niet-begrijpende blikken van de mensen op straat. Toen een klein meisje van schrik begon te huilen en zich achter haar moeder verborg, schaamde ik me nog meer. Die hele dag trok in een waas aan me voorbij, en 's avonds, toen we terug waren, rende ik naar het huis van Saloua en huilde aan een stuk door. Mijn vader bracht me naar huis en schold mijn moeder uit. Hij begreep haar waanzin niet. Ik hoorde hem schreeuwen dat er in de ware islam geen dwang bestaat. En toen begon het onderhandelen. Ik verloor, maar niet zo erg als ik had verwacht. Ik moest een sluier dragen, maar een met mooie, fleurige kleuren en op Saloua's manier om mijn hoofd gespeld. Het stond me zelfs goed. Heel lang negeerde mijn moeder me. Ik had gedacht het niet erg te vinden, maar genegeerd worden is drukkend en mensonterend, vooral toen zij en Sanaa het zelfs beter met elkaar konden vinden, want mijn zusje verloor zich in de ideeën van haar moeder en bleef de zwarte sluier en handschoenen trouw.

Ik keek naar de foto's en zag de gezichten van mijn half-zusjes. Hoewel we door bloedbanden met elkaar verbonden waren, leken ze in geen enkel opzicht op mij of op Sanaa. Er bestond dan ook een soort natuurlijke afstand tussen ons, hoewel ik had meegeholpen aan hun opvoeding. Hoewel we dezelfde vader hadden, waren die zusjes slechts loyaal aan el-kaar. Bij Saloua heerste rust en regelmaat en daarmee de dui-delijkheid waarnaar ik snakte. Daar keek ik naar soapseries

en MTV, terwijl thuis de koranverzen-scanderende geestelij-
ken op mij wachtten. Mijn moeder was een harde vrouw die
rust vond in haar geloof en iedereen veroordeelde die niet
hetzelfde voelde of dacht als zij. Saloua en mijn vader zag ze
als afvalligen, omdat zij niet orthodox genoeg waren, en mij
tolereerde ze omdat haar grootste angst was dat ik tussen
haar en mijn vader zou gaan staan. Ze wilde geen gescheiden
vrouw zijn.

Vreemd, hoe een paar simpele foto's diepe, onverwerkte
gevoelens naar boven konden brengen. Als een masochist
bleef ik het album doorbladeren en bekeek ik werktuigelijk
de gezichten, het jaren 70- en daarna jaren 80-meubilair, en
hoe verder ik kwam in het boek, hoe meer rimpels het gelaat
van mijn vader ontsierden. Op de laatste pagina stond mijn
moeder als een schim afgebeeld, alleen haar ogen waren, als
zwarte gaten, zichtbaar. Ze stond in een hoek alsof ze inderdaad onzichtbaar wilde zijn, alsof zij dadeloos wilde laten
merken dat ze niet bij het gepeupel hoorde. Op de eerste foto's stond Sanaa nog naast mij en Saloua, op de foto's van
twee jaar later stond ze verder naar achter, in de tweede rij,
naast mijn vader. Op de laatste foto's stond ze zij aan zij met
mijn moeder. Voor het eerst viel het me op dat ze elkaars
handen vasthielden. Deze foto was uit het jaar waarin ik voor
altijd mijn familie verloor. Ik zou twee weken later achttien
worden.

# 15

Ik schrok op van het schelle gerinkel van de telefoon. Het was halftien, de gordijnen waren halfopen en de zon scheen zorgeloos in mijn ogen. Ik draaide me om en tastte naar de telefoon. Ik vond hem onder het bed. Om het bellen te stoppen, omdat mijn hoofd pijn deed van een onrustige dwaalnacht, nam ik op met een schor 'allo?'

'Doe de tv aan,' schreeuwde Elsa opgewonden.

'Wat? Waarom?'

'Doe de tv aan. Snel. Je gelooft het niet.'

'Ik weet niet waar mijn afstandsbediening is. Die ligt ergens in de huiskamer,' zei ik vermoeid. Denken deed pijn, dan klopten mijn slapen.

Elsa zuchtte diep om tot rust te komen.

'Weet je wie er vermoord is? Theo van Gogh. Theo is neergeschoten. In de Linneausstraat in Oost. Vlak bij jouw tandarts.'

Ik dacht dat ik droomde. Nog maar kort geleden zat ik in de kleine kamer mijn album door te bladeren en aan vroeger te denken, waarna ik kracht verzamelde om de doos leeg te maken. Uitgeput belandde ik uiteindelijk in bed. Hoewel ik niet wilde slapen, was ik toch weggezakt. En de stem van Elsa was niet meer dan een droomgeluid. Ik was echt ver weg. Hoewel de zon scheen en alles heel echt en duidelijk leek, was dit niet meer dan een lucide droom. Dat had ik wel vaker. Ik droomde een keer dat ik zwom en het was net echt. Ik voelde het water en kreeg zelfs last van ademnood toen ik te lang onder water bleef. Niet veel later werd ik wakker en bleek het slechts een droom te zijn. Maar Elsa bleef roepen dat Van Gogh dood was en dat ze dachten dat een Marokkaan het had gedaan.

'Wie denkt dat een Marokkaan het heeft gedaan?' vroeg ik verward. Zoveel gedachten gingen door me heen, dat mijn hersenen de prikkels niet konden verwerken, en als gevolg daarvan werd ik emotieloos. Ik schudde wild met mijn hoofd en het was alsof ik niet besefte wie er dood was, alsof ik het verdrong.

'Onzin, dat dachten ze ook toen Pim Fortuyn vermoord werd, en toen bleek een blanke dierenactivist de dader.'

Ik viel achterover op bed, sloot mijn ogen en luisterde naar de hysterische Elsa. Geleidelijk zag ik voor mijn geestesoog het beeld van Theo opdoemen. Ik had hem een keer geboekt als debater op een van de congressen. De opdrachtgever wilde iemand die niet bang was om zijn mening te verkondigen en die veel mensen wist op te hitsen tot een goede discussie, en daarom koos ik Theo. Ik kende hem van zijn columns en zijn films, en een keer zag ik hem in een café, waar hij met een beeldschone vrouw aan de bar stond. Ik vroeg me af hoe het mogelijk was dat een modellenmeisje op zo'n dikke, onverzorgde man viel, een kettingroker in zijn immer vale T-shirt en eeuwige bretels en spijkerbroek. De columnist die moslims afschilderde als geitenneukers. Het waren bewoordingen die mij ook krenkten, maar ik vervloekte hem niet, ik hield me afzijdig. Toen ik hem had geboekt en op weg was naar een voorgesprek met hem in een café in de buurt van de Dam, vroeg ik me af of hij altijd even grof en onbehouwen was als tijdens zijn publieke optredens. Maar niets was minder waar. Toen ik met hem sprak viel me de jeugdigheid van zijn uiterlijk op, en zijn charme. Hij had een aantrekkingskracht die moeilijk was te weerstaan. Hij flirtte openlijk. En toen begreep ik wat die mooie vrouw in het café in hem had gezien. Zijn eruditie en charisma waren overweldigend en versluierden zijn tekortkomingen. We dronken wijn, aten pinda's, en bespraken het congresprogramma. Na afloop, toen ik me volledig bij hem op mijn gemak voelde, vroeg ik hem waarom hij Marokkanen geitenneukers noemde. Hij glimlachte, nam een slok wijn en een trek van zijn zoveelste sigaret.

'Ik zeg wat ik wil en wat dan nog. Ik wil discussie, een stevig debat. Als ik iets roep, hoop ik op een reactie omdat je zo de weg tot dialoog vrijmaakt. Raak ze op hun zwakke plek en ze worden getriggerd om te reageren. Het heeft niets met respectloosheid te maken en ook niets met een gebrek aan respect voor de islam. Ik ben ook zo hard voor christenen en joden. Voor mij zijn alle religies hetzelfde.'

Het was een memorabele avond en hij was een gastheer bij wie ik nachten lang door zou willen halen. Hij sprak honderduit en keek zeer geïnteresseerd naar elke leuke vrouw die het etablissement binnenwandelde. Het congres werd een succes, met zoals voorzien een kleine rel. Dat was twee jaar voor zijn dood.

Bewegingloos luisterde ik naar het opgewonden gekakel van Elsa, van wie ik een tijd niet meer had gehoord. Ze vroeg me weer de tv aan te zetten, maar ik kon me niet bewegen en zag een mens voor me die ik ooit had gekend, had gesproken en daarna meerdere malen had ontmoet, en die er nu niet meer was. Dat ging mijn verstand te boven. Hij was vermoord. En toen dacht ik aan zijn zoon en aan zijn ouders, die zijn vader en hun kind kwijt waren. Ik hoopte dat de dader geen Marokkaan was.

De spanning was voelbaar in Amsterdam. In de Linnaeus-straat lag, op de plek waar Van Gogh gedood was, een bloe-menzee. Ik ging erheen om te voelen of er nog iets van hem aanwezig was. Ik voelde me een voyeur, tussen de tientallen mensen en de talloze journalisten en cameraploegen, die vanuit de hele wereld waren toegestroomd. Terwijl ik daar stond, naar de bloemen keek en de Britse journalist ontweek die me vragen wilde stellen, besefte ik dat ik op een plek stond waar geschiedenis was gemaakt. Hoe weerzinwekkend ook, ik begreep waarom iedereen daar stond. Eeuwen later zou er op scholen gepraat en gedoceerd worden over de ver-anderende tijdgeest in Nederland. Schuin tegenover me stond een ras-Amsterdamse met een volkse tongval de Marokka-nen uit te schelden.

'Jullie moeten oprotten naar jullie eigen land,' riep ze. 'Ik durf mijn kinderen niet meer buiten te laten spelen.'

Het meisje tegen wie ze schreeuwde, droeg een modieus blauw mantelpakje en een bijpassende sluier en sprak heel Aerdenhouts: 'Dit is mijn land. Hier ben ik geboren. Hier zijn mijn broertjes en zusjes geboren. Hier heb ik gestu-deerd en hier werk ik als econoom. Dus noem me geen cri-mineel, noem me geen buitenlander. Ik ben Nederlander en ik heb Theo van Gogh niet vermoord en ik ken de moorde-naar ook niet. Marokko is geen dorp waar iedereen verwant is aan elkaar. Ik ben moslim en de islam verbiedt het om te do-den. Degene die het gedaan heeft is een ordinaire moorde-naar en daarom geen echte moslim. Ik walg ervan dat u de intelligentie niet hebt om het kaf van het koren te scheiden.'

Ze sprak heel rustig, maar ook een beetje geëmotioneerd en ik was trots op haar. Maar de Amsterdamse nam er geen genoegen mee en bleef doorzeveren, waarna ook anderen in woede ontstaken en elkaar over en weer voor van alles en nog wat uitmaakten. Iemand riep dat alle moslims vergast moesten worden. Ik werd bang van de ongefundeerde emoties. De dood van de een gaf de ander ruimte om zijn ideeën ongenuanceerd te verkondigen. Er kwam een Marokkaanse moeder met een tweeling aan. Ze legde een roos in de bloemenzee en liep met gebogen hoofd weg. Ze reageerde niet toen een groepje baldadige jongens haar uitschold voor buitenlands uitschot, maar haar kinderen keken verschrikt op. Ik liep met mijn handen in mijn jaszakken door de menigte en voelde me intens verdrietig. Voor het eerst wilde ik weer gewoon op mijn werk zijn en gedachteloos doen wat er van mij verwacht werd. Niet werken en niets doen hadden nadenken en een onrustig gevoel tot gevolg. Ik besloot de psychologe te bellen en te vragen of ik eerder kon komen. Ik wilde haar ook vragen naar een medicijn dat mijn gevoelens kon onderdrukken. Ik ervoer alles te nadrukkelijk en over elk gevoel dacht ik na, waarop weer een beerput openging met weggestopte herinneringen, die ik het liefst voor altijd was vergeten. In de verte zag ik tot mijn schrik mijn halfzusjes Ilham en Leila staan, met een bakje frites waaruit ze samen aten. Ze keken me recht aan in mijn gezicht, maar herkenden me niet. Ik had al vaker familieleden gezien, was zelfs tegen ze aan gelopen, maar de jaren hadden mijn uiterlijk veranderd en ik had het een en ander gekleurd en aangepast. Ik zag er Europeser uit dan toen ik nog met ze samenleefde. Voor hen was ik een vreemde.

In een café bestelde ik een cappuccino en een groot stuk appelgebak met slagroom. Ik las een tijdschrift en keek nu en dan op naar het beeldscherm dat aan de muur hing. De dood van Van Gogh werd van alle kanten belicht. De moordenaar, een jonge Amsterdamse Marokkaan die Mohammed B. heette, had hem neergeschoten, op hem in gestoken en hem uiteindelijk de keel doorgesneden, als een schaap dat werd geofferd. Ik werd misselijk van het idee maar bleef toch van mijn taart eten. Ik vroeg me af hoe Theo zich gevoeld moet hebben toen hij achterna werd gezeten door zijn moordenaar, die koelbloedig zijn lijstje afwerkte terwijl hij lukraak om zich heen schoot en zelfs anderen niet ontzag. Ik voelde me vreselijk omdat Mohammed B. dichter bij me stond dan ik wilde erkennen; omdat ik zijn gedachtegang begreep, die vergelijkbaar was met die van mijn moeder. Bekeerlingen zijn net als jonge moslims die het geloof opnieuw hebben ontdekt: die worden fanatiek en blind voor andersdenkenden. Hoe strenger, hardvochtiger en pijnlijker de leer, hoe meer zij ervan overtuigd zijn de werkelijke islam te hebben gevonden. Zo dacht mijn moeder ook. Zij las de koran zoals haar inspiratiebron dat in die extreme, rechtse moskee deed, door er de verzen en overleveringen uit te lichten die haar motieven rechtvaardigden. Daaromheen verzon ze complete verhalen. Mijn moeder was een gretige leerling en zo vaak ze kon, nam ze mijn zusje mee, iets wat ik haar niet kon vergeven.

Ik liep terug naar huis, geholpen door de wind in mijn rug. Ik keek om me heen; de wereld leek geheel in zichzelf gekeerd. Het beeld was alledaags; fietsers, automobilisten, de vele opgebroken straten en moeders achter hun kinderwagens. Jonge pubers in hippe merkkleding luisterden naar hun mp3-speler of hielden een gsm tegen hun oor. Toen ik een innig gearmd stelletje voorbij liep, herinnerde ik me dat ik de volgende avond met Esther uit zou gaan om Sam weer te ontmoeten. Een vreemd gevoel maakte zich van me meester en ik wenste dat het al morgen was. In mijn wijk zag ik een groepje Marokkaanse jongeren op luide raimuziek dansen. Iemand riep: 'Theo van Gogh', gevolgd door gejoel en gelach. Mijn maag trok zich samen, ik wilde ineens niks meer horen en niks meer zien. Ik snelde mijn flat binnen en duwde de zware deur dicht om het geluid buiten te sluiten. Een oudere Marokkaanse man, in een crèmekleurige djellaba, stond bij me in de lift. Hij woonde een etage onder mij. Hij keek me aan en knikte me toe. Toen hij de lift verliet, hield hij even de deur vast.

'Beneden kinderen slecht,' zei hij. 'Zij niet begrijpen dat het haram is om te doden en haram om blij te zijn voor man die dood is.'

Mijn ogen werden vochtig door zijn meelevende woorden, alsof hij zich verantwoordelijk voelde voor wat er was gebeurd en aan mij als Nederlandse wilde uitleggen dat hij tegen de daad was. Hij wenste me goedendag en liet de liftdeur achter zich dichtvallen.

De gordijnen waren gesloten en de verwarming stond op drieëntwintig. Ik droeg een slobberige joggingbroek, een wijde fleecetrui en aan mijn voeten dikke, wollen sokken. Ik zat op de bank en dronk warme chocolademelk terwijl ik naar Mozarts *Le Nozze di Figaro* luisterde. Het volume overstemde maar net het geschreeuw van de kinderen van de buren aan weerszijden van mijn appartement. Ik probeerde me te ontspannen, maar al na vijf minuten had ik genoeg van de muziek en verving ik de cd door een cd van U2. De bel ging. Ik negeerde die en dronk zo rustig mogelijk mijn chocolademelk. De bel ging weer, nu afgewisseld met ongeduldige roffels op de deur. Ik herkende de melodie van het kloppen en glimlachte ongewild. Ik besloot Elsa toch maar binnen te laten. Ze had rode wangen van de kou. Ze droeg een rode, lange leren jas, knielaarzen en roze, fluffige oorwarmers. Met haar hoge paardenstaart en haar tengere, kleine gestalte leek ze eerder op een meisje dan op een volwassen vrouw van in de dertig. Weifelend keek ze me aan. Vroeger zou ze gewoon

binnen zijn gestormd. Ik deed een stap opzij. Ze liep langzaam naar binnen en keek om zich heen alsof ze hier nooit
was geweest. In de hal bleef ze staan.

'Wil je warme chocolademelk?' vroeg ik.

Ze straalde. 'Heb je slagroom?'

'Uit een spuitbus,' antwoordde ik en ik liep naar de keuken.

'O jammer. Dat is alsof je lucht hapt. Heb je echt geen zelf-
geklopte room?'

'Ziet het er hier uit als een grand café?' vroeg ik gespeeld
geërgerd.

Elsa grinnikte en liep de huiskamer binnen.

De muziek werd zachter gezet. Ik gooide een paar grote
scheppen Nesquick in de kop warme melk, roerde tot alles
middenbruin was gekleurd en spoot er een dot slagroom op.

Elsa lag languit op de bank met haar oorwarmers nog op.

'Lekker warm hier. O dank je. Heerlijk.' Ze nam meteen
een slok. Een deel van de slagroom bleef op haar neus zitten.
Ik besloot om ook nog wat slagroom op mijn drankje te doen.
We leken wel kleine kinderen: telkens als de room op was,
spoten we een nieuwe lading in onze koppen.

'Ik heb een dvd meegenomen,' zei Elsa en ze haalde die uit
haar hippe, roze rugtas met spikkels in allerlei kleuren. Een
echte vrouwenfilm. Ik stopte de dvd in de speler en draaide
het licht lager.

Net als vroeger hingen we op de bank, dronken de ene kop
warme chocomel na de andere en aten bonbons, terwijl we
naar een zoetsappige komedie met Meg Ryan keken. Elsa
lachte om elke flauwe grap en ik glimlachte omdat zij zo veel
plezier had. Ik was blij dat zij niet over het uitstapje begon,
toen ik overdreven emotioneel op haar had gereageerd. Haar
zwijgen luchtte me op. De lucht was geklaard en we konden
weer verder, zonder oude koeien uit de sloot te halen. Ik vond

het grappig dat Elsa de oorwarmers consequent op hield hoewel het binnen erg warm was. In haar korte rokje en wollen maillot leek ze op een volwassen versie van Pippi Langkous. Ze lag volkomen relaxt met haar benen op mijn schoot. Heel voorzichtig legde ik even mijn hand op haar dijbeen. Ze keek me glimlachend aan. De film duurde bijna twee uur en hoewel hij me stierlijk verveelde, genoot ik van ons samenzijn. Na afloop vertelde Elsa over haar mannen van één nacht en de passievolle seks. Ik had ook graag verhaald over mijn ervaring, maar ik schaamde me te veel om haar dan ook te moeten vertellen dat me van die bewuste nacht niks was bijgebleven. Ondertussen zapte Elsa langs de tv-kanalen. Overal nieuws over Van Gogh. Elsa zette de tv uit en ik zag dat ook zij zich inhield, maar uiteindelijk begon ze toch.

'Ik wist wel dat het een Marokkaan was. Die geloofsfanatici deinzen nergens voor terug. Ik snap niet waarom Nederland zo halfzacht is. Die jongen heeft een dubbele nationaliteit, gooi hem dan het land uit, terug naar Marokko.'

'Ik begrijp dat je er zo over denkt,' zei ik rustig. 'De emoties lopen hoog op, vooral als er zoiets vreselijks gebeurt. Dat hij een dubbele nationaliteit heeft, betekent niet dat hij daarvoor heeft gekozen, maar het komt door het beleid in Marokko. Zij zeggen daar: eens een Marokkaan altijd een Marokkaan, tot aan de tiende generatie. Ben ik het ermee eens? Nee. Moet je mensen meteen het land uit schoppen als ze iets hebben gedaan? Zou kunnen, maar het is ook een teken van zwakte.'

Elsa veerde op. 'Het is een teken van zwakte om niets te doen en om die mensen in een hotelgevangenis te stoppen, want dat is het wat we in dit land hebben. Die criminelen hebben een eigen kamer, een tv, een recreatieruimte, gewoon alles.'

'Niet alle Marokkanen zijn criminelen,' zei ik moe. Ik wilde stoppen met deze discussie.

'Maar de gevangenissen zitten er wel vol mee,' kaatste ze terug. 'Eerst New York en Madrid en nu Van Gogh. Who's next?'

'Elsa...'

'De tweede en derde generatie Marokkanen in Europa verzieken de sfeer. Kijk naar Frankrijk, naar de voorsteden, waar jonge moslima's zonder hoofddoek worden geterroriseerd en als ze een rokje dragen, zelfs verkracht. Krijgen we dat hier ook? Het vandalisme, de mishandelingen, de hangjongeren.'

Haar ogen spuwden vuur. Ik had haar nooit eerder zo meegemaakt. Ik voelde me aangevallen en ik moest me inhouden om de strijd met haar niet aan te gaan. Ze wist niet wie ik was, hield ik me voor, of waar ik vandaan kwam.

Elsa bleef razen en afgeven op de nieuwe Nederlanders, en op ouders die hun kinderen niet wisten op te voeden en op het grote gevaar in de vorm van de islam.

'Het is hun identiteit geworden,' zei ze. 'Religie hoort toch religie te zijn? Nu worden wij als ongelovige honden gezien, maar waarom zijn ze hier dan? Laat ze dan oprotten naar Mekka. Wie geeft zo'n doorgedraaide klojo het recht om zomaar een man af te slachten in de naam van Allah? En dan al die vrouwen en meisjes met hun hoofddoeken, sommigen laten alleen nog maar hun ogen zien. Zwarte spoken zijn het. Dan spoor je toch niet? Een geloof dat vrouwen als schimmen in een samenleving laat bestaan, wat is dat voor een geloof? Die mannen komen uit een vrouw, waarom dan die minachting? Ik begrijp het gewoon niet en ik begrijp ook niet waarom je voor hen opkomt,' wierp ze me tegen.

Ik schudde wild mijn hoofd maar probeerde kalm te reageren. Dat lukte niet.

'Ik kom niet voor ze op. Ik heb geen begrip voor die mensen en naar mijn mening lezen zij de koran helemaal verkeerd. Er staat nergens in de koran dat een vrouw een hoofd-doek op moet, ze hebben de regel op basis van interpretatie overgenomen, en dat geldt voor nog meer dingen. Zelfmoord is verboden en dan denken die zogenaamde martelaars dat ze naar de hemel gaan om met zeventig maagden te neuken? Ik lees ook kranten en ik wil dat je weet dat ik niet aan hun kant sta. Ik sta aan niemands kant. Maar je kunt gewoon niet een hele groep over een kam scheren. Dat is oneerlijk en de nuchtere Elsa die ik ken is menslievend en laat haat niet in haar leven toe.'

Mijn stem klonk gezwollen van emoties, en mijn vriendin keek me zwijgend aan.

'Ik vind het ook vreselijk, Elsa. Ik ben ook bang. Ik ben echt ontzettend bang, omdat het leven onzekerder is geworden dan ooit. Deze moord is afschuwelijk, maar we moeten niet vergeten dat er in sommige delen van deze wereld dit soort dingen eerder regel dan uitzondering zijn en vaak speelt ras een rol, maar ook geloof. Laat dit niet tussen ons komen,' smeekte ik en ik hoopte dat ze me zou begrijpen. Maar Elsa keek me vragend aan. Ze begreep me niet. Ze stond op en trok haar jas aan. Heel rustig haalde ze de dvd uit de speler en stopte die in haar rugzak. Zonder verder iets te zeggen liep ze van me weg.

De voordeur sloot met een harde klap en ik bleef alleen achter. Ik liep naar de cd-speler en drukte op 'play'. Even later vulde het huis zich met de stem van Bono.

*It's a beautiful day, don't let it get away, beautiful day...*

Ik pakte de lege kopjes op en waste ze af. Meeneuriënd raapte ik de bonbonpapiertjes van de grond op. Het was kwart voor twaalf en buiten scheen de volle maan. Elsa had de gordijnen opengetrokken, maar het viel me nu pas op. Ik drukte mijn neus tegen de warme ruit en ademde zwaar in en uit. Er vormde zich een lichte waas. Met mijn vinger tekende ik er een sneeuwpop in. Ik had geen slaap, maar ook geen zin om me weer vol te stoppen met allerlei benzo's. Mijn lichaam zat al zo vol troep, het zou me niet verbazen als apothekers na mijn dood mijn lijf zouden willen opvragen om weer nieuwe medicijnen van te maken. Mijn bloed was verzadigd van chemicaliën. Mijn huisarts was een perfecte dealer. Ik keek om me heen en vroeg me af wat ik moest doen. Harry Potter lezen, *Lord of the Rings* opnieuw zien of een maskertje opdoen. Ik schoof de sokken van mijn voeten en trok mijn broekspijpen omhoog. Mijn benen waren behaard en morgen ging ik stappen. In de badkamer pakte ik mijn ontharingscrème en smeerde die rijkelijk over mijn onder- en bovenbenen. Ik trok mijn slipje uit. Mijn vagina was overwoekerd met een ondoordringbare wildernis. Ik had genoeg crème over en ik was nu toch lekker bezig. Na enkele minuten voelde ik warme prikkelingen. Een onaangenaam aangenaam gevoel. Ik wist niet of ik me zorgen moest maken. Voorheen schoor ik het overschot aan haren weg en liet altijd een bescheiden plukje over, maar nu moest alles kaal. Ik wilde imponeren. Het brandde steeds meer, maar de crème moest nog vijf minuten intrekken. Eerst spoelde ik mijn benen af en daarna eindelijk de rest. Het brandde zo erg, dat ik kreunde en ik had spijt dat ik zo ver was gegaan. Alleen maar omdat ik te lui was om te scheren. Ik liet het water over mijn lichaam stromen en waste mijn haren. Ik besloot om morgen ook bij de kapper langs te gaan, inmiddels was mijn salaris binnen. Een gezichtsbehandeling leek me ook geen gek idee, maar het was te kort dag voor een afspraak. Je moest van adel zijn, of een beroemdheid of minimaal lid van de onderwereld om nu nog ergens terecht te kunnen. Ik wilde mijn gezicht peelen, maar mijn onderlichaam deed zo'n pijn dat ik naar de vriezer ging en een ijsblokje pakte. Wijdbeens masseerde ik met het blokje mijn gepijnigde clitoris en ik hoopte dat ik morgen wel van de seks zou kunnen genieten. Het ijs voelde vreselijk koud en het branden werd nog erger. Maar ik ging door in de hoop dat de pijn uiteindelijk zou afnemen. Het blokje smolt en en na het vierde gaf ik toe dat het niet hielp. Naakt ging ik op bed liggen en speelde in gedachten het gesprek met Elsa na, omdat de woordenwisseling nog pijnlijker was dan de ontharingscrèmeblamage. De slaap kwam niet. Ik kwam in tweestrijd. Omdat het prikken niet ophield, besloot ik mijn kledingkast te doorzoeken naar een leuk kledingstuk voor mijn uitstapje. Ik vond sensuele rode pumps met huizenhoge hakken, maar het leek me niet verstandig die te dragen. Ik koos andere, merkloze pumps uit, met iets lagere hakken. Daarna pakte ik een jurkje met een blote rug en veel decolleté, dus behoorlijk hoerig. Perfect. Ik trok het jurkje en de pumps aan en zag er schitterend uit, al zei ik het zelf. Ik was opgewonden en blij, maar eigenlijk ook een beetje triest en alleen. Ik voelde me zo veel dingen, dat ik eigenlijk dankbaar moest zijn dat het allemaal door me heen ging. Maar aan de andere kant waren al die gevoelens ook erg vermoeiend. Het ene moment stond ik met een onzichtbare man te dansen, het volgende moment zat ik verdrietig voor de spiegel op de grond.

'Wat wil je nou,' zei ik tegen de Amelie in de spiegel. 'Wat wil je nou echt? Je kunt het me gerust zeggen. Ik zal het aan niemand doorvertellen.'

Ik zweeg en keek naar de zwarte kringen onder mijn spiegelbeeldogen.

'Je ziet er niet uit, maar tegelijkertijd ben je een lekker wijf, met die uiers van borsten en die benen. Mooi hoor. Ben je blij met je benen? Een beetje mollig, maar dat is niet erg. Ze zeggen dat mannen met magere meisjes op straat flaneren en kinderen maken met mollige vrouwen. En daar gaat het om, toch?'

Ik lachte om mezelf en zag hoe mijn spiegelbeeld terug-lachte.

Ik stond op omdat ik me niet nog langer belachelijk wilde maken. De radio van de buren met verschrikkelijk luide folkloremuziek, nu en dan afgewisseld door geklap en gejuich, ergerde me mateloos. Ik wilde naar ze toe lopen, maar herinnerde me toen dat er een verlovingsfeest aan de gang was. Ik had zoiets vroeger weleens meegemaakt. Dan kwamen de vriendinnen en vrouwelijke familieleden bij de bruid langs en kreeg ze hennaversieringen op haar voeten en handen, werd er muziek gedraaid, lekker eten gegeten en veel gegiecheld. Ik had er altijd erg van genoten en ik wou dat ik meer contact had gezocht met de buren. Misschien was ik dan ook wel uitgenodigd. Maar gedane zaken nemen geen keer en ik peinsde er niet over om me opeens toegankelijk op te stellen, want hoe meer ze van me zouden weten, hoe kwetsbaarder ik zou zijn en dat wilde ik tegen elke prijs voorkomen. Ik deed mijn kleren uit en borstelde mijn inmiddels tot krullen gedroogde haren. Ik trok een lang hemd aan, maar geen onderbroek, omdat die tot nog meer pijn zou leiden. Ik beloofde mezelf me nooit meer te tergen met chemische rotzooi op mijn kruis. 'Stomme trut die je bent.'

# 16

Ik was vroeger als kind altijd snel afgeleid. Een meisje dat liever in een droomwereld vertoefde dan haar aandacht bij de werkelijkheid te houden. Ik hield van fantaseren, vooral over wat ik op dat moment las of had gelezen, zoals mijn favoriete boek *De geheime tuin*. Een boek dat ik in een stapel vuilnis op straat had gevonden, net voor de vuilniswagen onze straat indraaide. Het boek was oud, vrijwel stukgelezen. Ik nam het mee naar huis en verborg het onder mijn bed, een plek waarvan ik zeker wist dat mijn moeder er niet zou kijken; de schoonmaak lag immers grotendeels op mijn schouders. Ik weet niet meer hoe oud ik was toen ik de eerste letters van het boek gretig in me opzoog. Misschien twaalf, dertien, wellicht bijna veertien. Maar het is zo lang geleden dat de tijd de jaartallen uit mijn geheugen heeft weggevaagd. Het boek was een van de weinige lichtpuntjes in mijn leven, samen met slapen. Ik kon dan ook nooit wachten tot het donker was en het laatste avondgebed was opgezegd, waarna mijn moeder op de bank in slaap viel met de cassetterecorder nog aan. De imam bleef door het huis galmen, tot het bandje eindelijk aan zijn eind kwam. Maar als ik las, hoorde ik dat allemaal niet meer, dan was ik in die fabuleuze tuin met de kinderen die elk moment deelgenoot konden worden van een groots geheim. Als ik de woorden las, werd ik geleidelijk in een ander bestaan gezogen. Dan stond ik als een onzichtbare toeschouwer midden in een schouwspel dat met de minuut indringender, mooier en indrukwekkender werd. Ik keek ademloos toe, hoorde de zachte stemmen van de personages en waande me voor even een van hen.

Toen ik weer eens midden in de nacht onder de lakens in het licht van mijn kleine zaklamp naar de bladzijden lag te turen, werd Sanaa wakker. Haar nieuwsgierigheid won het van haar vermoeidheid en toen wilde zij ook meelezen, het verhaal met me mee beleven. Ik wijdde haar in in het verboden boek, waarvoor zij op het graf van onze nog levende grootouders moest zweren dat ze het niemand zou vertellen. Want als mijn moeder erachter kwam, zou het versleten exemplaar van *De geheime tuin* verscheurd de weg naar het vuilnis terugvinden. Het enige geschrevene dat in huis mocht zijn was de Koran en een aantal geschriften over de overleveringen van de profeet, die mijn moeder voor een paar gulden op de Beverwijkse zwarte markt op de kop had getikt; vertalingen van geleerden die hun conservatieve waarnemingen op beïnvloedbaren botvierden.

Sanaa schoof naast me in bed en luisterde naar wat ik zachtjes voorlas. Daarna voltrok zich elke avond en nacht dit ritueel. *De geheime tuin* bleef uit mijn moeders handen en ligt nu ergens in het huis waar ik mijn kinderjaren heb doorgebracht. Mijn obsessie voor boeken ontstond in de periode dat mijn moeder als een waanzinnige haar geloof begon te belijden, toen ze zich moest inhouden om mijn schoolboeken niet te verscheuren. Het liefst had ze mij en mijn zusje thuis gehouden. Om tijdens het maken van mijn huiswerk haar woede te ontlopen, sloot ik me op in mijn kamer en maakte alles in een recordtempo af. Maar wel nadat alle afwas, de vloeren en de huiskamer waren gedaan. Opdat ik niet zou worden verleid, had mijn moeder mijn bibliotheekkaartje doorgeknipt. Op de spaarzame momenten dat ik het huis uit mocht om mijn vader en zijn gezin te bezoeken, leefde ik weer op, omdat bij hen thuis wel muziek klonk en boeken lagen. Ik zat vaak in hun huiskamer een boek te lezen dat mijn halfzusje Ilham van de bibliotheek had geleend. Juist omdat het verboden was, hunkerde ik ernaar. Als ik uit school kwam, vluchtte ik in de winkelstraat een boekhandel binnen en bekeek alle nieuwe romans en non-fictie. Ik las wat pagina's, liep langs de kasten en als het heel druk was, zat ik ergens achterin met boeken van schrijvers als Balzac en de Brontë-zusters. Ik kwam zo vaak langs dat ik die boeken zonder ze aan te hoeven schaffen, geheel uitlas. Misschien hadden de verkopers het door, hun misprijzende blikken rustten vaak op mij. Maar ze lieten me in mijn tijdelijke vrijheid. Jaloers keek ik naar de mensen die boeken kochten alsof het iets heel vanzelfsprekends was, die ermee wegliepen als ware het pakken melk. Ik was jaloers en nam me voor later ook een kast vol boeken te hebben. Want ik wist dat ik niet altijd jong zou blijven en met het ouder worden mijn rechten zou opeisen. Mijn vrijheid kwam toen ik verstoten werd, en mijn eerste boek kocht ik toen ik een kamer huurde in een andere stad, ver van waar ik was geboren. Ik had toen niet veel geld, maar als ik verdriet of leegte voelde, schafte ik een boek aan. Een week lang witte bonen in tomatensaus met witbrood, leverde me weer wat literaire warmte op.

Later, toen ik Mart leerde kennen en met hem ging samenwonen, leefde ik me uit op zijn kast, tot ik alles had gelezen en van zijn geld nog meer boeken kocht.

Nu zat ik in mijn huis in Amsterdam-West, met een paar onuitgepakte dozen waarin de eerste boeken zaten die ik gekocht had. Ze waren stukgelezen, vergeeld, bijna verdord als uitgeleefde bloemen, maar voor mij van onschatbare waarde. Hoe ouder ze waren, hoe meer ik ze koesterde, want zij hadden me vanaf het begin van mijn onafhankelijkheid meegemaakt. Nu moest ik een plaats voor mijn vrienden zien te vinden. Een plaats waar zij zich vrij konden voelen en waar ik ze elk moment van de dag kon zien, aanraken en liefhebben. De slaapkamer was de beste plek. Maar veel plaats voor een boekenkast was daar niet, dus besloot ik de honderdtachtig boeken in nette stapels tegen de muur tegenover mijn bed te leggen. De dozen zou ik uitpakken, maar eerst was het tijd voor veel muziek, een overvloed aan drank en anonieme seks. Klikklakkend op mijn nieuwe stiletto's en in een jurk die knelde, omdat de nieuwe kilo's zich razendsnel aan mijn lichaam hechtten, liep ik naar de deur en griste onderweg mijn jas van de kapstok. De telefoon ging en bij het dichtgaan van de deur hoorde ik dat het antwoordapparaat het gesprek overnam.

Voor het jaargetijde was het weer zacht en zwoel. De trams reden niet zo vaak meer op deze tijd van de dag en ik besloot lopend naar café De Jaren te gaan. De hele kliek zou er zijn, volgens Esther. Woorden die me schrik aanjoegen, want wat bedoelde ze met 'kliek'? Onze collega's of haar vrienden? Ik zou het wel zien, zei ze, en ik moest maar snel komen voor Samuel door een ander zou worden ingepikt. Mijn hoge hakken had ik uitgedaan en blootsvoets liep ik heel snel en probeerde niet naar de toeristen te kijken die naar me wezen, maar daarna hun schouders ophaalden met 'ach ja, dit is Amsterdam'. De Jaren was niet ver meer en ik hoorde vanuit de openstaande ramen vrolijk gebral, gelach, muziek en nog meer geroezemoes. Met een knoop in mijn maag trok ik mijn schoenen weer aan. Binnen was het stervensdruk, allemaal studenten, oud-studenten en vooral stamgasten die hun club na jaren trouw bleven. Ik was er sinds lang niet meer geweest, maar de sfeer was en bleef goed. Bij de trap stond een groepje luidruchtig te zijn. De vrouwen waren aanlokkelijk gekleed met roodgestifte lippen, sexy haar, dat zwoel om hun hartvormige gezichten viel, en ze hadden allemaal een glas bier in hun handen. De mannen waren zonder uitzondering in pak, met een sigaar in de mond of in de hand, en ze dronken cognac of whisky. Ze oogden succesvol met een hautain vleugje, dat hun onbereikbaarheid benadrukte. Het groepje was anders dan de andere in het rokerige etablissement. Waar de gewone cafébezoekster een topje en een spijkerbroek droeg, hadden deze vrouwelijke onbereikbaren trendy couturekleding aan, die Máxima niet zou misstaan. Terwijl ik op hen af liep en Esther diep in de ogen keek, besefte ik wat er anders aan hen was. Het groepje had een onhollandse uitstraling. Ze etaleerden een tomeloze zucht naar succes, die in New York algemeen was, maar in dit nuchtere land als oncalvinistisch werd beschouwd. Ik kende Esthers vrienden niet, maar toen ik vlak bij haar stond en we elkaar op de lippen kusten alsof we geliefden waren, besefte ik waarom ze me al die tijd wilde spreken. Esther was gekleed in een Chanelachtig mantelpakje en stelde me voor aan de twee andere blonde vrouwen en hun vrienden. Bij elke naam hoorde een indrukwekkende functieomschrijving. 'Art Denrow, vice-president communications bij Elroy Technologies en dit is Dennis van Kamp, CEO bij Multimedia Interns, Sheila Verhorst, partner bij Veree, Veree en Verhorst Advocaten en deze sexy dame is Melanie Jansen, human resource director bij Petrol Oil in Rotterdam.'

Van mij noemde ze slechts mijn naam, en iedereen deed gekunsteld vriendelijk met een glimlach zo breed als de Botox hen toestond. Ik voelde me misplaatst en het viel me op dat de andere cafébezoekers in het vertrek weliswaar druk met elkaar bezig waren, maar toch niet konden nalaten om af en toe een blik te werpen op de WASP-delegatie waarvan ik deel mocht uitmaken. Vroeger zou ik er trots op zijn geweest, maar nu sloeg ik gestrest een glas martini achterover en bestelde meteen een nieuwe. De vice-president toonde zijn platinumcard, waarop CEO Van Kamp zijn nieuwe visitekaartje liet zien. Het was alsof ik in Bret Easton Ellis' *American Psycho* was terechtgekomen, alleen waren we niet in New York en ook niet in de jaren tachtig, en was iedereen onvervalst Hollands, hoe zeer ze ook hun best deden zich Amerikaans voor te doen. Esther boog zich voorover en rook aan me.

'Hm, lekker,' zei ze zacht. 'Ik wilde je wat vragen.'

Ik knikte en dronk van de martini, die zo bitter was dat mijn smaakpapillen protesteerden.

'Ik wil je wachtwoord.'

Ik keek naar haar op.

'Je wachtwoord, Amelie. Voor de computer. Jij zult nog een tijdje niet op het werk verschijnen, en ik heb wat van je nodig.'

'Waarom mijn wachtwoord?' Ik kreeg kriebels in mijn buik, omdat mijn intuïtie me niet in de steek had gelaten.

'Jij hebt de twee belangrijkste accounts onder je. Twee grote namen waar jij je al vijf jaar mee bezighoudt en de enige waarop ik nog geen vat heb en waarvan ik geen gegevens kon vinden. Alles is daar zo slecht georganiseerd. Er is geen enkele file binnen de openbare server zonder wachtwoord. Jij en ik deden de belangrijkste producties. Ik heb die twee nodig en daarom...'

'Wil je mijn wachtwoord,' maakte ik haar zin af.

Ze knikte en streelde mijn wang met haar vinger die vervolgens naar beneden gleed, tot aan mijn decolleté. Het groepje mooie mannen en vrouwen keek goedkeurend toe. Ik liet haar begaan en voelde me opgewonden worden. Ze gleed met haar vinger net niet over mijn tepel. Hoewel ik uit alle macht probeerde niet in te gaan op haar verzoek, bleek ik bevattelijk voor haar versiertruc en ik wist dat het slechts een kwestie van tijd was voor Esther zou krijgen waar ze om vroeg. Ik voelde me licht worden in mijn hoofd. De alcohol deed zijn werk en ik genoot er nu toch wel een beetje van om bij de populaire jongens en meisjes te mogen staan, dat was me vroeger als scholier nooit gelukt.

'Waar is Samuel?' vroeg ik besmuikt.

Esther grinnikte.

'Hij komt zo. En? Je wachtwoord?'

Ze zweeg even en bestelde een nieuw drankje voor me.

'Waarom zou ik je mijn wachtwoord geven? Zodat jij alles meeneemt en ik niks meer heb om naar terug te keren?'

Esther schudde haar hoofd.

'Daarom wilde ik jou vragen mee te doen. Deze vier zijn mijn belangrijkste investeerders en bovendien goede vrienden.'

'Waar ken je ze van?' Ik wilde graag ontrafelen waarom bepaalde mensen de meest interessante en vermogende personen wisten te ontmoeten, terwijl anderen ploeterden om niet meer dan een ambtenaar te strikken bij een gemiddelde netwerksessie in een doorsnee stadscafé.

'Van hockey en tennis natuurlijk,' zei ze alsof ik iets ontzettend doms vroeg.

'Natuurlijk,' zuchtte ik terwijl ik mijn lege glas aan de ober overhandigde om weer een volle aan te nemen. 'Het leven zou zoveel simpeler zijn geweest als mijn ouders mij op hockey hadden gedaan,' gniffelde ik en daarna moest ik hard lachen om mijn grap. Esther keek me vreemd aan, maar ze begreep de grap niet. Zij begreep mijn grappen nooit. 'Maar eh, meedoen? In welk opzicht meedoen?'

'Ik heb alles al geregeld; een kantoorverdieping in het WTC, klanten en zelfs het meubilair. Mijn eerste grote opdracht voor een ministerie heb ik al binnen en morgen heb ik sollicitatiegesprekken met twee nieuwe projectmedewerkers. Jij zou er een van kunnen zijn als je wilt. Je bent een van de beste, met veel ervaring.' Esther raakte mijn arm even aan.

Mijn maag draaide zich om, ik liep snel naar het toilet en gaf over. Toen ik opstond, voelde ik me een beetje draaierig, ik hield me vast aan de deurklink. Pas nadat ik tot rust was gekomen, liep ik weer naar buiten. Ik poederde mijn gezicht en stiftte mijn lippen.

Esther stond ongeduldig te wachten en stak een sigaret op. Ze nam een trek en een flinke slok bier.

'En?'

'Voor jou werken? Ik weet het niet,' weifelde ik.

'Denk erover na,' zei ze lichtelijk geïrriteerd. 'Maar ik heb jou geholpen aan een afspraak met Sam en ik wil er wel iets voor terug.'

'Afspraak met Sam? Ik zie hem helemaal niet. En een afspraakje weegt niet echt op tegen een werkloosheidsuitkering.'

Esther sloeg haar ogen ten hemel en schudde haar hoofd.

'Je bent toch ziek? Je hebt toch een burn-out of iets dergelijks? Je gaat gewoon in de ziektewet dat zielige bedrijfje ligt pas over een jaar echt plat. Dus je hebt alle tijd. En zeg nou zelf; je bent daar een van de meest miskende werknemers. Je werkte harder dan wie dan ook, zonder daar ooit voor beloond te worden. Bij mij zal dat anders zijn. Ik zal je waarderen, met winstuitkeringen natuurlijk.'

Ik vroeg haar om een papiertje en een pen. Toen keek ik haar strak in de ogen en vroeg haar te zweren mijn wachtwoord geheim te houden, ze mocht het aan niemand doorgeven. Esther zoog zich vast aan haar sigaret en knikte heftig. Ik schreef de geheime letters op en gaf het papiertje opgevouwen terug. Ze opende het maar toen ze het wilde lezen, klonk er gejuich uit ons groepje. Vooral de vrouwen waren heel uitbundig. Ik draaide me om en keek recht in het prachtige gezicht van Samuel, die fier met het hoofd omhoog, als een kroonprins, het café binnenschreed. Hij droeg een blauwe anorak en een spijkerbroek. Hij begroette iedereen en kuste de vrouwen, en tot mijn blijdschap ook mij, op de wang.

'Ik zei toch dat hij zou komen,' fluisterde Esther in mijn oor.

Sam omhelsde Esther heel innig, te innig naar mijn smaak en hun lippen rustten te lang op elkaar.

De vice-president bestelde een fles dure cognac en de CEO bestelde een fles champagne. Samuel ontweek de sigaretten en vroeg een Spa Rood. Hij had getraind en vond het zonde om zijn inspanningen te niet te doen met lege alcoholcalorieën. Vervolgens vergat hij dat ik bestond en raakte in een diep gesprek verwikkeld met de kittige advocate en de zwoele personeelsmanager, die veel weg had van een trophywife. Hij stond dicht bij hen en de vrouwen raakten hem overal aan. Ze plukten aan zijn schouder, veegden een haarlok achter zijn oor en legden een hand in zijn zij. Esther keek naar het papiertje.

'Minaboughari? Wat een maf woord. Hoe kom je erop? Mina en dan Boughari. Hm, misschien een voornaam en achternaam. Mijn moeder heeft een Marokkaanse werkster met een vreselijk doodsaaie hoofddoek. Die heet ook Mina. Meestal kiezen mensen iets persoonlijks als wachtwoord. Is dit iemand die je kent? Het klinkt Arabisch, Marokkaans misschien.' Esther lachte luid. 'Je maakt me wel nieuwsgierig, Amelie.'

Plots zweeg ze en bekeek me heel aandachtig. Gelukkig draaide Samuel zich naar me om.

'Zullen we?'

Hij beende De Jaren uit en ik volgde hem, zo snel mijn hakken dat toestonden.

# 17

Mijn ontmaagding. Zo nu en dan dacht ik eraan terug. Vroeger, toen ik nog jong was, stelde ik me veel van seks voor. Ik had wel eens een boeketreeksboekje gestolen bij de supermarkt, waar ik de kaften van afscheurde omdat een ander boek dan de koran misschien een ramp betekende, maar een liefdesboekje met daarop een zwoele afbeelding van een man en vrouw die elkaar gulzig naderden, zou thuis een ware apocalyps veroorzaken. Mijn moeder zou met liefde het zwaard op me botvieren. Het beteugelen van woede was niet een van haar kenmerken. Dat wist ik, dus ik trof grondige voorbereidingen. Overal in huis vond ik gunstige bewaarplekken voor de boeken die het islamitische daglicht niet konden verdragen. Ik las die stuiverromannetjes en raakte opgewonden van het zoetsappige liefdesspel. Ik kon niet wachten tot ook ik ingewijd zou worden, en ik dacht dat seks iets moois, bijzonders en geweldigs moest zijn. Maar om seks te hebben, moest je trouwen en nu mijn volwassenheid met rasse schreden naderde, konden mijn ouders het maar niet eens worden over welke stenen mijn levenspad zouden moeten plaveien. Mijn moeder wilde me uithuwelijken aan een goede moslim uit haar moskee. Een man die weliswaar vijftien jaar ouder was, maar met een wijsheid die voor een stevige leidraad in mijn bestaan zou zorgen. Ik had een sterke man nodig, volgens haar. Een oudere man die goed voor me zou kunnen zorgen en me tot een ware moslima zou kneden. Maar mijn vader vond dat ik moest studeren en iets van mijn leven maken. Een diploma was volgens hem net zo belangrijk als een huwelijksakte. En hij vond de moskee waar mijn moeder heen ging maar niets. Waarom kwam ze niet naar de zijne? Ook daar werd gebeden en verhaald over de overleveringen van de profeet. Maar mijn moeder vond zijn moskee te lichtzinnig, daar gingen geen echte moslims naartoe. Daar kwamen mensen die traditie met religie verwarden en er werd te losjes met de heilige voorschriften omgegaan. Haar tegenspraak wekte mijn vaders irritatie, ook omdat zij hem met zo veel woorden verweet geen ware moslim te zijn. De breuklijnen in hun relatie werden langer, breder en dieper. Weldra werden de eerste scheuren zichtbaar en braken de twee helften uiteen en weken uit elkaar aan weerszijden van een diep ravijn. Ze gedoogden elkaar. Mijn vader bleef slechts in naam bij mijn moeder, maar en alleen om zijn kinderen. En mijn moeder wilde alleen op afstand zijn echtgenote zijn, omdat zij de reputatie van gescheiden vrouw niet wilde dragen. De schande loerde in elk hoekje en dat weerhield haar ervan de stappen te ondernemen waarnaar zij snakte. Ze vertelde het aan ons, haar dochters. Ze wijdde ons in in haar huwelijksproblemen. Ze schreeuwde ze mij toe, besprak ze liefdevol met Sanaa, en haar gehuil achtervolgde ons tot het moment dat ze in slaap viel.

Als de woede tussen de twee echtelieden in de huiskamer uitbrak, verborg ik me in het toilet om daar een van mijn boekjes te lezen en werd er opgewonden van de woordelijke strelingen. Mijn fantasie nam het over van de tekst: ik werd de hoofdpersoon en mijn held kuste mij, streelde mij en we deelden elkaars verlangen. Ik werd dan zo heet in mijn vagina, zo vreselijk heet, dat ik mijn onderbroek strak trok en heen en weer wreef. Pas veel later leerde ik mezelf naar een hoogtepunt te brengen. Elke avond, na het lezen, creëerde ik een hemelhoog orgasme en dreef in opperste ontspanning de nacht in.

Maar het zelf doen was anders dan echt seks hebben. We hadden geen tv en na school moest ik vrijwel meteen naar huis, dus er was niemand die mij kon vertellen hoe het echt was. De boekjes konden mijn nieuwsgierigheid uiteindelijk niet bevredigen, in de boekhandel vond ik ook niks van mijn gading en bij mijn vader stond de televisie weliswaar continu aan, maar zodra er maar een klein beetje bloot was te zien, werd er snel overgeschakeld naar een ander net. Seks was taboe, liefde was taboe en het vrouwelijk lichaam was een nog groter taboe.

Pas toen ik uit huis was, leerde ik mijn lichaam goed kennen. Niet alleen vanbuiten, maar ook vanbinnen. Ik experimenteerde, voelde aan mijn schaamlippen, liet mijn vinger voorzichtig naar binnen glijden en als ik een druk voelde, trok ik hem snel terug. Het was zo klein daarbinnen. Als mijn vinger al pijn deed, wat zou een penis dan veroorzaken, vroeg ik me af. Het antwoord kwam al snel. Van een jongen die ik via een huisgenootje leerde kennen. Ik vond hem niet echt bijzonder. Hij was muizig, verlegen, had vlasblond haar en ogen die continu stoned keken. In zijn kamer rook het naar goedkope wiet die hij bij de coffeeshop om de hoek kocht. Ik was bijna negentien en zat naast hem op bed. Hij rookte eerst een joint en trok toen plichtsgetrouw zijn versleten kloffie uit. Ik deed hetzelfde en ging op de ongewassen lakens liggen. Ik wilde een deken over me heen trekken, maar hij belette dat. Hij wilde naar me kijken. Hij roemde mijn borsten, mijn benen en mijn buikje. Hij gleed met zijn hand over mijn haren en mijn gezicht en drukte zijn lippen op mijn tepels, speelde ermee met zijn tong. Het was lekker en ik ontspande. Toen gleed hij met zijn lippen over mijn buik en voor ik het wist was zijn tong daar waar voorheen mijn vinger altijd speelde. Ik raakte in paniek want ik had hierover nog nooit gelezen. Maar hij stelde me gerust, ik ontspande wederom, werd nat en spreidde mijn benen. Ik was zo geil dat ik hem dwong om me te beklimmen. Maar eerst wilde ik zijn penis zien. Trots toonde hij die. De penis was lang en dun, maar altijd nog dikker dan mijn vinger. De jongen rolde een condoom om, duwde mijn benen uit elkaar en gleed bij me naar binnen. Ik verstrakte. Het lukte niet. Hij probeerde het nog een keer en toen begon hij te stoten. Ik gilde het uit. Het deed vreselijk veel pijn. Ik sloeg op zijn schouder en smeekte hem te stoppen. Dat deed hij even, maar toen de pijn wegzakte, stootte hij verder. Het deed lang pijn, maar geleidelijk wende ik eraan en voelde ik een genot dat groter was dan de pijn. Maar toen ik opkeek, dacht ik mijn vader te zien. Hij stond bij de deur en keek toe. Ik schrok daar erg van, sloot mijn ogen en opende die weer. Toen was het mijn moeder die boven ons zweefde met samengeknepen lippen en ogen die felle woede uitstraalden. De jongen ging onverstoorbaar door. Hij had niet in de gaten dat er zich bij mij een innerlijke strijd voltrok. Hij kwam klaar en het zaad bungelde in het zakje aan zijn pik. Ik keek naar het sperma en toen naar het laken waarop ik had gelegen. Ik zocht bloed, maar er was niets te zien. De jongen stak een jointje op en gaf die aan me door. Ik nam een trek, maar ik vond het stinken en sloeg een tweede af. We lagen naakt naast elkaar toen hij zich naar me omdraaide en vroeg: 'Was het je eerste keer of zo?'

Ik knikte.

'Gaaf man,' mompelde hij half verdoofd. 'Ik heb een vrouw ontmaagd. Cool.'

'Er is geen bloed,' zei ik.

De jongen haalde zijn schouders op en gleed onder de lakens om in een diepe slaap weg te zakken. De volgende dagen hebben we het nog een paar keer gedaan, bij hem thuis of op de kamer waar ik sinds kort woonde. De laatste keren genoot ik ervan. Ik besefte dat ik nu echt vrouw was geworden, en mijn vader en moeder stonden niet meer toe te kijken. De deur was dicht. En ik kwam erachter dat een maagd niet altijd hoefde te bloeden.

Het eerste uur van de nacht rook licht naar rozen, musk en vlagen opgedroogde urine. De taxi stopte bij het huis van Samuel. Hij betaalde, maar gaf geen fooi. We stapten uit. Ik volgde hem naar de voordeur. In zijn appartement trok hij zijn anorak, trui en spijkerbroek uit, vouwde de kledingstukken netjes op en legde ze in een stapeltje op de stoel naast zijn Hästensbed. Ik volgde zijn voorbeeld en voelde me opgelaten omdat hij niks zei en me de hele tijd niet aankeek. In gedachten verzonken bestudeerde hij bewonderend zijn spiegelbeeld. Nu en dan raakten we elkaar terloops aan als hij naar de kast of naar de badkamer liep. Ik had gehoopt op muziek of een geurig kaarsje, iets wat de sfeer van romantiek zou verhogen. Maar Samuel ging naakt op het bed liggen en wachtte tot ik me bij hem zou voegen. Hij lag languit, met één been opgetrokken en zijn arm op een kussen, en bekeek mijn lichaam. Ik had een wit laken om me heen geslagen. Ik durfde niet bloot voor hem te staan. Inmiddels had hij het nachtkastlichtje aangeknipt. Het zachte licht flatteerde zijn gezicht. Hij gebaarde dat ik naast hem moest komen zitten. Ik schoof naar hem toe en wilde hem kussen, maar hij vroeg of ik hem wilde pijpen. Ik was verrast door zijn directheid, maar wilde me niet laten kennen. Ik had een keer geprobeerd om Mart te pijpen. Dat was ook meteen de laatste keer geweest. Mart had geklaagd dat mijn tanden langs zijn lul schraapten. Samuel duwde me lichtjes naar beneden en voor het eerst zag ik zijn penis. Ik pakte die vast en toen viel het me op dat hij besneden was. De laatste keer dat ik een besneden penis had gezien was jaren geleden, toen ik mijn neefje naar het toilet bracht. Hij was vier en volgens islamitisch gebruik besneden. Samuel kwam echter niet echt islamitisch op me over. Ik gleed met mijn vinger over zijn nog slappe lid, maar zelfs in onopgewonden staat had dat iets groots. Hij is joods, besefte ik plotseling.

'Je ligt in bed met een jood. Je gaat een vervloekte pijpen.'

Ik herkende de stem van mijn moeder. Zij sprak tegen me en ik voelde haar aanwezigheid. Een hersenspinsel, hield ik mezelf voor. Niets meer dan dat.

'Jij bent voor eeuwig vervloekt,' zei ze weer. 'Je zult branden in de *djahannam.*'

Ik werd misselijk en draaierig. Maar ik hield me in. Ik moest me sterk houden.

'Ik moet even naar de badkamer,' zei ik. 'Ik kom zo.'

'Blijf niet te lang weg,' antwoordde Samuel geïrriteerd.

Ik hield me vast aan de pot en probeerde te kotsen, maar er kwam niets. De misselijkheid verdween, ik was alleen nog een beetje draaierig. Ik keek in de spiegel en zag de donkere kringen onder mijn ogen, maar tot mijn opluchting was mijn huid er niet vlekkerig en mijn haar zat nog goed in model. Ik moest naar de slaapkamer, maar iets in me verzette zich. Ik voelde de haat waarmee ik was opgevoed, als maagzuur in me oprispen. Alle vooroordelen die mijn moeder me had geleerd, hadden zich in de loop der jaren als bloedzuigers aan me vastgeklampt. Ik hoorde haar zeggen: 'Joden zijn het schuim van de aarde. Zij hebben onze broeders zo veel ellende aangedaan, zo veel doden hebben zij op hun geweten. En zij komen ermee weg omdat zij blijven vasthouden aan een zogenaamde holocaust. Maar was Hitler zelf geen halve jood, dus gewoon een jood als onwettige Rothschildnazaat, en was de Tweede Wereldoorlog niet gecomponeerd opdat zij Palestina konden annexeren en het tot Israël benoemen?'

Ik hoorde mijn moeder praten, met een allesoverheersende felheid. De woede, weerzin: alles kwam naar boven; elk woord dat zij mij vroeger toebeet, tot aan de 'Protocollen van de wijzen van Zion' toe. Ik had nooit wat teruggezegd en alleen maar naar haar geluisterd. Haar haat moest mijn haat worden. Ik dacht dat ik ervan verschoond was, maar ik realiseerde me nu dat ik bang was voor die man, een paar meter verderop, die bij een ander kamp hoorde. Mijn moeders woorden hadden me toch weten te raken.

Ik mag niet beïnvloedbaar zijn, zei ik tegen mezelf. Ik had mijn eigen ik nog en ik wás niet mijn moeder. Ik gooide water over mijn gezicht en liep naar Samuel, die verveeld naar een spelprogramma op tv lag te kijken. Hij zuchtte toen hij me zag. Ik ging naast hem liggen, het laken stevig omklemd, en bracht mijn lippen naar zijn eikel. Ik zoog, likte en liet zijn pik in mijn mond glijden. Mijn gedachten raasden door elkaar. Ik lette erop dat mijn tanden zijn vlees niet raakten en probeerde de blik van mijn moeder te ontwijken, die ik in de spiegel zag staan, gekleed in haar eeuwige zwarte gewaad. Haar blauwe ogen keken me verwijtend aan en haar gezicht was van woede vertrokken. Haar lippen waren gesloten, maar toch hoorde ik haar in mijn gedachten praten.

'Afvallige jodenslet. Moge de hellehonden jouw lijf in stukken uit elkaar rijten.'

Ik negeerde haar en hoorde het gelukzalige gekreun van Samuel, die schokte. Net voor hij klaarkwam, duwde hij me voorover en trok het laken van mijn lijf. Ik verstrakte, want hij zag nu alles: het vet op mijn billen, de kwabben op mijn dijen en de putjes in de huid van mijn benen. Maar hij zei niks en ging zwaar op me liggen, zijn dikke paal schoof tegen mijn billen. Toen stopte hij ineens en haalde uit zijn nachtkastje een familiepak condooms. Hij scheurde een zakje open en manoeuvreerde het condoom om zijn stijve lid. Hij ging weer op me liggen en ik voelde hem bij me naar binnen glijden en toen neukte hij me van achteren. Hij ging wild op en neer tot hij klaarkwam en van me af rolde. Hijgend lag hij op het bed en pakte toen een andere afstandbediening uit het nachtkastje. De dvd-speler ging aan. Een pornofilm. Een orgie met mannen die vrouwen neukten, vrouwen die vrouwen beften en mannen die mannen in hun konten pakten. Sodom en Gomorra. Ik had eerder pornofilms gezien, met Elsa, giechelend, met chips en bonbons binnen handbereik. Dit was anders; harder, rauwer, liefdeloos en grauw. Samuel werd van de beelden weer opgewonden en na een nieuw condoom te hebben aangebracht, stortte hij zich opnieuw op me. Hij was ruw en geheel geconcentreerd op zijn eigen genot. Ik liet hem begaan. Ik zat op mijn knieën terwijl hij achter me wild tekeer ging. Ik wilde de missionarishouding, maar hij duwde me weer op mijn buik en ging op me liggen. Geen enkele keer zag ik zijn gezicht. Zijn penis was groot en het deed geen pijn, maar af en toe klampte ik me vast aan de lakens en ik onderging elke stoot met open mond. Onderwijl keek hij naar het beeldscherm en liet zich opzwepen door de liefdeloze wilde seks. Ik was een gewillig instrument dat als verstomd alle stoten incasseerde, terwijl de tranen langs mijn wangen gleden omdat ik het geschreeuw van mijn moeder in mijn hoofd niet tot stoppen kon brengen. Ik wilde niet luisteren en bewoog met Samuel mee, maar haar alomtegenwoordige stem was indringend en intens. Elk woord uit het verleden deed mijn lichaam pijnlijk sidderen en samentrekken, en ik voelde een beklemmende angst, omdat ik deed wat eigenlijk verboden was, wat door de koran werd verworpen. Vroeger had ik willen provoceren om te tonen dat ik vrij was en dat wat ik deed de ultieme onafhankelijkheid belichaamde. Maar nu was ik er niet meer zo zeker van. Niet omdat ik seks had met een joodse man, maar omdat het veel erger was

dan ik ooit had kunnen bevroeden. Toch voelde ik diep vanbinnen een intense warmte opstijgen. Mijn lichaam tintelde
van de ruige aanrakingen door de man die nochtans een onbekende was, maar die ik nu al koesterde. Ik wilde bij hem
zijn, voor altijd deel uitmaken van zijn leven. En ik hijgde:
'Samuel.'

# 18

Samuel belde niet. Hij had mijn nummer, maar belde niet, hoewel hij dat wel beloofd had. In de huiskamer liep ik heen en weer, handenwringend, de telefoon in het oog houdend. Telkens als die rinkelde rende ik ernaartoe, maar dan zag ik op de nummermelder dat het Mart was en besloot niet op te nemen, opgefokt vanwege het wegebbende vreugdegevoel. Ik hield mezelf voor dat dit gewoon was. Dat het begin van een relatie altijd een kat-en-muisspel behelsde en dat ik nu volwassen moest reageren, omdat het altijd minstens een week duurde voordat een man na de eerste afspraak belde. Zo ging het immers altijd. En toch moest ik mezelf bedwingen om niet de telefoon te pakken en zelf te bellen, want dan zou hij denken dat ik wanhopig was en dat mocht vooral niet gebeuren. Ik wachtte nu twee dagen, dus nog vijf dagen te gaan. Slechts vijf dagen, dat was te doen. Ik moest leren geduld te hebben. Met weemoed dacht ik aan onze nacht samen. Hij was meteen in slaap gevallen en ik had naar hem gestaard tot ook ik in slaap viel. De volgende ochtend stond ik op en besloot zo snel mogelijk naar huis te gaan. Ik had geen make-up bij me en zag er niet uit en ik wilde niet dat hij me zo zou zien. Met tegenzin verliet ik zijn woning. Ik nam wel eerst afscheid en hij mompelde met gesloten ogen dat hij me zou bellen. Ik had zijn visitekaartje gevonden met zijn gsm-nummer. Die koesterde ik. Inmiddels was ik al wel een paar keer naar de P.C. Hooftstraat gewandeld. Een keer liep ik het Van

Gogh Museum binnen, maar daar was het te druk dus ging ik al na een kwartiertje weer naar buiten om subtiel langs zijn woning te flaneren. Maar ik kwam hem niet toevallig tegen en eigenlijk was ik daar opgelucht om, want wat was mijn excuus? Hij zou denken dat ik een stalker was. In de nacht, als de slaap me meetrok, droomde ik van hem. Maar dat was slechts voor even, omdat mijn moeder ook verscheen, waardoor ik wakker schrok, bezweet, trillend en huilerig. Al was het donker en sliep de wereld en was ik lam van vermoeidheid, ik bleef wakker omdat ik de controle niet wilde verliezen. In mijn dromen had mijn moeder vrij spel.

Seconden, minuten en uren verstreken terwijl mijn blik zich vastzoog aan de klok. Zo nu en dan keek ik naar mijn mobieltje en dan naar de telefoon. Die rinkelde steeds vaker en telkens zag ik Marts naam in de melder oplichten. Ik vroeg me af wat hij wilde en dacht erover na of ik toch maar zou opnemen. Wilde hij me terug? Was het uit met die teef? Na de tiende keer nam ik op en ik zei minzaam 'hallo'.

Ik hoorde zijn vertrouwde stem. Ik was er eigenlijk aan gewend geraakt dat we niet meer samen waren, hoewel we zo veel jaren hadden gedeeld. Hij zei dat hij met me wilde praten. Of we ergens konden afspreken. Ik lachte spottend en zei dat hij dat op zijn buik kon schrijven.

Mart zuchtte. 'Ik wil het je vertellen, voordat iemand me voor is. Ik eh...'

Ik verloor mijn geduld. Wat als Samuel mij zou bellen terwijl deze telefoon bezet was? Misschien was hij mijn mobiele nummer kwijt en zou hij er helemaal mee stoppen om me te bellen als hij me nu niet kon bereiken. Ik wist wel dat het onzin was, maar kon de redenering op dat moment alleen maar logisch vinden.

'We gaan trouwen,' zei Mart. 'Mijn vriendin en ik.'

Zijn woorden drongen aanvankelijk nauwelijks tot me

door. Maar het woord trouwen bleef toch hangen.

'Trouwen? Ga je trouwen?' Ik hapte naar adem.

Mart zweeg en ik zag voor me hoe hij op zijn lippen beet en op zijn hoofd krabde. Dat deed hij altijd als hij zich ongemakkelijk voelde.

'Ja, over twee weken. De uitnodigingen zijn de deur al uit. Je begrijpt natuurlijk wel dat je niet kunt komen. Niet na dat incident. Eh... toen in het café. Het zou niet gepast zijn.'

'Je gaat trouwen?'

Dat was het enige wat ik nog wist uit te brengen. Hij vertelde van alles. Wat zijn vriendin voor hem betekende, dat hij veel van haar hield, maar dat ook ik natuurlijk nog een plek in zijn hart had.

'We hadden iets bijzonders samen, Amelie,' zei hij. 'Ik wil dat je weet dat ik veel van je heb gehouden.'

Ik slikte en vocht tegen mijn tranen.

'Maar waarom heb je me dan nooit ten huwelijk gevraagd?' Ik schudde vertwijfeld mijn hoofd alsof ik dacht dat hij me zou zien. 'We waren al zo lang samen, Mart, en met haar ben je slechts...'

'Drie jaar, Amelie. Je had gelijk. Ik had al een relatie met haar toen ik nog met jou was. Omdat ik haar nodig had.' En daarmee beantwoordde hij de vraag die als een vlijmscherp zwaard in de lucht hing. 'Het werd steeds moeilijker met jou. Ik deed niks goed en je bent... gewoon anders. Anders dan ik, dan de mensen met wie ik omga. Je hebt zo veel temperament. Die uitbarstingen... ik kon daar niet meer tegen. Je bent zo onvoorspelbaar, zo grillig. Mijn liefde voor jou was sterk, maar niet bestand tegen jouw karakter. Het spijt me.'

Hoewel Mart vlak daarna het gesprek beëindigde, bleef ik de hoorn een tijdlang vasthouden. Ik voelde zo veel pijn dat ik dacht nooit meer te kunnen stoppen met huilen. Ik hunkerde naar Elsa. Ik wilde met haar praten, mijn hoofd op haar schouder leggen. Ik haatte deze helse november, met die stroomversnelling aan oorzaken en gevolgen waar ik geen vat op had, die alles kapotmaakten. Ik wou dat ik niets meer kon voelen, want het deed verdomd veel pijn.

Blootsvoets stond ik op het balkon, ik keek naar beneden. Ik zag spelende kinderen, hangjongeren en dikgeklede vrouwen, die net boodschappen hadden gedaan bij de nabijgelegen buurtsuper en met zware tassen naar huis liepen. Er was geen verschil met vijftien jaar geleden toen ik nog een puber was en naar buiten keek. Het beeld was hetzelfde, alleen waren de kinderen van toen de volwassenen van nu. Ik stond op mijn tenen en helde voorover. De wind was koud en striemde mijn gezicht en lichaam. Ik was dun gekleed, had niet eens de moeite genomen om een dikke trui en wollen sokken aan te trekken. Ik probeerde na te denken. Dat lukte me buiten vaak beter dan binnen. Het was een gewone doordeweekse middag. Het leven trok gestaag aan me voorbij en ik was slechts een toeschouwer aan de zijlijn van het bestaan. Samuel had nog steeds niet gebeld en Elsa nam ook niet de moeite om mijn voicemailberichten af te luisteren en te beantwoorden. Het was nu even uit, maar ik wilde dat het weer aan ging. Ik wilde weer met haar over mij praten. Haar zwijgen duurde me te lang. Ik snapte nog steeds niet waarom zij zo zwaar tilde aan het vorige gesprek. Haar felheid over Marokkanen was onomwonden zwaar, alsof zij hun haar hedendaagse mislukkingen aanrekende. Ik vroeg me af hoeveel van haar pijn echt over Van Gogh ging. Naar mijn mening maakte ze gewoon dankbaar gebruik van de zondebok om daar haar frustraties op te botvieren. Maar nu moest het maar eens afgelopen zijn. Ik wilde haar weer zien en voortaan zou ik de actualiteiten buiten de deur houden. Het was zonde om ruzie te maken over iets waar je toch niets aan kon doen, op iets wat buiten je macht om gebeurde. Ook zij moest dat inzien en tot inkeer komen. Theo van Gogh was dood, vermoord door een geloofswaanzinnige. Een willekeurige jongen die het woord van God te letterlijk had genomen en verblind was geraakt door de aansporingen van de gekken om hem heen: in zijn vriendenkring, op internet en in extremistische boeken. Ik pakte de balustrade stevig vast en blies wolkjes uit mijn mond. Mohammed Bouyeri. De jongens op straat spraken zijn naam uit. Sommigen met bewondering.

'Mohammed Bouyeri, dát is nou een moslim,' zeiden ze. 'Hij is de trots van Allah. Aan hem moeten we een voorbeeld nemen.'

De wereld was veranderd. Vooral na 11 september 2001. Toen met twee klappen het economische hart werd geraakt, en de wereld voor altijd veranderde. Ik keek naar beneden en zag de drie Marokkaanse zusjes lopen die op mijn verdieping woonden. Jonge meisjes van een jaar of achttien, negentien, met lange kleurige sjaals over hun hoofden en daaronder een hoofddoek. Hun knappe gezichten waren zichtbaar, net als hun handen. Onder hun doeken droegen ze strakke kleding; een bloesje die om hun pronte borsten spanden, strakke broeken of spannende rokken waarin hun vrouwelijke vormen zich duidelijk zichtbaar aftekenden. Een van hen droeg wel eens een witte heupbroek. Dan volgden jongens haar door de straat, hun blikken strak op haar kont gericht, op de zwarte string die door het wit van haar broek scheen. Ik stoorde me eraan. Excuusmoslima's noemde ik ze. Zo ging je niet gekleed. Als je een hoofddoek draagt, doe het dan goed, vond ik. Ga dan niet in strakke kleding rondlopen en op straat flirten met jongens, stiekem ergens met ze flikflooien, of wulps dansen op raifeesten terwijl je je thuis schijnheilig voordoet als goede moslima om de goedkeuring van de gemeenschap te verkrijgen. Woede welde in me op omdat ik dacht aan vroeger, aan het moment waarop mijn moeder het geloofslicht vond en haar dochters dwong haar rigide weg te volgen. Mijn moeder droeg wijde zwarte gewaden tot aan de enkels en een chador en later ging ze er de *niqaab* bij dragen, die een groot deel van haar gezicht bedekte. Alleen de ogen waren nietsontziend zichtbaar, verder was alles verborgen, ook haar handen. Ze was als een schaduwschim die de aarde bewandelde. Haar klederdracht vertelde me dat Allah zich voor ons schaamde en ons aan het zicht wilde onttrekken. Alleen de man mocht blijkbaar trots zijn op zijn bestaan, omdat hij zich niet onder een laken hoefde te verbergen. Terwijl ik de meiden zelfbewust naar de flat zag lopen, besefte ik dat het doekje op hun hoofd geen geloofsteken was maar slechts een tijdelijk modebeeld. Voor die mensen was de islam geen religie, zoals voor de oudere garde, maar een identiteit en dus slechts een vluchtig tijdsbeeld. Het waren jongeren die zich verzetten tegen de samenleving, zoals punkers dat nog niet zo heel lang geleden ook deden. Ook dit zou vervliegen omdat het fundament gewoon te wankel was om het te blijven dragen.

Gisteren liep ik met een zware boodschappentas richting de slagerij tegenover mijn appartementencomplex. Voor de flat had zich een groepje van zeven jongens gevormd. Ze riepen leuzen en eerden Bouyeri. Het duurde niet lang tot vanuit de islamitische slagerij een groep Marokkaanse mannen van de eerste generatie woedend op de groep toe liepen. De jongeren stoven uiteen als een stel duiven. En toen was het stil. Het pleintje was verlaten en de ouderen trokken zich terug in de slagerij, dronken er verse muntthee en verhaalden over de goede oude tijd en hun bijna weemoedige wens om in het vaderland te worden begraven, want daar was de rode aarde warm en gastvrij. Ze boden me een kopje thee aan toen ik merquez-worstjes kwam kopen, maar ik sloeg hun gebaar vriendelijk af.

'Ik krijg bezoek,' loog ik en ik liep weer naar buiten terwijl mijn hart breed glimlachte.

De telefoon ging niet en het was ongenaakbaar stil in mijn huis. Omdat de rust mij onrustig maakte, had ik de tv en de radio aangezet. Ik bakte merquez-worstjes en at ze met Marokkaans brood voor de buis op. De pittige worstjes zijn altijd al mijn lievelingseten geweest. De eerste keer dat ik ze at, was ik in Marokko tijdens mijn vaders huwelijksdagen. Ik was net vier misschien, maar ik kon me nog alles van de reis, het dorp en de mensen herinneren. Zelfs de geuren en kleuren had de tijd niet vervaagd. Vader nam me mee naar zijn moeder, Lalla Saliha, een imponerende, mollige vrouw wier gezicht verschoond was van rimpels en voor wie mijn vader sidderde. Hij durfde nooit nee tegen haar te zeggen. Mijn moeder, Sanaa en ik logeerden, samen met mijn vader, bij haar.

Op een ochtend wekte Lalla Saliha me. Het was nog vroeg, voordat de haan kraaide en de horizon goudgeel kleurde. Ze trok me snel mijn kleren aan, gaf me een stuk brood met boter en een glas versgemolken melk en wachtte geduldig tot ik alles op had. Met haar mouw veegde ze de kruimels van mijn gezicht en trok me mee naar buiten. Ik herinner me dat we over de dorre rode akkers liepen, de stoffige weg op. We liepen tot ik klaagde dat ik niet meer kon en uiteindelijk bleef staan. Maar Lalla Saliha liep door naar een rotsblok, precies op de plek waar het oneffen pad overging in de met witte strepen voorziene autoweg. Lalla bleef wachten totdat de ergste vermoeidheid uit mijn lijf was getrokken en ik naar haar toe liep, want ze vertikte het om me op te tillen. Ze pakte mijn hand stevig vast en trok me mee. Terwijl we samen verder liepen sprak ze me bestraffend toe.

'Toen ik amper een jaar oud was, liep ik al kilometers en hielp ik mijn moeder met koken en broodbakken. Wat doen ze jullie daar in Europa aan? Alle krachtige vrouwen gaan daar naartoe om tijdens de zomers als halfzachte troela's terug te keren.'

Ik besloot dat het wijs was om niks te zeggen en volgde haar tot mijn benen me niet meer konden dragen en mijn grootmoeder me met zich meesleurde. Inmiddels was de zon opgekomen en hoewel het nog vroeg in de ochtend was, scheen die zo fel dat de hitte mijn schoenzolen verschroeide en ik wel sneller moest lopen.

We kwamen bij een plek vol opgezette tenten en loslopende schapen, geiten en kippen. Het geroezemoes werd overstemd door de aanprijzingen van de kooplieden voor eieren, vlees en groente. Ik werd bedwelmd door een indringende geur van gekruid gehakt, koriander en verse munt. Lalla Saliha liep langs de stalletjes, bekeek kritisch de groente, kneep in de tomaten en paprika's en kocht een pompoen en een watermeloen. Ze kocht ook twee levende kippen, wiens poten stevig bij elkaar waren gebonden en die ze ruw in haar rieten tas stopte. Ik keek naar de dieren die hun kelen uit hun lijven kakelden en wilde ze loslaten, wat me een fikse klap op mijn achterhoofd opleverde. Midden op het pleintje zat een oude man, omringd door kinderen en een paar volwassenen die aan zijn lippen hingen. Hij droeg een oude bijna versleten djellaba en zijn baard was vieswit. Zijn linkeroog had geen duidelijke pupil en op zijn krullen droeg hij een klein wit gehaakt mutsje. Met zijn lange wandelstok stevig in zijn hand, vertelde hij over de djinn Aisja en ik wilde ernaartoe, maar mijn grootmoeder hield me tegen. Ze vertelde me dat ze geen zin had om de man na afloop een dirham te moeten toeschuiven. Als ik verhalen wilde horen, kon zij mij die ook vertellen. Zij had in haar leven genoeg djinns meegemaakt om er minstens honderd uren achter elkaar over te kunnen vertellen en het zou haar geen cent kosten. Maar voordat we de woensdagmarkt verlieten, kocht ze een worstje dat zo pittig was dat ik mijn brandende mond met veel water moest blussen. Maar het was zo lekker dat ik er nog een wilde. Lalla Saliha weigerde die voor me te kopen. Volgens haar zou ik dan peper poepen en dat zouden mijn billen me op de dag des oordeels verwijten omdat in het heilige boek staat dat op die dag alle lichaamsdelen aan God hun beklag zouden doen. Ik schrok daar zo van, dat ik de hele vakantie niet meer om een merquez-worst heb gevraagd.

# 19

Zoals ik verwacht had, belde mijn baas me op. Hij was woedend en schreeuwde zo hard dat ik de hoorn een beetje van me af moest houden. Hij vloekte en tierde. Hij hapte naar lucht omdat hij zo witheet was dat de opwinding hem zijn adem benam. 'Ze heeft alles meegenomen. De grote accounts, alle grote namen heeft zij ingelijfd en voor ons heeft ze alleen nog maar wat kruimels achtergelaten. Esther was er al minstens een half jaar mee bezig, misschien zelfs nog langer. Ze heeft de contactpersonen gepolst, hen lagere prijzen beloofd en veel meer expertise. Welke expertise? Alles wat ze weet heb ik haar geleerd. Ik heb getracht te redden wat er te redden valt, maar sommigen die net weer werkten aan hun jaarlijkse congressen en benefietconcerten, hebben al bij dat secreet getekend. Ook Willinga en Co. Dat is jouw account. Hoe heeft ze dat te pakken gekregen, Amelie? Je hebt toch een wachtwoord? Hoe kon ze aan de informatie komen?'

Hij raasde door. Ik nam een slok van mijn thee. Het was vroeg in de ochtend en ik had wederom niet goed geslapen. Ik lag achterover geleund op de bank en luisterde naar zijn woordenstroom.

Net goed, klootzak, dacht ik. Dat zal je leren om zomaar iemand boven mij promotie te geven, iemand die daar veel korter werkte en die minder deed dan ik. Iemand die je een hogere functie en meer salaris gaf, omdat ze er geil uitziet. Fuck you.

Het waren slechts gedachten, en ik besloot het hem niet te vertellen, ik vond dat hij al genoeg gestraft was.

'Wanneer kom je weer?' vroeg hij smekend. 'We moeten de schade beperken.'

Hoewel het strijdlustige woorden waren, verried de toon dat hij er zelf niet in geloofde.

'Ik ben nog steeds ziek,' antwoordde ik moe. 'Ik heb vandaag een afspraak met mijn psycholoog.'

'Kun je dan geen medicijnen krijgen? Gewoon een paar pilletjes en dan weer aan het werk.'

Ik zuchtte.

'Zo werkt dat niet. Therapie is belangrijk. Vergeet niet dat ik me voor je uit de naad heb gewerkt. En nu is mijn lichaam moe en mijn geest verwrongen. Ik ben momenteel volkomen disfunctioneel. Bel Esther. Ga een partnership met haar aan. Je hebt veel geld en zij is heel ambitieus. Misschien werkt het. Gewoon beide kantoren samenvoegen.'

Het klonk idioot en ik moest me inhouden om niet te lachen om dit ridicule advies. Ze had hem bedonderd en dan zou hij geld moeten toe geven om toch nog wat van haar gestolen succes mee te pikken? Had hij maar een concurrentiebeding in haar contract moeten opnemen.

Hij foeterde.

'Het was maar een idee,' zei ik en ik dronk mijn thee op. 'Maar ik moet nu ophangen. Ik ga douchen en vertrek dan naar mijn psychologe.'

'Houd me op de hoogte,' zei mijn baas uiteindelijk. 'Misschien moet je binnenkort maar weer eens naar de bedrijfsarts, eens zien hoe het verder moet. Misschien kunnen jullie een duidelijk plan opstellen en bepalen wanneer je weer aan de slag kunt.'

Zijn woorden irriteerden me.

'Is er dan nog een bedrijf om naar terug te keren?' vroeg ik bars en toen gooide ik de hoorn op de haak. Ik was weer misselijk en rende naar de badkamer. Nadat ik had doorgetrokken, keek ik in de spiegel. Ik vroeg me af hoe lang het was geleden dat ik voor het laatst ongesteld was geweest. Ik was onregelmatig, kon er vaak geen pijl op trekken, maar het duurde nu wel heel lang. Ik kreeg het warm. De zenuwen speelden op en toen ging de telefoon weer. Ik zwalkte ernaartoe en zag Esthers naam op de display. Ik wilde eigenlijk niet opnemen, maar deed het toch. Misschien wist ze iets over Samuel.

'Kom mee wat drinken,' zei Esther. 'We hebben iets te vieren.'

Ik zei dat ik niet kon, dat ik naar de psychologe moest. Esther probeerde me over te halen. Ze zou me trakteren op een lekker champagneontbijt. Maar alleen al het idee aan voedsel en drank deed mijn maag weer een paar keer omdraaien.

'Een andere keer,' zei ik. 'Ik moet nog zo veel doen.'

'Heeft hij nog gebeld?'

'Wie? Samuel?'

Esther lachte luid.

'Nee, joh. Onze oude directeur.'

'Ja, hij heeft een boeiende klaagzang over me heen gestort,' schamperde ik.

Esther praatte honderduit. Haar plannetje lukte, vooral omdat zij flink onder de prijs was gaan zitten.

'Die stumpers waren zo blij dat iemand van het kantoor hetzelfde, of nog beter werk zou verrichten voor veel minder geld. De economische malaise legt mij geen windeieren.'

Ze lachte luid en ik luisterde met groeiende irritatie. Ik had een hekel aan haar, en dat wist ze. Ik tolereerde haar slechts omdat ze bevriend was met de man op wie ik in korte tijd smoorverliefd was geworden. Zij was mijn ingang. Ik had haar nodig. Ik moest aardig doen, maar dat viel me zwaar, dus ik zweeg en bleef luisteren naar hoe goed ze het allemaal had geregeld. Haar bedrijf zou binnen no time de top bereiken en ze wilde uitbreiden. Ze had het helemaal uitgedacht. Met het geld zat het wel goed. Ze had rijke vrienden en welgestelde ouders.

'Ook Samuel steekt flink wat geld in mijn bedrijf.'

'O ja?' Ik ging direct overeind zitten toen ik zijn naam hoorde.

'Die jongen komt uit een familie met veel geld, oud geld. Zijn grootvader heeft hem veel nagelaten en omdat hij niet zo goed weet om te gaan met zijn financiën, heb ik hem geadviseerd. Maar ja, we kennen elkaar al zo lang en zo goed.' Ze grinnikte.

'Zei hij nog wat over mij?' vroeg ik voorzichtig en ik kon mezelf wel voor mijn kop slaan omdat ik me kwetsbaar opstelde.

Esther stopte met lachen.

'Kom Amelie, jullie hebben een leuke tijd gehad. Hij vond het lekker en ik neem aan dat jij ook aan je trekken bent gekomen. That's it. Meer niet.'

'Hoezo, meer niet?'

Ik hoorde Esther uitblazen. Ze rookte een sigaret.

'Het was zoals het bedoeld was, een nachtje seks. Zo heb ik het hem ook gezegd.'

'Wat!' gilde ik uit. 'Heb je hem verteld dat ik alleen maar seks met hem wilde?'

'Maar dat was toch ook zo? Kom op, die eerste keer had geen naam en ik wilde je een plezier doen. Samuel is een spannende, mooie man die van verschillende walletjes eet, dat heb ik je al eerder gezegd. Hij is niet van de vaste relaties en vooral niet met...'

Ik voelde me beroerd, heel beroerd en mijn ogen prikten pijnlijk. Ik hoorde Esther rook uitblazen en vermoeid zuchten.

'We liggen elkaar niet heel goed, maar we weten ons wederzijds misprijzen professioneel op te lossen. Ik heb je leren waarderen. Je bent goed in wat je doet en ik houd van jouw timide maar zakelijke houding. Ik wil graag met je samenwerken. Ik denk dat we een goed team zouden vormen. Ik zeg dit niet omdat ik je mag. We zullen nooit vriendinnen worden en juist daarom kunnen we elkaar vertrouwen. Dus... wil je bij me werken?'

'Ik zal erover nadenken,' antwoordde ik toonloos.

'Doe dat... maar ik wilde je nog wat vragen. Er is iets wat ik niet begrijp. Toen ik laatst op kantoor wat dingen nazocht, vond ik in jouw dossier een kopie van je paspoort. De naam die erin stond kwam overeen met het wachtwoord. Ik begrijp het niet. Ik dacht dat Amelie jouw echte naam was, maar volgens het paspoort heet je Mina Boughari. Ben je niet Nederlands? Je hebt een keer verteld dat je iets Frans had, toch? Ik ben nu echt benieuwd. Hoe zit het nou?'

Ik kon niet meer denken of praten. Ze bleef vragen en doorvragen, maar ik besloot niet te antwoorden.

'Je bent Marokkaans of Algerijns of iets dergelijks, nietwaar? In ieder geval moslim, hoewel je ongelofelijk veel drinkt. Maar dat zegt niks. Ik heb wel eens wat met een leuke Marokkaanse jongen gehad. Geen echte relatie natuurlijk, het was puur seksueel. Hij was moslim, maar dronk iedereen onder tafel. Nu ik er over nadenk, heb je iets dat anders is. Jouw uiterlijk is niet heel West-Europees. Je hebt iets mediterraans. Fascinerend, Amelie, of moet ik Mina zeggen? Je blijft me verrassen.'

Zonder iets te zeggen hing ik op, viel achterover op de bank en keek naar het plafond. Het was tijd om dat te witten.

Ik zat op mijn knieën en haalde de laatste verhuisdoos leeg. Ik vond een paar fotoalbums, boeken, schoolschriften en een klein, ebbenhouten doosje. Ik opende het en zag een zilveren ketting, met daaraan een kokertje. Het was me dierbaar, maar ik had er al lang niet meer naar gekeken. Met mijn vinger streelde ik het metaal en dacht aan Saloua, die me het kettinkje voor mijn dertiende verjaardag gaf. Ik was ontzettend blij met het geschenk en omhelsde Saloua en dankte haar duizendmaal. Zij kuste me op mijn voorhoofd. In de keuken aten we gebak, dronken we cola en praatten we over de toekomst. Ze vroeg wat ik wilde worden en ik zei 'vrij'. Ze keek me aan en streelde een haarlok naar achteren.

'Het wordt allemaal beter,' zei ze. 'Later zul je zelf de dingen kunnen doen die je wilt doen. Je moet niet afhankelijk worden. Je moet goed leren, een baan krijgen, een huis en een auto, en dan ben je vrij. Dat was ook mijn droom,' vertelde ze me. 'Maar ik had minder kansen dan jij. Mijn lot was al bepaald, jij kunt jouw levensweg nog beïnvloeden omdat je nog jong bent.'

Ik luisterde en ze legde haar hand op de mijne.

'Ik hoop dat je gelukkig wordt, dat hoop ik voor al mijn dochters en ook voor jou. Je hebt me zo goed geholpen, Mina. Ik heb verder niemand, ook je vader niet. Hij werkt, gaat naar de moskee en laat mij achter met allerlei problemen, zonder steun. Maar jij bent er. Jij bent er altijd geweest.'

Ze kuste me op mijn wang en toen kwamen haar dochters binnen. Ze omhelsden me en ik stond op om een broodje voor ze te smeren. Het was gezellig in hun huis. Saloua had muziek aangezet, folkloristische Atlasmuziek, uit de streek waar zij vandaan kwam. Met z'n zessen dansten we tot we niet meer konden en we lachend op de grond en bank vielen. Het was de leukste verjaardag ooit. Niet veel later belde mijn moeder en moest ik weer naar huis. Ik verborg het kettinkje, dat om mijn hals hing, onder mijn coltrui en liep naar de flat waar ik met mijn moeder en zusje woonde. Ik had een brok in mijn maag, want ik wilde zo graag bij Saloua blijven. Ik had zo graag gewild dat zíj mijn moeder was.

Thuis was ik niet jarig. Niemand had het erover en terwijl mijn moeder zich gereedmaakte voor een bezoek aan de moskee, kookte ik rijst en hielp Sanaa met haar huiswerk. Ik liet haar mijn cadeautje zien. Sanaa vond de hanger prachtig en vroeg of zij hem mocht hebben, maar ik weigerde en toen was ze de hele avond chagrijnig. Mijn moeder vertelde ze niets omdat ze het beloofd had. Ons woord ging boven alles.

Ik keek naar het kokertje en draaide het ten slotte open. Er zat een papiertje in. Het is lang geleden dat ik het gelezen heb, maar ik kan me nog precies herinneren wanneer ik mijn verzoek op het stukje papier schreef, dat tot een rolletje draaide en in het kokertje stopte.

Sanaa maakte die dag haar huiswerk. Ze lag op haar buik op de huiskamervloer en schreef zo netjes mogelijk woordjes over. Ik ruimde de borden op en bracht ze naar de keuken. De cassetterecorder stond aan. Een imam zong het koranvers dat we van moeder van buiten moesten leren. Ik begreep de hoog-Arabische woorden niet en zijn stem trilde door mijn lijf en hoofd; ik voelde me steeds onrustiger worden. Toen ik het niet meer uithield, rende ik naar de huiskamer en zette de cassetterecorder uit. Sanaa sprong op en keek me met verwilderde ogen angstig aan.

'Wat doe je?' schreeuwde ze. 'Dat mag niet! Je weet wat mama doet als ze erachter komt. Je weet het toch? Waarom wil je toch steeds geslagen worden?'

'Mama doet niks, want mama komt er niet achter en jij zult haar niks vertellen want anders heb je een probleem,' siste ik haar toe en ik spoelde het bandje door tot het einde. 'Zo, nu lijkt het net alsof we alles hebben afgeluisterd.'

'En wat als ze ons ondervraagt?'

'Ondervraagt? Hoe bedoel je? Begrijp jij iets van wat er gezegd wordt? Nou, ik niet! Ik versta er geen woord van. En wanneer heeft ze ons ondervraagd? Nooit, omdat zijzelf er ook geen klap van begrijpt.'

Wij verstonden slechts Marokkaans en Nederlands en geen klassiek Arabisch.

'Zet aan, Mina. Zet aan. We zouden ernaar luisteren. Zet aan!'

Ik schudde mijn hoofd en liep terug naar de keuken. Sanaa volgde me en begon te schreeuwen. Ze was bang, zei ze. Dit mochten we niet doen, want Allah ziet alles en wat als Allah het aan mama zou vertellen? Ze werd hysterisch en ik werd gek van haar. Uiteindelijk deed ik wat ze me vroeg, spoelde het bandje naar het begin en zette de recorder weer aan. Ik waste de borden af en Sanaa ging weer op haar buik in de huiskamer liggen. Ik heb nooit begrepen hoe zij haar huiswerk kon maken, terwijl iemand er luidkeels doorheen schreeuwde. Ik verstopte me in mijn slaapkamer en las een paar pagina's van een boek dat ik had geleend, maar kon me niet concentreren en riep Sanaa toe dat ze het volume naar beneden moest draaien. Ze riep terug dat ze dat niet durfde, dat de recorder op dezelfde volumehoogte moest blijven die moeder had ingesteld. Ik kon niet tegen haar ingaan, want diep vanbinnen vond ik dat ik als oudste dochter geduldig moest zijn. Dat zei Saloua altijd tegen me. Ik zakte op de grond, met mijn rug tegen de deur zong ik luid een liedje. Toen pakte ik een van mijn schoolschriften, scheurde er een bladzijde uit, waar ik weer een klein stukje van afscheurde. Ik gebruikte mijn geleende boek als ondergrond zodat mijn pen niet door het papier zou prikken. Ik ging weer zitten, dacht diep na over wat ik zou schrijven en besloot mijn oude ik, de Mina die ik zou worden, een opdracht mee te geven.

Aan oude Mina, beloof me dat als je je over tien jaar of twintig jaar en misschien dertig jaar nog steeds voelt hoe ik me nu voel, met pijn in je maag en herrie in je hoofd, alles doet om ons lot te veranderen. Want zo mogen wij niet een leven lang leven. Want mijn lot is ons lot... Mina

Ik rolde het papiertje op en schoof het, met mijn tong in opperste concentratie uit mijn mond gestoken, in het kokertje, draaide dat dicht en hing het om mijn hals. Maar toen werd ik bang dat mijn moeder de ketting zou zien. Ze zou in razernij ontsteken als ze erachter kwam dat die van Saloua kwam, dus moest ik de ketting verbergen. Net zoals mijn pas gevonden boek. En ik zwoer dat ik het kokertje niet zou losdraaien. Niet voor mijn achttiende verjaardag en niet voor mijn twintigste verjaardag. Ik zou wachten op de wilsbeschikking, want toeval bestond niet, alles was *maktub*... alles was door God beschreven. Dat zei mijn vader altijd en hoewel dat rust gaf, geloofde ik ook wat Saloua zei, dat je bepaalde dingen in je leven zelf kon bepalen en dat zou ik later doen. Ik legde al mijn hoop in oude Mina's handen.

Ik was dertien toen ik mezelf de belofte deed en nu was het bijna twintig jaar later. Wat ging de tijd toch snel en wat was er in die tijd veel gebeurd. Er was zo veel veranderd. Ik streek met mijn vinger over het papiertje en glimlachte toen ik aan mijn vroegere ik dacht. Toen geloofde ik dat het leven buigzaam was, dat er veel dingen mogelijk waren, maar nu had ik geleerd dat wat ik ook deed, het verleden me altijd wist in te halen. Ik stopte het papiertje terug in het kokertje, hing het kettinkje om mijn hals en zei plechtig: 'Ik beloof het je, Mina.'

Een uur voor sluitingstijd liep ik naar de drogisterij, twee winkels voorbij de islamitische slagerij, en kocht er een zwangerschapstest. Ik wachtte tot er niemand meer bij de kassa stond. Het meisje achter de toonbank vroeg welke ik wilde en ik koos voor de duurste, want die zou wel goed zijn. Met kriebels in mijn buik liep ik zo snel ik kon terug naar huis en opende de test in de badkamer. Het leek ingewikkeld. Mijn hoofd was te vol en te druk en ik was te verward om de woorden te begrijpen, maar de tekeningen waren duidelijk en ik besloot de proef op de som te nemen. Ik had bewust mijn plas opgehouden en moest heel nodig. Ik probeerde op het staafje te plassen, want de urine moest vijf seconden lang op de minikleine indicator terechtkomen. Ik voelde me net een acrobaat. Door de zenuwen liet de plas op zich wachten, mijn blaas leek wel in een knoop te zitten. Toen een minuut wachttijd. Ik waste mijn bedruppelde handen en liep heen en weer. Mijn mond was droog van de stress en mijn handen zweetten. Ik stuurde smeekbedes naar Allah, die ik al lang niet meer gesproken had.

'Laat me niet zwanger zijn. Alstublieft.' Ik vouwde mijn handen, realiseerde me toen dat dat bij een andere religie hoorde, en stopte ermee. De minuut leek een eeuwigheid te duren. Een streep betekende niet zwanger, een kruis juist wel. Ik keek en dacht dat ik gek werd. Het kon niet waar zijn. Ik rende naar de hal, pakte mijn mantel van de kapstok en trok die al rennend aan. Ik had nog tijd, maar ik moest wel snel zijn. Bij de drogist kocht ik vier testen en bij het afrekenen besloot ik er voor alle zekerheid nog een vijfde bij te nemen. Het meisje met platinablond haar en kauwgomkleurige lipstick keek me vreemd aan. 'Een is genoeg hoor, of anders twee. Het is best veel geld, ja toch?'

Ik wilde iets gemeens zeggen, dat ze eruitzag als een raamprostituee en dat ze daar meer mee zou kunnen verdienen dan in de drogisterij, maar ik hield me in. Belangrijke dingen eerst. Ik rende naar huis, vloog de trappen op omdat iemand de lift tegenhield en vond op de vijfde twee klotekinderen die met de liftdeur speelden. Ik duwde ze weg en stapte in de cabine om naar de tiende verdieping te gaan. De kinderen scholden me uit voor kuthoer. Ik reageerde niet. Het had toch geen zin. Ze waren al verpest.

Nu moest ik plassen, maar ik had geen plas, dus ik dronk een paar glazen water. Van de pure zenuwen moest ik alsnog. Ik plaste in een glas en verdeelde de urine over de verschillende staven. Een minuut. Dit keer ging het sneller. Vijf kruisen, waarvan een onduidelijk. Ik gilde het uit en zakte trillend op de grond. Dit kon niet waar zijn, dacht ik. Die morning-afterpil zou toch helpen? Ik hoorde klaarblijkelijk bij het kleine percentage waar het zaad sterker was dan de pil. Ik wist niet wat ik moest doen. Ik wilde Elsa bellen, maar bedacht me. Ik moest eerst met Samuel praten. Hij moest weten dat ik zijn kind droeg. Hij moest het weten. Ik kon niet meer helder denken en zocht naarstig naar zijn visitekaartje. Het was zes uur, maar hij was er niet. Ik vroeg me af wat hij deed. Was hij bij Esther, of bij een andere vrouw? Ik voelde de jaloezie als zwart zaad ontspruiten en als onkruid in het binnenste van mijn ziel groeien. Ik was blind van woede. Niet op hem, maar op mezelf. Toch was ook hij verantwoordelijk. Hij moest het weten en dus belde ik steeds weer tot hij eindelijk opnam.

'Ja?'

Hij klonk kortaf, geïrriteerd wellicht, omdat ik hem stoorde. Maar waarin?

Ik schraapte mijn keel, zei mijn naam en toen hij niet antwoordde, vertelde ik dat ik hem moest spreken, dat het heel belangrijk was.

'Kan het niet telefonisch? Ik ben erg druk.'

De teleurstelling zakte als een baksteen naar mijn maag.

'Het is belangrijk,' zei ik. 'Het moet face to face.'

Na secondelang innerlijk beraad zei hij dat hij om zeven uur even tijd had. Even maar, want hij moest bij zijn ouders eten. Ik beloofde dat het niet lang zou duren.

Omdat de stress de zweetklieren had doen openbarsten, besloot ik me onder de douche flink in te zepen. Ik borstelde mijn haren, maakte me op en bleef even in de spiegel kijken tot mijn ogen niet langer de psychotische verwilderde blik hadden waarmee de zwervers op straat zo vaak behept waren behept. Er trok weer wat bloed naar mijn gezicht en ik voegde daar nog wat cosmetische blosjes aan toe. Ik trok een kort rokje aan en zwarte schoenen met hoge hakken, want mannen bleven mannen, en ik besloot mijn auto te nemen, dat ging sneller.

Toen ik in de file stond, rinkelde mijn mobiel; een afgeschermd nummer. Ik nam op.

'Je zou vandaag komen,' zei de psychologe licht verwijtend. 'We hadden een afspraak om vijf uur.'

Ik slaakte een zucht omdat ik me betrapt voelde.

'Er is van alles gebeurd,' antwoordde ik. 'Het spijt me. Ik wil graag het consult betalen omdat ik niet op tijd heb afgebeld.'

De psychologe lachte kort.

'Dat is niet belangrijk. Ik wil je graag weer zien. Kun je morgen langskomen? Iemand heeft afgebeld, dus ik heb 's ochtends tijd voor je.'

'Graag,' zei ik dankbaar. 'Ik zal er zijn. Ik moet heel wat met je bespreken.'

'Fijn, en ik zorg voor een lekkere cake.'

'Nee, nee. Geen eten. Vooral niet 's ochtends. Ik leg het wel uit.'

De psychologe zweeg even en ik hoorde haar denken. Ik

nam snel afscheid en hing op. De auto's gleden over het wegdek en de eerste regendruppels spatten tegen mijn voorruit
uiteen. De afslag was slechts honderd meter verderop. Ik
keek in de spiegel en stiftte mijn lippen bij.

Er klonk harde muziek van Faithless. Samuel zat lui op de
bank naar MTV te kijken, een flesje Heineken in zijn hand.
Hij nam een slok en keek beurtelings van mij naar de videoclip. Hij gebaarde dat ik kon praten, maar zijn ongeduld was
van zijn lichaam af te lezen. Om de haverklap keek hij op zijn
Breitlinghorloge.

'Ik wil je zeggen dat ik...'

'Ja?'

'Ik heb een test gedaan en ik...'

'Wacht even. Dit gedeelte is goed.'

Hij luisterde naar de muziek en zijn gezicht klaarde even
helemaal op, maar verdonkerde meteen toen hij zich weer tot
me richtte. Ik vroeg me af wat ik daar deed. Zijn hele houding straalde ongastvrijheid uit. Misschien had hij problemen met zijn familie, of iets dergelijks.

'Een zwangerschapstest. Ik ben zwanger... van jou.'

Samuel lachte hard. Hij kwam niet meer bij.

'Rot toch op. Ik droeg steeds een condoom.'

Ik schudde mijn hoofd.

'Nee, de eerste keer niet. De allereerste keer niet. En ik heb
een morning-afterpil geslikt, maar die heeft niet geholpen en
nu ben ik zwanger. Ik heb zes tests gedaan en er waren zes
kruisen. Het is gewoon zo.'

Samuel rolde geïrriteerd met zijn ogen, nam een flinke
slok van zijn bier en zette het flesje met een klap op de salon-
tafel.

'Wie zegt dat het van mij is? Jij gaat zo makkelijk mee naar
bed. Het kan wel van honderden mannen zijn.'

'Honderden mannen?' Ik dacht dat ik zou stikken van ver-ontwaardiging.

'Jij was de enige. Daarvoor had ik een langdurige relatie ge-had en met hem ging ik allang niet meer naar bed. Ik heb drie mannen gehad in mijn leven. Jij bent de derde. Jij bent echt de vader en ik vind dat we het samen moeten oplossen omdat jij hiervoor medeverantwoordelijk bent.'

Samuel stond op en wees naar de deur.

'Ik wil dat je opdondert. Ik ben nergens verantwoordelijk voor, je moet gewoon je benen bij elkaar houden. Dat jij zo gemakkelijk met me meeging is jouw probleem.'

'We zijn zwanger,' haperde ik en ik hield me aan de bank vast omdat ik duizelig werd.

'Als je al een kind draagt, is het van een ander. Je moet niet met leugens komen. Ga naar een abortuskliniek en haal het weg. Wat dacht je eigenlijk? Dat ik met een Marokkaanse, een moslim, een kind ga opvoeden? Nooit.'

'Wat bedoel je?' Mijn hart ging als een razende tekeer.

'Esther heeft me alles over je verteld. Jouw vader zit in een moskeebestuur, dat soort dingen.'

'Ze heeft me onderzocht? Hoe?'

'Google, natuurlijk,' snerpte hij en hij schudde zijn hoofd over zo veel domheid. Ik kon alleen maar naar hem kijken. De woorden bleven in mijn keel steken.

'Amelie of Mina, of hoe je ook heet, ik kan hier niks mee. Ik ben joods en ik ben voor de joodse zaak. Een groot deel van mijn familie woont in Israël. Ik heb gewoon niks met Arabieren en die islam van jullie... nee. Als ik had geweten wie je was, had ik je met geen vinger aangeraakt.' Hij keek me vol walging aan. 'Ik wil niks met je te maken hebben. Haal dat kind weg en laat me met rust. Bel me nooit meer.'

Hij duwde me naar de voordeur, opende die en manoeu-vreerde me naar buiten.

Ik zat in de auto en reed op de automatische piloot naar Elsa. Het tl-licht in haar appartement brandde. Ik belde aan en ze opende de deur. Ze droeg een slobberige joggingbroek en een wijdvallend nachthemd. Haar haren waren in een paardenstaart gebonden. Toen ik haar zag begon ik te huilen.

'Ik heb je zo gemist,' snikte ik. 'Ik heb je nodig. Ik kan het niet meer aan. Ik kan niet meer, Elsa.'

Ik viel op de grond omdat de zwaartekracht me te veel werd. Elsa boog zich voorover en hielp me overeind. Ze trok me mee haar huis in en sloot de deur.

Ze maakte echte warme chocomel met cacao, warme melk, slagroom en suiker. Het was zoet en geruststellend, als de koesterende armen van een oma. Ik nipte van het drankje en keek naar mijn lievelingskomedie *Seinfeld*. Ieder van ons zat aan een uiteinde van de bank. Ik droeg een van haar jogging-broeken en wollen sokken en mijn haar zat nu ook in een paardenstaart. Het was warm in huis en we hoorden de wind als een razende wolf roepen, wat de knusheid in huis alleen nog maar meer versterkte. Elsa liet me begaan. Ze vroeg niks, maar legde wel een fleece deken over me heen. Ik voel-de me als een kind dat door haar moeder wordt verzorgd. Ik wentelde me in die heerlijkheid en wist tijdelijk het waanzin-nige verdriet, dat als een tumor in me woekerde, buiten te sluiten. Maar na de komedie begon ik weer te snikken. Elsa kwam dichter bij me zitten en sloeg haar arm om mijn schouder. Ik vertelde haar dat ik zwanger was.

'Hij wees me keihard af,' zei ik.

Ze vroeg me waar ik hem had ontmoet. Ik vertelde van de onenight-stand en dat we het zonder condoom hadden ge-daan. Elsa wilde niet oordelen, maar ik hoorde haar denken. Ze besloot wijselijk niets te zeggen en omhelsde me. Ik wilde haar alles vertellen, wie ik was, wat ik had meegemaakt en hoe alles veertien jaar geleden was gegaan maar ik was bang dat ze het niet zou begrijpen en ik vreesde dat met het verbreken van onze band, mijn geheim op straat zou komen te liggen. Mijn moeder maande haar dochters altijd om nooit iemand te vertrouwen, omdat de gemeenschap op de loer lag en we voor onze reputatie moesten waken. Haar preken nam ik in me op en nu kon ik mijn enige vriendin niks vertellen omdat ik niet wist hoelang we nog bij elkaar zouden blijven. Want niets is voor eeuwig.

Elsa bracht me naar haar kamer. Ze wilde zelf op de bank slapen, maar ik smeekte haar om bij me te blijven. Ik wilde niet alleen zijn en kon alleen tot rust komen als er iemand bij me was. Ze ging bij me liggen en pakte mijn hand vast. Ik probeerde een mooie herinnering op te roepen. Iets van vroeger, iets dat me altijd was bijgebleven, maar onbewust op de achtergrond was geraakt. Ik dacht aan Sanaa en zag haar voor me als kind en zoals ze nu was. Ik had een groot deel van haar leven niet meegemaakt en haar kinderen nooit leren kennen. Ze zat vroeger vol leven, was een en al warmte en ze trok erg naar haar moeder wier lievelingskind ze was. Maar ik was niet jaloers. Niet in de verste verte. Ik koesterde mijn zusje, had haar lief en wenste haar de liefde toe die ik niet kreeg. Als iemand van ons het maar ontving, dat was voor mij al goed. Ik was moe, maar het lukte me niet in slaap te zakken. Ik keek opzij. Elsa's ogen waren gesloten en haar ademhaling ging diep en regelmatig.

'Elsa.'

Ze reageerde niet.

'Elsa.'

'Hm. Wat is er?' Ze hield haar ogen dicht.

'Ik moet je nog iets vertellen.'

'Wat?'

'Over Mart. Hij gaat trouwen.'

'Wat?' Ze deed een oog open. 'Wat zei je?'

'Mart gaat binnenkort trouwen.'

'Hoelang wist je dat al?'

'Een tijdje.'

'Waarom belde je me niet om het te vertellen? Dit is toch ongelofelijk?'

'Ik belde, maar je negeerde mijn telefoontjes en belde me niet terug,' verweet ik haar.

Elsa zweeg.

'Hij zei dat hij gek was op dat secreet.'

'Noemde hij haar een secreet?'

'Nee, zo noem ik haar.'

Elsa was nu klaarwakker en richtte zich op.

'Hoe voel je je daarover?'

'Wat denk je? Alsof ik door een bulldozer ben overreden.'

'Ongelooflijk,' bracht ze weer uit en ze woelde door haar haren. 'Wat een klootzak. Wat zijn mannen toch klootzakken.'

Ik knikte. Ik was het helemaal met haar eens.

'Ik heb hem gevraagd waarom hij niet met mij getrouwd is en hij zei dat hij me te moeilijk vindt.'

Elsa siste verontwaardigd. 'Te moeilijk! Hij is een watje. Alleen echt sterke mannen kunnen krachtige vrouwen aan. Hij is gewoon zo'n boekhoudertje dat na zijn werk thuis lekker ongecompliceerd wil eten, tv-kijken, seksen en geen gezeik. De lul.'

Ik knikte weer.

Elsa knipte het licht aan en keek vol medelijden op me neer.

'Arm kind, wat heb jij veel shit over je heen gekregen.'

Ik glimlachte verdrietig. 'Je wilt het niet weten.'

'Het gaat nu veranderen. Je moet zelf bepalen of je het kind wel of niet wilt houden en als je besluit het te houden, ben ik er voor je. Misschien kunnen we gaan samenwonen zodat we allebei voor de baby kunnen zorgen. Dat zou ik geweldig vinden. Ik wil sowieso nooit trouwen en jij hebt nu ook wel genoeg van mannen. Dan blijven we gewoon bij elkaar en geven de baby het bestaan dat wij nooit hebben gehad.'

Ze keek dromerig voor zich uit.

'We overladen het met liefde, zekerheid en kansen op een goede toekomst. We moeten een goed spaarplan regelen, zodat ons kind naar een goede buitenlandse universiteit kan gaan, of misschien wil het gewoon backpacken in Australië of Nieuw-Zeeland. Dat had ik ook altijd willen doen...'

'Ons kind?' vroeg ik lacherig, maar Elsa keek heel serieus.

'Ja ons kind, toch? We hebben alleen elkaar nog. Ik heb jou nooit horen praten over familie en de mijne wil ik het liefste onder duizend stenen begraven. We hebben allebei een goede baan, misschien moeten we kijken of we allebei vier dagen kunnen gaan werken en dan zoeken we een betrouwbare crèche.'

Ik leunde in de kussens en keek strak voor me uit. Het klonk zo gek nog niet.

'En we zullen het kind nooit iets in de weg leggen,' zei ik.

'Geen millimeter,' antwoordde Elsa.

'Het mag liefhebben wie het wil, of het nou een man of een vrouw is. We zullen altijd klaarstaan.'

'Maar natuurlijk,' riep Elsa. 'Dat is toch logisch?'

Ik zweeg omdat het geluksgevoel langzaam wegzakte.

'Het is niet reëel Elsa. Je bent heel lief en je zou ook een heel lieve moeder zijn, maar je bent niet geboren voor een gezin. Jij moet vrij zijn. En wie weet ontmoet je ooit een heel leuke man die het helemaal is. We moeten met beide benen op de grond blijven staan.'

'Maar...' sputterde ze tegen.

Ik schudde mijn hoofd.

'Er zijn veel goede ideeën, maar er zijn er maar een paar die echt uitgevoerd worden. Ik denk dat je er over een tijdje anders over gaat denken. Kijk hoe het nu met ons gaat? Het ene moment zijn we de beste vriendinnen en het volgende ogenblik kunnen we elkaars bloed wel drinken en spreken we elkaar wekenlang niet. Waarom zou het later anders gaan? Ik ga goed nadenken over wat ik moet doen en ik wil alles op een rijtje zetten. Er moet duidelijkheid in mijn leven komen.'

Elsa ging liggen en trok me naar zich toe. Ze streelde mijn haren.

'Je hebt gelijk,' zei ze. 'We zijn te impulsief en krijgen later meestal spijt van onze plannen. Laten we gaan slapen.'

Ze deed het licht weer uit, maar ik bleef nog een tijd wakker liggen. Mijn gedachten raasden door mijn hoofd en omdat het gepieker me ervan weerhield in slaap te vallen, probeerde ik mijn geest tot rust te brengen. Ik telde van honderd naar nul en ergens halverwege zakte ik toch weg.

## 20

'Amelie Céline.' Ik sprak de namen uit en wachtte even voor ik mijn verhaal vervolgde.

'Zo heette mijn moeders moeder. Ik heb haar nooit gekend.'

Het voelde vertrouwd in de kamer: het tikken van de klok, de geur van verse koffie en de tekeningen aan de muur. De psychologe droeg een wijde jurk in alle kleuren van de regenboog, versierd met vierkanten, driehoeken en cirkels. Ze oogde zoals ze was; excentriek. Haar wilde haardos hield ze bijeen met een roodoranje bandana en haar lippen waren gekleurd met een goudbruine lipstick. Ik keek naar haar ogen: die waren groot en ze bekeken me aandachtig, scherp, alsof ze elk woord dat ik uitsprak in zich opzogen. Ik leunde achterover en vouwde mijn handen samen. Er was veel te vertellen en ik wilde nu alles kwijt, maar ik wist niet welke richting ik op moest, dus wilde ik het even bij mijn grootmoeder houden. Zij was een groot mysterie. Mijn moeder nam afstand van haar toen mijn vader, een Marokkaanse gastarbeider, haar bezwangerde. Hij ontmoette haar in Parijs, waar hij tijdelijk verbleef voor hij naar Nederland verhuisde. In die stad had haar vader een nieuwe baan gevonden. Mijn moeders familie kwam oorspronkelijk uit St.-Malo in Bretagne, een vestingstadje in Frankrijk. Het lag pal aan de zee, met mijlen verderop Groot-Brittannië. Volgens de boeken over St.-Malo die ik in de boekhandel had ingekeken, stamden de

inwoners van het stadje af van de Engelsen. De rijke geschiedenis van St.-Malo intrigeerde me. Ik wilde er al jaren graag
naartoe, om te zien, te ontdekken en erachter te komen waar
ik nog meer vandaan kwam. Ik heb het nooit gedaan. Mart
wilde wel, maar iets in mij verzette zich. Misschien was het
wel angst. Ik keek de psychologe aan.

'Ik noemde mezelf Amelie Céline, omdat ik mijn pijn achter me wilde laten. Ik dacht dat als ik anders zou heten, me
anders zou gedragen en anders zou leven, ik een deel van
mijn verleden zou vergeten. Ik wilde mezelf ontkennen met
een andere identiteit, maar dat is nooit echt gelukt. Ik dacht
niet meer aan vroeger, behalve aan mijn zusje. Zij was mijn
alles en juist door haar bleef mijn verdriet zachtjes doorsudderen.' Ik zweeg even en keek naar mijn afgebeten duimna-
gel.

'Ik houd van haar,' zei ik op een toon alsof ik de psychologe
wilde overtuigen. De psychologe knikte begrijpend, als om
duidelijk te maken dat ik haar overtuigd had.

'Nee, echt. Ik hield en houd nog steeds heel veel van haar.
Vanaf het moment dat ik haar niet meer sprak en niet meer
zag, was ik in de rouw. Het doet zo'n pijn om je familie niet
meer te zien. Het is als rouwen. Het gaat nooit weg.'

Ik klopte op mijn hart en besefte even wat Mart bedoelde
met mijn anderszijn. Hij kon maar niet wennen aan mijn
dramatische, Arabische inslag. Ik schudde mijn hoofd om
mijn gedachten van hem te schonen.

Ik drukte mijn vingers tegen mijn slapen, die pijnlijk klopten door de stortvloed aan gedachten.

'Rustig,' zei de psychologe en ze stond op om even later terug te komen met een glas water. 'Drink dit op, adem diep in
en uit vanuit je buik, dan word je vanzelf rustig.'

'Er is zo veel,' zei ik en ik schudde mijn hoofd en legde
toen mijn hand op mijn buik.

'Een voor een. We hebben de tijd.'

Ik boog mijn hoofd.

'Heb ik haar achtergelaten?' vroeg ik zacht en keek toen weer op. 'Ik heb Sanaa achtergelaten, nietwaar?'

De psychologe reageerde niet, maar ineens voelde ik een berusting. Mijn hoofd leek zwaar en licht tegelijk. Even was het alsof ik mijn lenzen niet droeg. De kamer vervaagde, werd wazig. De psychologe leek ver van me af te zitten. Toen zag ik bij de kast naast de deur een bank staan. Die leek op de bank van mijn moeder. Het was net echt. Ik wilde opstaan, maar iets hield me tegen en ik kon alleen maar naar de bruinleren bank kijken. Ik zag een schim die langzaam duidelijker werd. Een vrouw in een lang gewaad. Ze borduurde en keek even op. Het was mijn moeder, zoals ze er veertien jaar geleden uitzag: met een mooi gezicht, helblauwe ogen en de doek om haar hoofd.

'Ik was achttien,' zei ik hees. 'Achttien, toen alles veranderde.'

De hele avond, tot halverwege de nacht schreef ik in mijn schrift. Een bureaulampje gaf een beetje licht en ik had het afgeschermd zodat het Sanaa niet zou storen. Ik begon pas met schrijven toen mijn moeder, begeleid door de stem van het koranbandje, in slaap was gevallen. Ik kende het koranvers intussen uit mijn hoofd, en toen de laatste woorden naderden, ontspande ik omdat ik wist dat mijn moeder nu wel zou slapen en niet ineens mijn kamer binnen zou lopen.

Ik lag languit op mijn bed en overal om me heen lagen kopieën, die ik in de voorgaande dagen in de bieb had gemaakt van boeken over de islam. Ik las in die tijd alles wat los en vast zat omdat ik wilde begrijpen waarom dingen gingen zoals ze in mijn leven waren gegaan. Als ik geen vat kon hebben op mijn bestaan, moest ik in ieder geval voor mezelf weten waar mijn moeders gedachtekronkels vandaan kwamen. Maar ik ontdekte dat haar geloofsfanatisme niets te maken had met een waarachtige islam, maar alles met rigiditeit en de overgave aan een zogenaamde geleerde, die terug wilde naar de periode waarin de profeet leefde. En hoe meer ik las en daarover nadacht, hoe minder ik begreep hoe zij op haar manier kon geloven. Ze verborg haar lichaam en haar gezicht in sluiers en als ik ernaar vroeg, zei ze dat het in de koran stond, dat het een voorschrift was, maar ik kon die letterlijke interpretatie nergens vinden. Waarom verschool zij ook haar gezicht achter een doek, terwijl dat moslims tijdens de bede- vaart in Mekka verboden werd? Daar moest het gezicht juist zichtbaar zijn.

Ik beschreef mijn denkbeelden en mijn nieuw verkregen kennis. Van mijn moeder mocht ik geen vragen stellen. Wan- neer ik dat toch deed, betichtte ze mij er woedend van een af- vallige te zijn. Dus las ik en schreef alles op en dacht na. Ik hunkerde ernaar mijn vragen aan iemand te stellen, maar er was niemand. Een waarom op iets wat te maken had met de koran zou me alleen maar meer moeilijkheden opleveren. De volgende ochtend liep ik niet naar school, maar naar de grote bibliotheek aan de Prinsengracht, want daar waren nog meer boeken.

Het was november en zo koud dat mijn voeten als ijs- klompjes aanvoelden. Ik deed eigenlijk net als mijn moeder was: als een waanzinnige op zoek naar de waarheid, zonder op of om te kijken.

De tijd verstreek. Ik las en nam alles in me op. Hoe meer ik te weten kwam, hoe meer ik ontdekte dat het geloof dat mijn moeder en haar vrienden uit de moskee aanhingen, niet de islam was. Zij leken eigenlijk meer op vroegere christenen of atheïsten die zich, door een huwelijk of gewoon door een sa- menloop van omstandigheden, tot de islam bekeerden. Ze waren feller dan de Marokkanen en Turken. De vrouwen kleedden zich volgens de Saudisch-Wahabitische leer en de mannen hulden zich in lange witte gewaden, lieten een baard groeien en droegen een mutsje op het hoofd. Wanneer mijn moeder ze bij ons thuis uitnodigde, moest ik me ook in het zwart kleden en de sluier moest mijn hoofd en hals bedekken. Ik maakte muntthee voor ze klaar en gedroeg me als een goede bediende. Mijn moeder eiste dat ik erbij zou zitten, en als ik weigerde, keek ze me dreigend aan, dan deed ik even wat ze vroeg, om weg te sluipen op het moment dat het gezelschap als gehypnotiseerd naar een nieuw bandje luisterde. Ik trok me terug in mijn kamer, maar Sanaa koos er tot mijn schrik voor om bij hen te blijven en ze luisterde aandachtig.

In die tijd kwam mijn vader nog amper bij ons. Hij hield niet van die huiskamerbijeenkomsten. Hij was er allang mee gestopt om mijn moeder over te halen naar zijn moskee te komen. Hij probeerde zich buiten haar leven te houden, want hij wist ook dat een groot deel van de moslimgemeenschap in onze wijk een diepe bewondering voor mijn moeder koesterde. Zij was een nieuwe moslima, die zo zuiver mogelijk met het geloof om wilde gaan. Mijn moeder voelde zich door de adoratie van de wijkgenoten nog meer gesterkt in haar geloofsdrift. Maar wanneer ik met haar buiten was, vielen mij de bewonderende blikken niet op en zag ik slechts het afgrijzen van de autochtone Amsterdammers.

Mijn jeugdjaren waren zwaar, omdat ik niet dezelfde vrijheid had als mijn klasgenoten, moslim of niet-moslim. Ik was jaloers op mijn halfzusjes, met wie ik nooit echt een band wist te krijgen en die in mijn ogen alle ruimte kregen om zich te ontwikkelen. Van de vijf droeg alleen Ilham een hoofddoek, maar dan heel modieus. Van Saloua hoorde ik nooit iets negatiefs over andersdenkenden, terwijl dat thuis

aan de orde van de dag was. Dan zei mijn moeder, als er ergens weer een bom was ontploft, dat joden onbetrouwbaar
waren en totaal niet deugden, en als ze twee homo's op straat
zag lopen, siste ze dat aids Allahs straf was. Haar ogen stonden hard als ze haar verwijten uitsprak. Op zulke momenten
herkende ik mezelf nog minder in haar. Ik kwam weliswaar
uit haar, maar volgens mij heb ik noot enige liefde voor haar
gevoeld. Een kind leert van haar moeder, dus wat zij mij niet
meegaf, kon ik ook niet met haar delen. Zij symboliseerde
voor mij niet meer dan angst en onbegrip. Het was Sanaa die
me leerde liefhebben. En later Saloua.

Ik probeerde mijn denken te systematiseren en besloot een
opstel te schrijven. Gewoon mijn gedachten op papier te zetten, meer niet. Ik pakte een nieuw schrift en een goede Bic-
pen en ging aan de slag.

Ik zat in de vierde klas van de middelbare school. Ik was
een keer blijven zitten omdat ik regelmatig lesuren miste,
maar daar kon ik niets aan doen. Ik zat in de klas met meisjes
en jongens die een jaar of twee jonger waren dan ik. Ze waren ook minder serieus en praatten en flirtten liever met elkaar dan dat ze zich op hun schoolwerk richtten. Ik vond dat
onbegrijpelijk. Je ging toch naar school om kennis op te doen
en een papiertje te halen zodat je later vrij kon zijn? Waarom
zagen zij dat niet in? Het was eigenlijk hypocriet van mij
want ik kon mijn eigen opvlammende fantasie maar met
moeite de baas. Op hun beurt vonden mijn klasgenoten mij
vreemd. Ik was een einzelgänger en trok me tijdens de pau-
zes terug in de schaduwen van de gang, of zat alleen aan een
tafeltje, want in de loop der jaren hadden mijn medescholie-
ren ontdekt dat ze mij moesten mijden, wilden ze populair
blijven. Ik had geen vriendinnen en eigenlijk vond ik dat wel
best.

Gewoonlijk zat ik tijdens de les gewoon op te letten, maar

niet toen ik aan mijn opstel werkte. Voor mij was het noodzakelijk om het af te maken. Ik was achttien en volgens de wet volwassen, dus moesten mijn gedachten ook volwassen worden en helder. Ik vond het wel moeilijk om te schrijven wat ik dacht en echt vond, vooral omdat mij al die jaren was gezegd dat je geen vragen moest stellen en dat je gewoon moest geloven, omdat het om Allahs woord ging en Allahs woord was heilig en bepaalde dingen waren zo omdat ze gewoon zo waren en daarmee basta.

Mijn moeder haatte boeken, want die zorgden voor bewustzijn, die lieten je dwalen. Ik las over de gedachtegangen van personages, nam verschillende denkbeelden over en ontwikkelde een vorm van zelfkritiek waar zij huiverig voor was. Ik wist dat ik niet erg slim was, want dat vertelde ze me vaak, dus probeerde ik zoveel mogelijk in me op te zuigen, als een spons.

Terwijl iedereen in de klas deed of ze naar de docent luisterden en zogenaamd druk aantekeningen maakten, probeerde ik geconcentreerd aan mijn opstel te werken. Maar Rachid, die twee tafeltjes verderop zat, gooide propjes naar me om mijn aandacht te trekken. Ik reageerde niet en bleef schrijven, ook toen de docent was uitgesproken. Ik denk dat Rachid zich aan mij ergerde. Ik liep hem altijd voorbij, terwijl de andere meisjes op zijn versiertrucjes ingingen. Ik was blind en doof voor zijn grapjes en voor zijn danspassen op ingebeelde muziek. Hij was een mooie jongen, maar ik viel gewoon niet op hem, hij had iets onbetrouwbaars. Rachid had om de week een ander vriendinnetje en hij vond nu dat ik de volgende moest zijn. Terwijl hij propjes gooide en naar me siste, schreef ik als een bezetene door. Ik had al twee vellen vol en ging door met derde. Elk neergeschreven woord bracht verlichting en ik kolkte van de energie.

De bel ging, maar ik hoorde het niet eens. De leraar zei dat ik mijn spullen moest opruimen. Ik keek verstoord op, stopte mijn boeken en schriften in mijn rugtas en volgde de anderen de klas uit. Sommigen gingen naar de aula, weer anderen naar buiten. Ik had behoefte aan rust, dus besloot naar het huiswerkklasje op de derde verdieping te gaan. Er was nog niemand. Ik ging zitten, pakte mijn opstel en een pen uit mijn tas en begon weer te schrijven, tot ik iemand op het raam hoorde tikken. Ik keek op en zag Rachid staan. Hij deed de deur open en kwam naar binnen. Snel stopte ik mijn werk in mijn tas. Waarschijnlijk keek ik betrapt, want Rachid wees naar mijn tas.

'Wat was je aan het doen?'

'Gaat je niks aan.'

'O? Het gaat me niks aan, hè? Dacht het wel.'

Hij liep op me af. Ik stond op en wilde naar buiten gaan, maar Rachid pakte mijn arm vast.

'Laat me los, klootzak.' Ik probeerde hem weg te duwen.

Met kracht trok hij me naar de muur en gooide me ertegenaan.

'Weet je dat je best lekker bent?'

Hij likte zijn lippen terwijl hij me van top tot teen bekeek.

De pauze duurde nog minstens een kwartier. De kans dat iemand ons hier op zou merken, was minimaal. Ik werd bang van de manier waarop Rachid naar me staarde. Hij wilde mijn borsten aanraken, maar ik duwde hem weg. Hij boog mijn arm achter mijn rug en pakte mijn andere hand vast. Ik kon niks doen. Hij bracht zijn lippen tot vlak bij mijn mond. Ik deinsde terug, want hij stonk uit zijn bek.

'Wat? Voel jij je te goed of zo? Wie denk je wel dat je bent, hè? Je bent gewoon een kutje, meer niet. Gewoon een kutje. Een halfbloedkutje.'

Hij duwde me tegen de muur, zodat hij zijn rechterhand kon gebruiken. Door mijn arm schoten scherpe steken, ik kreunde van de pijn. Toen hij mijn borsten greep, gilde ik, maar hij drukte zijn lippen op de mijne en duwde zijn tong naar binnen. Zijn hand greep onder mijn rok, in mijn slipje. Als een waanzinnige probeerde ik me los te rukken, maar Rachid was langer, breder en zwaarder. Zijn tong voelde als een lap vies dood vlees die door mijn mond woelde. Zijn hand kwam weer omhoog om zich onder mijn bloes en bh te wurmen. Hij kneep hard in mijn borsten. Toen trok hij me van de muur en gooide me op de tafel. Ik kreeg even de kans om te schreeuwen, maar hij sloeg me hard in mijn gezicht. Hij ritste zijn broek open en spreidde mijn benen. Ik kronkelde onder hem, probeerde weg te komen, maar hij was te sterk. In de verte hoorde ik stemmen, gevolgd door voetstappen. De deur ging open.

'Rachid, dat is Boughari's dochter. Dat kun je niet maken, man.'

Ik herkende de stem van Samir. Rachid kwam overeind en ik zag hem even diep nadenken, waarna hij me met tegenzin losliet. Ik kwam overeind en knoopte mijn bloes dicht. Zes paar ogen keken me aan. Ik draaide me om en raapte mijn tas op.

'Ik pak je nog wel,' zei Rachid, 'en dan maak ik het klusje af, arrogante trut.'

Ik boog mijn hoofd om de haat in zijn ogen niet te zien en wenste dat hij snel weg zou gaan, want ik was zo bang dat ik me bijna niet durfde te verroeren. Maar Rachid smiespelde met Samir en Redouan. Toen liep hij weer op me af. Verschrikt deinsde ik achteruit. Hij rukte mijn rugzak uit mijn handen en liep naar de deur.

'Niet mijn tas,' riep ik.

'Wat zeg je?'

Rachid keek me met grote ogen als een waanzinnige aan.

'Zeg jij wat ik moet doen?'

Ik liep achteruit en schudde verlamd van angst mijn hoofd.

'Dat dacht ik al,' zei hij spottend en hij liep naar buiten, gevolgd door zijn vrienden.

Een tijdlang staarde ik naar de openstaande deur, niet beseffend wat er nu precies gebeurd was. Toen knoopte ik mijn hoofddoek stevig vast en rende zo hard ik kon naar buiten. Ik begreep dat mijn vaders naam me gered had. Onderwijl dacht ik koortsachtig na. Rachid mocht mijn opstel niet lezen. Ik moest hem tegenhouden, maar waar ik ook keek, hij was met de anderen verdwenen. Tranen brandden in mijn ogen, maar de angst bezorgde me een adrenalinestoot en ik zocht waar ik zoeken kon. Tussen de struiken vond ik een stuk hout, dat ik als een wapen meenam. Ik moest mijn tas terugvinden, dat was het enige wat nog telde.

De pauze was allang voorbij, maar ik zocht door; rond de parkeerplaats, in het winkelcentrum en rond de huizenblokken. Zonder resultaat. De wanhoop greep me bij de keel. Hoewel ik vreselijk was geschrokken van de aanranding, besefte ik dat die niets was vergeleken met wat Rachid nu in handen had. Aan de andere kant was hij niet een van de slimste. Hij haatte lezen, maakte nauwelijks zijn huiswerk en was vaker op hangplekken te vinden dan op school. Ik hoopte dat hij slechts in mijn tas zou rommelen op zoek naar geld, en het te veel moeite zou vinden om mijn opstel door te nemen. Om vijf uur liep ik naar huis. Tot mijn opluchting was mijn moeder er niet. Sanaa schilde aardappelen en verteldde terloops dat moeder in de moskee was. Ik ging me douchen. Het hete water brandde op mijn huid, maar dat had ik liever dan de geestelijke pijn, die me leek te verteren. Ik stapte onder de douche vandaan en keek in de spiegel. Mijn lijf was rood van het hete water en over mijn wangen stroomden tranen. Niet om de aanranding, maar omdat Rachid mijn verboden gedachten had meegenomen.

Ik ging vroeg naar bed, zonder te lezen. Ik had er de energie niet voor. Sanaa wilde praten, maar ik zei dat ik moe was, waarna ze zich geïrriteerd en theatraal omdraaide. Ik sloot mijn ogen en wenste dat de dag voorbij was, maar ik vreesde de volgende omdat ik niet wist wat mij te wachten stond.

Om halfzes wekte moeder ons voor het ochtendgebed. Sanaa en ik stonden achter haar. We knielden en drukten onze voorhoofden op ons bidkleedje. Ik bewoog mijn lippen, zonder de woorden in mijn hoofd te horen. Mijn lichaam was als versteend en diep vanbinnen woedde een hevige vuurstorm. Na het bidden gingen Sanaa en mijn moeder nog even slapen, maar ik kleedde me aan en wachtte in de zitkamer tot het acht uur was. Toen trok ik mijn jas aan en liep de snijdende wind in.

Ik kwam als eerste op school en zat op een bankje bij de ingang te kijken naar de leraren en scholieren die met tegenzin naar binnen wandelden. Rachid en zijn kompanen waren nergens te bekennen. De bel ging en ik liep met de slaperige meute mee de school in, naar mijn klaslokaal. Ergens achterin vond ik een plaatsje. Ik haalde de lesboeken uit mijn plastic tas. De leraar kwam binnen, tegelijk met een paar van mijn klasgenoten die naar hun tafels strompelden. Het viel me niet gelijk op, maar ik hoorde geroezemoes en toen ik opkeek zag ik ze naar me kijken, hun gezichten vervuld van afgrijzen. Er had zich een duidelijke scheiding voltrokken: de blanken smoesden met elkaar of bladerden in hun agenda's, maar de Marokkanen vormden één groot, zwijgend blok. De ijzige kilte was merkbaar. Mijn hoofd voelde koortsig. Ik slikte, maar de brok in mijn keel bleef waar die was.

Het hele lesuur werd ik bekeken, werd er over me gefluisterd en naar me gesist. Het volgende uur voltrok zich hetzelfde tafereel, maar met andere klasgenoten. Toen ik door de gang liep, stopten jongens en meisjes als ze me zagen en bekeken me met afschuw. Een jongen spuwde naar me. Ik wilde wegrennen, naar huis, maar vooral wilde ik mijn spullen terug. Rachid liet zich echter de hele dag niet zien. Rillingen liepen over mijn rug. Ik wilde weten wat hij over me verteld had. Toen ik in de kantine cola ging kopen, stond Loubna ineens naast me.

'Vuile slet,' zei ze. 'Als ik jou was, zou ik maar naar huis gaan, anders gaan ze je pakken. Dan trekken ze die rotkop van je miezerige lijf.'

'Wat bedoel je?' vroeg ik, maar ze liep weg. Ik liet mijn bekertje staan, rende naar de garderobe en pakte mijn jas. Ik nam de bus naar het centrum, waar ik doelloos ronddwaalde. Ik liep de Bijenkorf binnen om die vijf minuten later weer te verlaten en ging op de treden rond het monument op de Dam zitten. Ik was zo bang, dat ik geen kou meer voelde. Toen het donker werd en het echt tijd was om naar huis terug te keren, stapte ik met open mond en holle ogen de tram in.

Met tegenzin liep ik onze flat binnen en daar stonden mijn vader, moeder en Sanaa. Mijn vader keek me woedend aan. Zijn lippen trilden en het zweet parelde op zijn voorhoofd.

Ik heb geprobeerd wat er toen gebeurde voor altijd uit mijn geheugen te wissen, want zijn blik joeg me vreselijke schrik aan. Nooit eerder heb ik hem zo kwaad gezien. Hij sleurde me aan mijn arm naar binnen, gooide me op de bank en schreeuwde. Toen ik opstond om hem mijn verhaal te vertellen, sloeg hij me hard in mijn gezicht. Hij raasde en tierde. Hij zat in het moskeebestuur, zei hij. Ik had zijn naam te gronde gericht.

'Ze zeggen dat mijn dochter een afvallige is. Heb ik het leven gegeven aan een afvallige?'

Ik huilde en schudde mijn hoofd.

'Dat is niet zo,' snikte ik. 'Zo bedoelde ik het niet, zo is het niet gegaan. Het was nog niet klaar. Ik...'

'Zwijg,' eiste hij.

In de hoek stond Sanaa te huilen. 'Baba, houd op. Alstublieft, houd op,' snikte ze.

Maar mijn vader was doof voor haar smeekbede. Uit zijn zak haalde hij verfrommelde vellen papier tevoorschijn. Mijn opstel.

'Wat staat hier? Wat staat hier? Iedereen in de wijk heeft het gelezen! Wist je dat er kopieën van zijn gemaakt en dat iedereen weet dat jij dat hebt geschreven? Hier staat: "Moslims volgen als schapen hun herder, zonder gedachten, zonder kritiek. " Hoe durf jij dat te schrijven!'

'Nee, baba,' huilde ik.

'En er zou niet in de koran staan dat vrouwen een hoofddoek moeten dragen? Wie ben jij om aan de koran te twijfelen?'

'Maar... het staat er ook niet in.'

Mijn vader gaf me weer een klap in mijn gezicht en las verder voor uit het opstel. Ik had geschreven dat het gros van de gelovigen geen kennis had en het geloof met traditie verwarde, dat de dubbele moraal bedacht was om vrouwen eronder te houden, dat de profeet de eerste stappen had gezet naar vrouwenemancipatie, in een periode waarin er veel tegendruk was, een periode waarin vrouwen niet meer waren dan slavinnen, het bezit van hun man. Hij had de eerste stap gezet en volgens de overleveringen was het aan de mensen na hem om verder te gaan met de emancipatie, want zo had hij het bedoeld. Maar het woord van een vrouw was nog steeds minder dan dat van de man, terwijl juist zíj het leven gaf. Ik had ook geschreven dat veel regels die gelovigen als islamitisch ervaren, niet meer waren dan bedoeïstische voorschriften, en dat binnen de islam opleiding en kennis juist belangrijk en een noodzaak waren, en dat een man, die zijn vrouw en dochter belet zich te ontwikkelen, geen moslim was. In het opstel had ik namen genoemd van de mannen uit de wijk die ik betichtte van afvalligheid, waaronder Rachids vader. Want zijn moeder mocht het huis niet uit en zijn dochters had hij uitgehuwelijkt, terwijl dat volgens de islamitische wet ten strengste verboden was.

'Een vrouw die niet mag werken? Hoe komen ze erop,' had ik neergepend. 'De eerste vrouw van de profeet was onderneemster en hij werkte voor haar en zij vroeg hem ten huwelijk. Als moslims terug wilden keren naar eeuwen terug, zou het geloof daar alleen maar schade door ondervinden, want een religie was dynamisch en moest zich met de tijd mee ontwikkelen. Veel van de islamitische voorschriften waren geschreven in een periode waarin andere gebruiken dan nu de norm waren.'

'En je schrijft dat de koran naar deze tijd herschreven moet worden,' bulderde mijn vader.

Mijn moeder slaakte een kreet en vloog op me af en trok me aan mijn haren. Ze sprong op me en sloeg me waar ze kon.

'Een heilig boek kun je niet herschrijven! Dat is het woord van Allah, jij afvallige. Ik heb een vervloekte gebaard,' gilde ze.

Mijn vader trok haar van me af. Ik lag op de grond in een foetushouding, hartverscheurend te huilen. Keer op keer probeerde ik mijn standpunt te verdedigen.

'Zo had ik het niet bedoeld. Ik wilde iets heel anders zeggen. Ik bedoelde namelijk...'

'Zwijg heiden, anders doe ik je wat,' schreeuwde mijn moeder.

Mijn vader bleef voorlezen, liep toen naar de keuken en bracht een doosje lucifers en een schaal mee. Hij trok me overeind en duwde me weer op de bank.

'Dit zijn jouw woorden waard!'

Hij stak de vellen papier in brand en gooide ze in de schaal. Ik moest toekijken, tot het papier niet meer dan een verstoft zwart hoopje was, en mijn vader zonder iets te zeggen de zitkamer uit was gelopen. Mijn moeder volgde hem en ik hoorde de voordeur dichtslaan. Voorzichtig keek ik opzij en daar stond mijn moeder, met een riem in haar handen. Ze sloeg me waar ze kon en de gesptong drong mijn vlees binnen. De pijn was zo hevig, dat ik niets meer voelde en als een zielig hoopje op de grond bleef liggen. Tot ik Sanaa hysterisch hoorde gillen. Mijn moeder draaide zich om, gooide de riem naast mijn hoofd en liep naar haar slaapkamer. Even later kwam ze weer tevoorschijn, gehuld in chador en niqaab. Zonder een woord liep ze naar buiten.

Mijn lichaam trilde, ik had het niet onder controle. Sanaa viel op haar knieën, haar gezicht nat van de tranen.

'Je bloedt,' huilde ze. 'Je bloedt!'

Ik probeerde overeind te komen, maar mijn lichaam was zo zwak dat Sanaa me moest helpen. Waar haar handen me ook aanraakten, het deed pijn. Ik wankelde naar de badkamer en zag dat mijn gezicht en armen onder het bloed zaten. Ik tilde mijn lange rok op en vond diepe wonden, veroorzaakt door de gesp. Ik keek in de spiegel en herkende het meisje dat terugkeek niet. Haar haren stonden alle kanten op omdat er wild aan was getrokken, haar ogen waren beurs van de klappen en haar mond was opgezwollen en er sijpelde bloed uit. Sanaa nam me mee naar de slaapkamer en trok mijn kleren uit. Ze gaf me haar lievelingsjurkje, omdat dat wijd was, ze had het van oma Lalla Saliha gekregen.

'Trek aan,' zei ze, 'dan is het net of ze bij je is. Dat doe ik ook altijd.'

Ik trok de jurk aan. Sanaa depte mijn wonden met een nat washandje maar dat deed te veel pijn.

'Waar is ze?' vroeg ik met dikke stem.

'Weg, Mina. Mama is weg.'

'Waar is ze naartoe?'

'Naar de moskee. Ze gaat altijd naar de moskee,' antwoordde Sanaa.

Ik keek om me heen, bang dat mijn moeder elk moment weer binnen kon komen om af te maken waarmee ze begonnen was.

Het volgende moment rende ik over de galerij, de hal in en de trappen af naar buiten. Ik rende en huilde en hoewel het koud was en ik geen schoenen droeg en de kilte door mijn dunne jurkje drong, voelde ik niks dan paniek. Ik moest weg, ver weg. Ik hoorde mezelf schreeuwen en gillen. Het was donker en er liepen maar een paar mensen buiten hun honden uit te laten. De winter hield de meesten binnen. In de verte kwam een auto aan. Ik viel op de grond, van uitputting en omdat ik niet meer wist waar ik heen moest. Ik was zo moe dat ik op het wegdek huilend mijn ogen sloot. Iemand trok me overeind. Een man in een uniform.

Ik was op het bureau, kreeg een laken over me heen, koffie. Een vrouw stelde me vragen en toen werd ik naar het ziekenhuis gebracht. Een grote waas. Ik herinnerde me dat ze dachten dat ik was aangevallen en mishandeld. Ze vroegen me wie het had gedaan, maar ik zei niks. Ik schudde alleen mijn hoofd. Ik wilde geen namen noemen, ook niet die van mij. Ik had niks bij me, dus ze wisten niet wie ik was en waar ik woonde of bij wie ik hoorde.

De psychologe zat naast me en had haar arm om me heen geslagen.

'Ik bedoelde niet herschrijven,' zei ik. 'Ik bedoelde interpreteren naar deze tijd en nadenken, kritisch nadenken en onderzoeken, want dat is de taak van een moslim, eigenlijk van elke gelovige, toch? Ik heb zo lang geprobeerd er niet aan te denken. Als er iets moeilijks gebeurde, dan dacht ik er gewoon niet meer aan, dan stopte ik het ver weg en dan verdween het ook echt.'

'Het gaat nooit weg,' zei ze. 'Tenzij je het probleem recht aankijkt en ermee aan de slag gaat.'

Ik schudde mijn hoofd.

'Moet je zien, de tranen blijven stromen,' zei ik gegeneerd. 'Het is al zo lang geleden gebeurd, en nog steeds raakt het me.'

'Natuurlijk en dat is alleen maar logisch. Je had eerder hulp moeten krijgen. Heeft de politie daar niet voor gezorgd?'

'Dat wilde ik niet. Ik wilde er niet meer over praten omdat het verdriet te veel pijn deed. Ik wilde vergeten.'

Ik keek haar aan en vertelde dat ik met hulp van een maatschappelijk werker op kamers ging wonen in Rotterdam en daar een avondcursus volgde om mijn middelbare schooldiploma te halen.

'Met mijn diploma op zak ben ik teruggegaan naar Amsterdam, omdat ik me daar toch meer thuisvoelde. Ik ben toen meteen gaan werken bij een bedrijfje. Eerst als datatypiste en daarna als administratief hulpje en langzaam maar zeker werd ik beter betaald en kreeg ik hogere functies. Ik dacht aan wat Saloua me had gezegd, dat geld voor onafhankelijkheid zorgt, daarom besloot ik te werken en niet te studeren, want daar had ik gewoon geen tijd voor.'

Ik vertelde de psychologe niet dat ik daarna bewust op zoek was gegaan naar een man die genoeg verdiende om voor me te kunnen zorgen, om daarna te werken aan het doorsnijden van de banden met mijn verleden.

'Heb je nooit meer iemand van je familie gezien?'

Ik glimlachte.

'Ze wonen allemaal hier, in Amsterdam. Saloua bracht mijn spullen naar het politiebureau. Ze gaf me een koffer met wat kleren en mijn fotoalbums en schriften, want daar had ik om gevraagd en toen is ze zonder iets te zeggen weggegaan.'

Saloua deed kil, die dag op het bureau. Misschien was ze nerveus omdat er zo veel mensen waren. Ze gaf me een hand, niet eens een kus, en overhandigde me de spullen. Ik keek in haar ogen, maar die straalden geen enkele warmte meer uit. Maar dat heb ik haar nooit verweten. En ook niet dat ze zich naar me toe boog en in het Marokkaans zei dat ik nooit meer contact met hen mocht opnemen, omdat vader dat niet wilde en omdat mijn moeder gezworen had me af te maken. Saloua wilde me ook niet meer zien. Ik had te veel kapot gemaakt.

'Dat woorden zo veel kunnen doen,' zei ik. 'Zo veel kunnen breken.'

'Omdat woorden krachtig zijn, vooral als mensen geen weerwoord hebben en dat blijven zeggen wat ze hun hele leven hebben gehoord. '

'Was het echt fout wat ik gedaan heb?'

De psychologe schudde haar hoofd.

'Ik vind van niet. Ik vind dat je moet kunnen schrijven wat je wilt. Woorden zijn belangrijk, juist omdat ze de ziel kunnen raken. Dat zei mijn oom altijd.'

'Ik wilde mijn gedachten ordenen. Ik wilde weten wat waar was en wat niet. Ze gaan zo langzaam. Veranderingen bedoel ik.'

'Omdat het zo hoort. Ik begrijp het wel. Sommigen zijn eraan toe, anderen niet en je kunt niet verwachten dat de hele wereld in een keer doet wat jij wilt. Jouw gedachten kunnen bij jou passen, maar dat hoeft niet voor iedereen te gelden. Iedereen heeft zijn eigen ritme en zijn eigen waarheid.'

Ik legde mijn hand op mijn buik.

'Ik heb nooit begrepen waarom ik geboren moest worden,' zei ik.

De psychologe lachte luid.

'Je klinkt als een puber.'

'Ik denk vaak na over mijn leven en ik vraag me steeds af wat mijn lot is.'

'En?'

Ik zuchtte en stond op om mijn jas aan te doen. De tijd was om.

'Ik denk dat het mijn lot is om alleen te blijven, zonder geliefden, zonder mensen die van me houden. Ik werd alleen geboren en ik zal alleen sterven.'

'Dat is de enige zekerheid die we als mens hebben,' zei de psychologe. 'Iedereen wordt alleen geboren en sterft alleen.'

'Niet iedereen,' antwoordde ik en ik knoopte mijn jas dicht. 'Niet iedereen wordt alleen geboren en niet iedereen sterft alleen.'

'Je hebt toch een goede vriendin?'

Ik glimlachte. 'Ja, ik heb Elsa.' Bij de deur draaide ik me om. 'Ik zou graag medicijnen willen om mijn emoties af te vlakken. Al deze gevoelens maken me moe.'

'Ik raad je aan om je huisarts te bellen. Hij kan je iets geven of misschien kan hij je doorverwijzen naar een psychiater. Ik kan en mag als psycholoog niets voorschrijven. Dat weet je.'

Ze pakte een vel papier en schreef iets op.

'Geef hem dit. Antidepressiva zouden je goed doen, seroxat misschien. Die lijken de depressie in het begin te verergeren, maar je moet jezelf tijd gunnen.'

Ik nam het papiertje aan en wilde naar de trap lopen.

'Amelie?'

Ik draaide me om.

'Mina,' zei ik.

'Mina,' herhaalde ze glimlachend. 'Je wilde nog iets zeggen, over dat je 's ochtends niets eet. Ben je...?'

Ik schudde mijn hoofd.

'Ik wil afvallen. Ik eet te veel, vooral nu ik thuis zit. Ik ben geloof ik vijf kilo aangekomen, misschien zelfs wel meer.'

'Weeg jij je niet?'

'Nee,' zei ik. 'Ik haat weegschalen.'

'Tot volgende week. Dan gaan we hier dieper op in.'

Ik knikte en liep naar beneden.

# 21

De zon scheen en verlichtte de zwaarmoedigheid die op mijn schouders drukte. Ik wilde niet weer nutteloze uren thuis doorbrengen. Ik wilde wandelen, mijn gedachten verzetten, de zon op mijn gezicht voelen. Maar na een tijdje was ik de buitenlucht zat. Ik besloot het Rijksmuseum te bezoeken. Ik dwaalde door de zalen en bekeek de grootsheid van de Nederlandse meesters. Ik verloor mezelf in de afbeeldingen en stelde me het leven van een paar eeuwen terug voor. Het was niet druk in het museum, een groepje scholieren volgde hun lerares en bekeek met weinig interesse de schilderijen. Ik liep van de ene zaal naar de andere.

'Een geweldige Rembrandt, nietwaar?'

Ik keek opzij, naast me stond een man in een spijkerbroek en een rood jack, met donkerblond haar en grijzende slapen. Hij zag er goed uit, hoewel ik hem voor mij toch iets te oud vond.

'Ik kom hier vaak in mijn lunchpauze.'

'Lunchpauze?'

Hij knikte.

'Ik werk in een hotel, even verderop.'

'O, interessant. Als wat?' vroeg ik.

'Ik doe de boekhouding.'

'Interessant,' zei ik weer en ik stapte bij het schilderij vandaan. 'Ik moet ervandoor. Ik zie je nog wel,' en toen liep ik weg zonder hem een kans te geven te reageren. Het laatste waar ik behoefte aan had, was aan weer een boekhouder.

Elsa belde me op het moment dat ik haar nodig had, en ik hoopte dat ze tijd had voor een snelle snack.

'Daar belde ik voor,' zei ze geeuwend, want ze lag nog in bed na een nacht woest feesten. 'Ik begin vandaag wat later. Zullen we samen ontbijten?'

'Lunchen bedoel je,' grinnikte ik.

'Whatever...' zei ze met een fake Amerikaans accent.

'Waar?' vroeg ik.

'In het Palladium.'

'Het Palladium?'

'Ze hebben er voor mij lekkere cappuccino en voor jou de beste uiensoep.'

'Oké, doen we.'

'Goed.'

'Over een halfuurtje?'

'Uurtje,' geeuwde ze weer.

'Te lang,' kaatste ik terug.

'Ik moet nog douchen. Ik stink naar zweet en sigaretten.'

'Alsof een douche dat zal verhelpen,' snoof ik.

'Hoe langer ik met jou aan de telefoon hang, hoe langer het gaat duren.'

'Oké,' zei ik en ik verbrak de verbinding.

We zaten in de serre en keken naar de mensen die buiten voorbijliepen. We zwegen en dronken cappuccino.

'Wanneer moet je werken?' vroeg ik.

'Voor de derde keer: ik heb nog een uur.'

'Ik vraag het alleen maar. Het is gezellig.'

Elsa knikte.

'Ja, gezellig.'

'Ik weet niet, het is alsof er iets veranderd is.'

'O ja?'

'Ik voel me lichter.'

'Wat goed van je, maar... heb je er nog over nagedacht?'

Ik keek naar mijn handen.

'Amelie... je kunt dit niet zomaar wegstoppen en doen alsof het probleem niet bestaat.'

'Zie jij een baby dan als een probleem?'

'Wel als je het niet wilt houden.'

'Ik moet er nog eens goed over nadenken. Weet je... ik ben bijna tweeëndertig en zoals het er nu naar uitziet, zal het nog wel even duren voor ik een leuke man ontmoet met wie het klikt, voor wie ik wat ga voelen en met wie ik kinderen zou willen. Tegen die tijd zullen mijn eieren verschrompeld zijn.'

'Kom op,' zei Elsa. 'Beetje overdreven.'

'Nee, het is niet overdreven. Ik wil echt weten of ik het moet houden of weg moet laten halen. Het is gewoon moeilijk.'

'Ik zal je steunen als je het houdt.'

Ik lachte.

'Ik voel me verantwoordelijk.'

'Je hoeft je niet verantwoordelijk te voelen, Elsa. Als het kind blijft, ben ik de enige die verplicht is zich verantwoordelijk te gedragen. Jij moet het gewoon dure cadeaus geven. Dat is jouw taak.'

'Ja,' riep ze. 'Dan word ik peetmoeder.'

De serveerster ruimde de lege gebakschaaltjes van onze tafel. Ik bestelde nog twee cappuccino's.


De dokter bekeek de brief van mijn psychologe.

'Ze kan niet schrijven,' lachte hij en hij zette zijn bril, die naar het puntje van zijn neus was gegleden, terug op zijn plaats. 'Binnenkort komt ze bij ons eten en dan vertel ik haar maar weer eens dat ze een cursus schrijven moet volgen, want dit lijkt nergens op.' Hij wees naar het papiertje.

'Ze schreef heel snel, omdat ik haast had.'

Ik vond dat ik mijn psychologe moest beschermen, maar de dokter schudde van het lachen en pakte zijn receptenboekje.

'Antidepressiva lijkt me een goed idee. Ik kan je seroxat voorschrijven.'

'Ik heb over prozac gelezen,' zei ik. 'Dat is toch ook goed?'

De dokter schudde zijn hoofd.

'Seroxat. Als dit niet werkt, kijken we wel verder, maar het duurt even voor het echt aanslaat.'

'Heeft u misschien ook iets rustgevends? Ik slaap zo slecht en mijn slaappillen zijn op.'

'Ze zijn erg verslavend, Amelie. Het is de bedoeling dat je op eigen kracht in slaap valt, anders kom je van de drup in de regen, of iets dergelijks. Ik ben niet zo goed in die Nederlandse gezegdes.'

'Die zijn ook niet mijn sterkste punt,' grinnikte ik.

De dokter glimlachte.

'Vooruit, ik zal je tien slaappillen voorschrijven, maar meer niet.'

'Kan ik misschien ook wat paracetamol met codeïne krijgen? Ik hoest 's nachts zo,' loog ik.

Hij knikte en schreef een recept uit, waarmee ik meteen naar de apotheek ging. Zonder te kijken of de medicijnen schadelijk waren voor een ongeboren vrucht, spoelde ik thuis twee paracods weg met wat water, en ging op de bank liggen, starend naar een herhaling van *Oprah*. Toen het tijd was om naar bed te gaan, nam ik twee slaappillen. Ik wist dat die zo zwaar waren, dat zelfs de ergste nachtmerrie me niet zou kunnen wekken.

In de brievenbus vond ik een schrijven van de bedrijfsarts. Volgende week dinsdag moest ik om tien uur bij hem zijn. Ik vouwde de envelop met inhoud in vieren en stopte die in mijn jaszak. Het was de eerste dag van december koud, maar ik droeg slechts een T-shirt en een lange rok onder mijn half-lange mantel. Ik liep naar de metro, maar besloot halverwege om toch maar te gaan wandelen. Om mijn hals droeg ik het kokertje. Nu en dan raakte ik het aan en zag ik mezelf als kind en als puber. Ik had toen zo veel dromen en hield me vast aan de toekomst. Nu was ik in het heden beland en ondanks mijn hoop daarin echt vrij te kunnen zijn, voelde ik me meer gevangen dan toen ik nog bij mijn moeder woonde. Een vlaag van vermoeidheid sloeg over me heen en ik vond een bankje naast een speelplaats. Ik plofte neer en snakte ernaar om weer thuis te zijn. Ik wilde douchen, warme kleren aan, snacks, mijn zachte bank en komedies op tv. Ik wilde niet denken en niet lopen. Ik had gedacht dat de frisse wind me goed zou doen, maar er welde een paniekgevoel in me op en ik voelde me ontheemd in een omgeving waar ik niemand kende en waar niemand de behoefte voelde me een blik waardig te keuren. De stadse anonimiteit werkte op mijn zenuwen en ik overwoog een verhuizing naar een provinciestadje of, misschien nog beter, een emigratie naar Canada of Amerika. New York leek me wel wat. Ik wilde in een ver land een compleet nieuw leven beginnen en beloofde mezelf dat ik, straks thuis, achter de computer zou kruipen om zo veel mogelijk informatie te verzamelen.

De wind stak op en het begon te regenen. Nog maar een paar weken tot de feestdagen. Elsa had al gevraagd of ik eerste en tweede kerstdag met haar wilde doorbrengen. Ze wilde de traditionele eetkamerstrijd in haar familiekring ontlopen, die werkten haar vreselijk op de zenuwen. Vaak genoeg had ik haar na zulke dagen moeten masseren om haar lichaam en geest weer in balans te krijgen.

'Ze moeten kerst afschaffen. In ieder geval kerst met familie. Is nergens goed voor,' zei ze dan met gesloten ogen, terwijl ze van mijn massage genoot. Maar twee dagen met Elsa leek me niet echt een goed idee. We waren als water en vuur, en vierentwintig uur samen was het maximum. Als we die tijd overschreden, werden de nagels gescherpt en vlogen we elkaar uiteindelijk in de haren.

Een politieauto reed langzaam voorbij. Een groepje jongens dat op een bankje verderop zat, keek verstoord op. Ze begonnen naar de auto te schreeuwen. Een van de agenten stapte uit en liep op ze af. Hij bleef vlak voor ze staan. De jongens reageerden opgefokt en liepen van het bankje weg, om terug te keren toen de politie weer weg was.

'Vuile racisten,' riep de kleinste van de groep en hij stak zijn middelvinger op naar de weg, waar net een taxi voorbijreed.

Ineens stond er een vrouw aan de overkant van de weg, bij een boomstronk. Ze was gehuld in een zwarte chador en ik zag alleen heel vaag haar ogen. Ze keek me als gebiologeerd aan. Ik stond op en hoorde mijn hart in mijn oren bonzen.

'Sanaa?' vroeg ik zacht en ik liep op haar af. Een auto reed me net niet aan. De man stopte en draaide het raampje open.

'Kijk 'ns uit je doppen, mens!'

'Sorry,' zei ik, terwijl hij allang weer was weggereden. Ik keek weer naar de boomstronk. De vrouw was weg. Ik keek overal, maar ze was nergens meer te bekennen. Toen ik mijn zoektocht wilde opgeven, zag ik haar ineens weer.

Een zwarte schim liep over een parkeerplaats. Het regende, maar het water leek zo van haar af te glijden. De mensen die uit de supermarkt kwamen, leken zich niet bewust van haar aanwezigheid. Ze stond even stil en draaide zich om, alsof ze er zeker van wilde zijn dat ik haar volgde. En ik volgde haar, maar ze liep snel en ik kon haar amper bijhouden. Ik riep steeds haar naam, maar ze reageerde niet. Af en toe leek ze te verdwijnen, om dan weer op te duiken als ze net een straat overstak, of vlak voor ze op het punt stond tussen een paar huizenblokken te verdwijnen. Ik was moe en het water viel als een koude douche op me neer en ik rilde, maar toch liep ik door, mezelf verwensend om het feit dat ik zo dun gekleed was. Mensen keken en wezen naar me. Ik liep bijna een kindje omver en haar moeder slingerde me een verwensing toe. Maar ik reageerde niet, want ik had al mijn energie nodig om Sanaa te volgen. Ik wist zeker dat zij het was.

Ik volgde haar tot in Osdorp, tot ik in de stromende regen aan de overkant van de straat Sanaa zag staan. Toen ik wilde oversteken, kwam er een bestelbus voorbij waarop ik moest wachten. En toen was ze verdwenen. Ik kon wel gillen van frustratie. Waarom deed ze dit? Ik liep naar het huisje en las het naambordje. SIFDINE VAN DER MEER stond er, en toen wist ik waar ik was. Dit was Sanaa's huis. Hier woonde ze met haar gezin. Drie jaar geleden was ik erachter gekomen waar ze naartoe was verhuisd. Sifdine kende ik van toen hij met zijn ouders naar mijn moeders huiskamerbijeenkomsten kwam. Hun gezin had me altijd verwonderd, want het waren voormalige katholieken uit Belgisch Limburg die de antwoorden op hun levensvragen maar niet konden vinden. Sifdines vader was bevriend met een Pakistaan, en die vertelde hem vaak over de islam. Na een jaar bekeerden Sifidines vader en moeder zich, en hij volgde. Nu was hij vast fanatieker dan zijn ouders! Ik had nooit gedacht dat hij en mijn zusje zouden trouwen, ze hadden niks met elkaar gemeen, en scheelden bovendien zeven jaar. Hij was lijzig en stil en had weinig bewonderenswaardige capaciteiten. Hij hield de koran altijd stevig omklemd, alsof dat boek hem voor de afgrond moest behoeden. Hun huwelijk had me teleurgesteld. Ik had meer van Sanaa verwacht.

Ik keek door het raam en zag mijn zusje met haar kinderen op de bank zitten. Er stond geen tv, maar dat had ik verwacht. Haar zoon en dochter hadden een dik boek op schoot, ik nam aan dat het de koran was. Mijn zusje droeg een lang, geel gewaad met een bijpassend hoofddoekje. Ze leek droog en dat begreep ik niet. We hadden de halve stad doorkruist in deze regenbui.

'Hé, wat moet dat? Wegwezen!' Een magere man die in een regenjas over een wit gewaad net uit een grijze Toyota was gestapt, beende met grote passen op me af. Ik herkende hem aan zijn ingevallen wangen, ondanks de grote bril en het baardje. Zonder om te kijken rende ik weg.

Ergens achteraf, verscholen in een portiek, belde ik Elsa, want alles wat ik bij me had was mijn mobiele telefoon. Ik wist niet meer hoe ik moest lopen en toen ik iemand de weg vroeg, haalde die zijn schouders op. Elsa kwam in de auto van haar collega. Ik stapte in.

'Jezus, je wordt nog ziek.' Elsa keek me bezorgd aan. 'Je ziet er niet uit.'

'Dank je,' antwoordde ik. 'Mag ik een sigaret?'

'Je rookt niet.'

'Nu even wel.'

Elsa haalde haar schouders op en stak een sigaret voor me aan. Ik stopte de rookstaaf tussen mijn lippen en inhaleerde. Met grote moeite lukte het me om niet te hoesten. Voorzichtig nam ik nog een paar trekjes, voor ik de sigaret in de asbak doofde.

'Zullen we ergens koffie gaan drinken?' vroeg ik.

Elsa keek me aan alsof ik gek was.

'Ergens wat drinken? Je moet naar huis, onder een warme douche gaan staan en dan onder de dekens. Ik heb op mijn werk verteld dat het een noodsituatie betrof.'

'Het is ook een noodsituatie. Ik heb je nodig Elsa. Ik... ik voel me kwetsbaar en alleen en ik wil nu gewoon met jou koffiedrinken, ergens. Het maakt niet uit waar. Als het er maar warm is en als er maar koffie is en als het maar niet bij mij thuis is, want ik wil niet naar huis. Ik wil niet alleen zijn.'

Ik snikte zonder tranen. Mijn lichaam schokte.

Elsa zuchtte en wilde wegrijden, maar de motor sloeg af. 'Verdomme.'

We zaten naast de verwarming in een bruin café bij het Waterlooplein. Elsa dronk een witte wijn en ik een Bacardi-cola. Op de wc had ik mezelf in de toiletspiegel bekeken en ik was van mijn verschijning geschrokken. Mijn haren waren pieken en mijn gezicht was bleek en ingevallen, met wallen onder mijn ogen en beginnende puistjes op mijn kin. Mijn huid reageerde snel op stress. Elsa zei de hele tijd niks. Ze nipte van haar wijn en speelde met de Heineken-onderzetter.

'Zeg 'ns wat,' maande ik haar.

Elsa schudde haar hoofd.

'Waarom doe je zo?'

'Waarom doe ik zo? Laten we het anders stellen. Waarom doe jíj zo? Waarom bel je dat je me nodig hebt omdat je niet alleen wilt zijn, zodat ik je kan ophalen om wat met je te gaan drinken?'

'Je drinkt alcohol. Is dat wel verstandig? Je moet zo toch nog werken?'

'Ik hoef niet meer terug, ik heb een dienst geruild. Maar we hebben het nu even over jou, want dat vind jij toch fijn?'

'Doe niet zo gemeen,' zei ik vinnig.

'Gedraag je dan ook niet als een egoïst! Je bent volwassen, je bent groot, maar je loopt erbij als de eerste de beste zwerver. Ik heb het gehad. Je bent zwanger, Amelie en je hebt nog steeds geen beslissing genomen. Als je het kind houdt, moet je weten dat roken en alcohol verboden zijn, net als rood vlees en zachte Franse kaas en rauwe vis, begrijp je dat? Als je het kind wilt houden, moet jij je vanaf nu verantwoordelijk gedragen en niet in een slachtofferrol wegzakken. Ja, ik weet dat je een klotetijd achter de rug hebt. Maar je bent niet de enige die zich kut voelt. Jij bent niet de enige die het gevoel heeft haar leven te hebben verkloot, verdomme!'

Een paar mannen bij de biljarttafel keken verstoord op.

'Elsa...'

'Nee, luister. Er zijn nu eenmaal klootzakken op deze wereld. Dat is nu eenmaal zo, maar er zitten ook goede bij. Er zijn mensen die de grootste shit hebben meegemaakt en even gaan huilen en dan besluiten dat ze sterk blijven omdat ze altijd nog hun leven hebben. Dus neem verdomme jouw leven in handen en doe er iets mee. Je bent al maanden ziek, wanneer word je beter?'

Ik keek haar sprakeloos aan en schudde ongelovig mijn hoofd.

Elsa sloeg haar glas achterover en stond op. Ze trok haar jas aan en liep naar de bar om te betalen. Ik bleef zitten tot ze terugkwam.

'Kom, ik breng je naar huis.'

We reden zwijgend over de snelweg. Elsa hield het stuur stevig vast. Toen ik naar haar keek, zag ik tranen over haar wangen glijden.

'Elsa?'

Ze schudde haar hoofd en veegde haar tranen weg.

'Wat is er?'

'Er is niks,' zei ze met gezwollen stem.

'Is er iets gebeurd?'

We reden mijn straat in. Elsa probeerde te parkeren, maar dat lukte niet. We reden een kwartier rond, tot we een groot en makkelijk toegankelijk parkeervak vonden.

'Ik ben niet gewend om in grote auto's te rijden,' verontschuldigde ze zich. 'Word ik erg nerveus van.'

We stapten uit de BMW en liepen naar mijn flat. Ik keek haar bezorgd aan.

'Waarom zeg je nu niet wat er aan de hand is?'

'Er is niet echt iets aan de hand,' antwoordde ze. 'Ik voel me gewoon kut. Een tijd terug was ik op een receptie en iedereen vond het zo goed wat ik deed en ze gaven me het gevoel het helemaal gemaakt te hebben, want ik heb een statusbaan, verdien veel geld, woon in een statuswijk en zie er op de koop toe nog goed uit, ook. Ze noemden me een happy single. Ik heb daar lang over nagedacht. Weet je, ik héb het helemaal gemaakt. Ik heb weliswaar nog geen vriendje, maar dat kan me niet schelen. Ik kom aan mijn trekken. Maar... waarom voel ik dan leegte in me als het zo goed met me gaat? Ik voel me gewoon klote. Het is alsof ik iets mis.'

'Een gezin, misschien?' opperde ik.

'Quatsch,' zei ze met een wegwuifgebaar. 'Als ik getrouwd was, zou ik nu allang weer gescheiden zijn. Nee, het is iets anders.'

'Zullen we emigreren? Naar New York of zo?'

Elsa keek me verwonderd aan.

'Ik houd van New York,' zei ze na secondelang zwijgen. 'Zou dat het zijn, denk je?'

Ik knikte heftig. Elsa glimlachte dromerig.

'Maar ik ben ook gek op Parijs. Montmartre, Quartier Latin, het Louvre. Cappuccino met een krantje in een brasserie bij de Seine, heerlijk.'

'Dat is nog steeds Europa,' zei ik. 'Te dicht bij Nederland.'

Elsa streek nadenkend met een vinger over haar gezicht.

'Ik kan daar een baan zoeken en we zouden een appartement kunnen delen en als je toch je kind houdt, kunnen we het samen opvoeden.'

'Dat zien we dan nog wel,' zei ik ontnuchterd, en beseffend dat ik nooit met haar moest emigreren, daar zouden alleen maar problemen van komen. Ik zag ons al voor me, in een geweldig appartement bij Central Park in Manhattan, en Elsa die me na een maand al zou verwijten dat ik haar leven overhoop had gehaald en dat alles mijn idee was geweest en dat zij mij gevolgd was en dat alles dus mijn schuld was.

'Denk erover na,' zei ik. 'En als je het doet, is het helemaal jouw verantwoordelijkheid. Dan moet je me er later niet de schuld van geven dat ik je in de shit heb gebracht.'

Ik klonk agressiever dan ik bedoelde.

'Waarom reageer je zo? Waarom zou ik jou de schuld geven?' vroeg Elsa niet-begrijpend. 'Ik ben een volwassen vrouw en ik neem mijn eigen beslissingen.'

'Prima. Ik ga naar boven. Ben moe. Kom je mee?'

Elsa schudde haar hoofd.

'Ik ga ook naar huis. Ik wil even over New York nadenken.'

'We moeten ons lot in eigen handen nemen,' zei ik, terwijl ik uit de auto stapte.

'Lot?'

Ze keek smerig bij het woord.

'Of iets dergelijks.'

Ik liep snel naar binnen want ik had geen zin om haar iets uit te leggen. Te vermoeiend.

'We bellen,' zei Elsa.

Ik knikte. 'We bellen.' Glimlachend zwaaide ik naar haar, omdat haar malaise me enigszins hielp me beter te voelen.

# 22

Het was nog geen acht uur in de morgen en ik stond voor het schooltje en wachtte en hoopte. De eerste kinderen kwamen aanlopen met hun moeder, vader of broertje of zusje. Vijf voor half negen. Een klein meisje en jongetje liepen vooruit, heel rustig gevolgd door hun moeder, mijn zusje. Ik wilde naar haar toe lopen, maar besloot dat het verstandiger was om te wachten tot mijn neefje en nichtje op school waren, dan had Sanaa haar handen vrij en konden we eindelijk praten. Ik was nerveus, want ik had besloten dat ik met Sanaa wilde praten. Ik miste haar vreselijk. Ik wilde dat zij dat wist. Sanaa wachtte achter het hekje tot haar kinderen het schooltje binnenliepen, draaide zich om en vervolgde haar weg naar waar ze moest zijn. Ik volgde haar door de straat en we staken een weg over. Het duurde lang, want ik moest moed verzamelen om haar aan te spreken, maar geleidelijk aan liep ik sneller tot ik dicht bij haar was.

'Sanaa,' zei ik.

Ik zag haar schrikken. Ze stond stil, maar draaide zich niet om. Toen liep ze weer door.

'Sanaa, alsjeblieft. Wacht.'

Ik rende haar achterna, raakte haar schouder aan en voelde haar verstrakken. Ze draaide zich om. Voor het eerst stonden we weer tegenover elkaar en ik barstte vanbinnen van liefde en wilde haar omhelzen, zeggen dat ik haar liefhad en dat ze alles voor me was, dat ze meer voor me betekende dan mijn eigen leven. Maar haar blik was kil, verschoond van enige warmte en de woorden die ik had ingestudeerd, kwamen niet over mijn lippen. Ik begreep niet waarom ze niet blij was om me te zien. Ik was nu toch naar haar toe gekomen? Dat betekende toch iets, na jaren van stilte?

'Wat wil je.'

Meer zei ze niet en haar houding straalde pure vijandigheid uit.

'Ik heb je gemist,' zei ik en toen kwam mijn woordenstroom op gang. Dat zij mijn zusje was, dat ik altijd aan haar gedacht had en dat ik haar in mijn leven wilde, en ik smeekte haar mij toe te laten in het hare.

Ze lachte. Een korte, spottende lach.

'Je maakt jezelf belachelijk. Ik heb geen zus. Ik heb alleen mijn man en kinderen, *alhamdoulillah*.'

Ik was verward, dit had ik niet verwacht. Ik keek haar aan en herkende niets van de Sanaa van vroeger. Haar trekken waren harder en haar ogen ontoegankelijk, zoals die van mijn moeder.

'We hebben zo veel jaren gemist,' zei ik. 'Ik zou mijn neefje en nichtje graag willen leren kennen. Hun laten zien dat ze een tante hebben.'

'Mijn kinderen weten dat ze ooit een tante hádden, maar zij is aan een ziekte overleden en voor mij is dat ook zo. Ik heb gerouwd, en ben weer verder gegaan. Dat zou jij ook moeten doen.'

Ze draaide zich om en liep weg. Ik volgde haar. Bij een sigarenwinkel bleef ze stilstaan, duidelijk geïrriteerd.

'Laat me met rust,' siste ze.

Ik was bijna bereid om smekend voor haar op mijn knieën te vallen.

'Ik ben zwanger,' zei ik wanhopig, alsof ik verwachtte dat die mededeling voor meer mededogen zou zorgen.

'Ben je getrouwd?' vroeg ze kil.

Ik schudde beschaamd mijn hoofd.

'Dus je draagt een onwettig kind, van een heiden natuurlijk. Dat kind is al vervloekt voordat het is geboren.'

Haar minachting stak in mijn hart als een dolk, die vervolgens nog een paar keer werd rondgedraaid om elke vezel van mijn wezen te vernietigen.

'Waarom doe je zo?' vroeg ik haar. 'Ben je vergeten dat we bij elkaar horen, dat ik jouw zus ben, dat ik voor je gezorgd heb, er voor je ben geweest.'

Sanaa deed een stap achteruit.

'Jij er voor mij geweest? In je dromen zeker. Je was er nooit. Jij ging altijd naar dat andere gezin, naar dat mens, die Saloua en haar verschrikkelijke dochters. Die wijven hebben zich altijd beter gevoeld, superieur aan ons. Jij was steeds daar en waste af en deed de boodschappen en kookte voor ze. Kwamen ze ooit naar ons toe? Nee!'

Sanaa's gezicht was verwrongen van haat en woede. Ze leek elk woord uit te spugen. Ze voelde zich achtergesteld, zei ze. Terwijl ik bij Saloua was, zat zij bij onze moeder en moest alles doen, alle last had op haar schouders gerust. Zij moest onze moeder troosten als die in een depressieve bui was.

'Ik deed alles, ik moest alles en jij hoefde niets, omdat Saloua jou als perfect schoonmaakstertje zag en omdat vader deed wat die teef hem opdroeg.'

'Dat is niet waar,' zei ik en ik schudde heftig mijn hoofd. 'Zo is het niet gegaan.'

'Je bent in haar val gelopen. Ze sprak vaak met walging over jou. Iedereen wist dat je met een blanke was, en Ilham heeft je zelfs in een grand café alcohol zien drinken. Toen wisten we dat je de islam de rug had toegekeerd.'

'Ik ben altijd moslim gebleven. Ik was en ik ben moslim, al drink ik, al heb ik relaties gehad met niet-moslims. Waarom mag ik geen moslim zijn, terwijl al die moslimmannen hetzelfde doen en niemand hun daden afwijst? Ik woonde samen met een christen, en ik wilde met hem trouwen en ik zou ook met hem zijn getrouwd als onze relatie niet kapot was gegaan.'

'Dat is verboden volgens het geloof.'

'Binnen de islam is het geoorloofd om te trouwen met een gelovige van het boek, dus met een christen of zelfs met een jood.'

'Schaam je,' siste Sanaa vol walging bij het woord jood. 'Alleen mannen mogen dat en alleen op de voorwaarde dat hun vrouwen zich bekeren. Maar een jodin, nee, dat nooit!'

Ik schudde opnieuw mijn hoofd. 'Dat is niet waar, wat een man mag, is voor een vrouw ook geoorloofd, mits zij afspreken dat hun kinderen moslim worden. En die regels zijn gemaakt in een tijd waarin een vrouw minder rechten had en automatisch haar man volgde. Maar de wereld is veranderd, Sanaa. Vrouwen zijn onafhankelijker en sterker en niet bang en ze weten wat ze willen en ze zijn niet zoals jij. Wanneer ben jij gestopt met denken en begonnen met louter volgzaamheid?'

Sanaa's ogen spuwden vuur. 'De enige die ik vrees is Allah, de enigen die ik liefheb zijn Allah en zijn profeet, vrede zij met hem. Zij zijn de belangrijksten.'

'Belangrijker dan je eigen kinderen?'

'Kijk naar Abraham die zijn zoon wilde offeren aan Allah, want zo groot was zijn liefde voor hem.'

'Dus jij zou je kind offeren?'

'Voor Allah offer ik wie hij wenst dat ik zou offeren, zelfs mijn kinderen.'

Ik lachte, want dit zieke antwoord had ik verwacht.

'Als een gek je de opdracht zou geven me te doden, dan zou je dat doen, nietwaar?'

'Met alle liefde,' zei ze minzaam. En toen feller: 'Jij hebt alles kapotgemaakt. Jij bent de zwakste, omdat jij vluchtte. Jij vluchtte altijd.'

'Ik wilde niet thuis zijn omdat het daar vreselijk was.'

'Jij maakte het leven zwaar, Mina,' gilde Sanaa. 'Jij was tegendraads, jij kaatste alles terug, jij zat thuis altijd chagrijnig te wezen en jij dacht het beter te weten, maar je weet niks en je kunt niks. Moeder wist niet hoe ze met je om moest gaan. Je maakte haar verdrietig. Dat heb jíj gedaan. Jij hebt haar vermoord!'

'Wat?'

Ik begreep het niet en greep naar mijn hoofd omdat het pijn deed, omdat de wereld draaide en ik zo moe was van alle emoties, dat ik elk moment kon vallen. Ik leunde tegen een boom. 'Moeder vermoord?'

Sanaa liep naar me toe met een demonische lach om haar lippen.

'Jij hebt ons schande gebracht. Alles wat moeder had opgebouwd, heb jij in een klap tenietgedaan. Ik werd de zus van de afvallige, de zus van de straathoer genoemd. Iedereen had het erover dat jij het met jan en alleman deed, dat jij voor iedereen je benen spreidde. Dat zeiden ze, Mina. Ze noemden je de duivelin, omdat je met Satan samenspande om de islam te gronde te richten.'

Haar woorden sloegen als zweepslagen in mijn gezicht en ik kon en wilde haar niet meer aankijken, maar ditmaal liep Sanaa niet meer weg. Ze confronteerde me, schold me uit, vertelde me over haar frustratie en dat ik haar leven kapot had gemaakt.

'Zelfs vader wilde niks meer met ons te maken hebben. Hij was er tijdens de begrafenis, maar...'

'Begrafenis? Wat bedoel je?'

Sanaa rolde met haar ogen.

'Je kwam niet. Ik wilde je nog vergeven voor alles wat je had veroorzaakt, want ik wilde je weer in mijn leven. Ik heb je kaarten gestuurd. Die stuurde ik naar het maatschappelijk werk en zij zouden ze doorsturen. Eerst dacht ik dat ze dat niet deden, maar zij verzekerden me dat je alles had ontvangen. Ook de brief waarin ik je smeekte te komen omdat mama dood was.'

'Mama is dood?' Ongelovig schudde ik mijn hoofd en ik liep op Sanaa af. 'Ik ben wakker, toch? Dit is toch echt? Dit is geen droom, of een nachtmerrie?'

'Je bent gek, Mina. Je bent gek,' zei Sanaa en ze deed een stap achteruit.

'Ze is niet dood. Ik wist niet dat ze dood was. Je maakt een grap, toch?'

Sanaa's woorden waren een aanklacht tegen mij. Ze had me geschreven en gevraagd om te komen om moeder te begraven, maar ik had nooit gereageerd. Ik kon me geen brief of brieven herinneren, ik had nooit iets van haar ontvangen. Ik smeekte haar me te geloven, maar ze liep weg en riep dat ze me zou laten oppakken als ik haar nogmaals zou lastigvallen. Ze wilde nooit meer iets met me te maken hebben, want voor haar was en bleef ik dood.

Met moeite wist ik mijn sleutel in het slot te krijgen, zo erg trilden mijn vingers. Eenmaal binnen rende ik door het huis. Ik doorzocht alles, boeken, kleren, kasten, maar ik vond niks en toen herinnerde ik me de oude koffer die Saloua me had gegeven, met mijn spullen van thuis. Ik opende de koffer en vond mijn albums en schriften, die ik er onlangs in had gestopt. Ik haalde de bodem weg en ontdekte een vijftiental ongeopende enveloppen. Mijn keel werd droog. Met trillende handen maakte ik ze open. Ik herkende het handschrift van mijn zusje. Ik las de brieven, een en al pijn en verdriet. Ze schreef dat ze me miste, dat ze me bij zich wilde en dat ze bang was zonder mij. En de laatste brief was een smeekbede:

'Kom alsjeblieft naar huis, mama is dood. Ze had longkanker. Ik wil dat je bij me bent als we haar gaan begraven. Bel me alsjeblieft, reageer dit keer. Alsjeblieft Mina.'

Ik liet de brief vallen.

'Ik was het vergeten, Sanaa,' zei ik hardop en ik keek naar de datum. Mijn moeder overleed een jaar nadat ik was weggegaan.

Het was na tien uur 's avonds en ik stapte uit de taxi en rende naar het appartement van de psychologe, waar het licht nog brandde. Ik was in paniek en ik moest iemand spreken, maar ze nam de telefoon niet op. Ik moest haar vertellen hoe het zat. Ik belde aan en ik bleef bellen tot ik haar stem door de intercom hoorde.

'Ik ben het, Amelie, ik bedoel, Mina.'

'Wat is er?' Ze klonk geschrokken. 'Is er iets gebeurd?'

'Mijn moeder is dood.'

De zoemer klonk en de deur klikte open.

De psychologe wachtte me boven op. Ze omhelsde me.

'Gecondoleerd, meisje. Wat erg voor je.'

'Ze is al tien jaar dood. Maar ik wist het niet,' zei ik. 'Ik vond brieven die mijn zusje me had geschreven, maar ik heb ze nooit gelezen. Ik begrijp niet waarom ik ze nooit gelezen heb. Hoe kon ik dat doen? Hoe kan ik zo vreselijk zijn?'

De psychologe streelde mijn rug en trok me mee naar haar werkkamer.

'Sorry dat ik zomaar binnenstorm, maar het doet zo'n pijn.' Hoewel ik verwacht had dat ik zou gaan huilen, bleven mijn ogen droog. Mijn lichaam deed pijn en voelde wankel, kwetsbaar. De psychologe wilde thee zetten, maar ik wilde niets drinken.

'Waarom heb ik ze nooit gelezen?'

'Omdat je wilde vergeten, dat zei je onlangs nog. Om de pijn weg te houden.'

'Maar mijn zusje... Ik heb haar gekwetst. Ze had niemand, behalve mij.'

De psychologe zweeg maar ik zag dat ze diep nadacht.

'Daar had je toen een goede reden voor. Je beschermde jezelf, Mina.'

Maar die goede reden drong niet tot me door. Ik begreep de logica niet. Toen ik vier jaar weg was, begon ik Sanaa te zoeken. In het telefoonboek vond ik haar naam en later las ik in de huwelijksaankondigingen, die door de burgerlijke stand aan de kranten werden verstrekt en die ik nauwgezet bijhield, dat ze met Sifdine was getrouwd. Een jaar later kwam het eerste kind, haar zoon. Weer anderhalf jaar later volgde haar dochter. Ik had haar adres en deed me voor als een instantie die cadeautjes stuurde naar ouders van pasgeboren kinderen. Samen met een officiële, vrolijke brief en een fleurige, gekleurde doos, waar ik kleertjes en speelgoed in stopte. Dat deed ik zowel bij haar zoon als bij haar dochter. Elk jaar, met hun verjaardag, kocht ik iets moois, totdat Sanaa via mijn postbusadres meldde dat ze geen prijs stelde op de geschenken. Nu begreep ik haar reactie, omdat ik alles kapot had gemaakt.

'Ik deug niet,' zei ik tegen de psychologe. 'Ik ben een egoïstische trut. Ik heb haar in de steek gelaten om geen pijn meer te voelen en omdat zij bij mijn verleden hoorde. Ik wilde gelukkig zijn, bij de andere groep horen, bij de yuppen, omdat zij konden doen wat ze wilden, want zij waren niet afhankelijk, zij waren echt vrij. Maar wat ik ook deed, ik bleef gevangen.'

Terwijl de psychologe op me inpraatte en me ervan probeerde te overtuigen dat het brein een wonderlijk ding was waar we geen vat op hadden, en dat ik de tijd moest nemen om alles te verwerken, rukte ik me los van haar voor mij betekenisloze woorden. Ik beloofde de psychologe dat ik haar snel zou bellen Ik moest me nu voorbereiden. Ik was bijna jarig en die dag was belangrijk voor me. Elk jaar volgde ik hetzelfde ritueel. Ik besloot Elsa te vertellen dat ik ook dit jaar mijn verjaardag alleen wilde vieren, hoewel we hadden afgesproken dat we dit jaar naar de film zouden gaan en dan ergens wat zouden eten. Maar afspraken konden worden afgezegd en ik ging ervan uit dat ze het wel zou begrijpen. Zij kon haar tijd ook beter gebruiken voor het maken van plannen voor de toekomst. New York was heerlijk tijdens de lente.

# Epiloog

Ik durf niet en tast met mijn voet achteruit. Het is een lange weg naar beneden en ik vraag me af of ik niet beter gewoon veel pillen moet innemen en die wegspoelen met veel alcohol. Ik heb nog wel ergens een flesje vliegtuigwodka staan. Of misschien is het beter om gewoon mijn polsen door te snijden in een warm bad, zoals ik dat zo vaak in films heb gezien. Zoals Seneca deed om zachtjes uit het leven weg te bloeden. Maar dat lijkt me toch wat pijnlijk. Om de gedachte schiet ik hardop in de lach, alsof van een flat springen een narcosegeval is. Hoe het ook zij; ik wil stoppen met denken en ik snak naar rust. Het is koud en de wind speelt met mijn haren. Ik besef dat het mijn lot is om jong te sterven, en wel op mijn vervloekte geboortedag. Het regent steeds harder en ik kijk naar de druppels die als lange lijnen de aarde raken. Sommige spatten op mijn gezicht, en de wind beneemt me de adem. Op een vreemde manier voel ik me opgelucht omdat ik weet dat ik nu niet meer hoef te doen waar ik zo slecht in ben: leven. Ik raak mijn buik aan, daarbinnen zit mijn ongeboren kind. Ik heb nog even overwogen het weg te laten halen, maar ik redeneerde dat als ik toch al bezig ben, het net zo goed mee kan gaan. Zonder al te veel rompslomp, gewoon een simpele sprong en alles zal voor altijd stoppen.

Maar angst belet me nu. Hoewel ik niet radicaal geloof, geloof ik wel nog steeds, en heb ik geleerd dat zelfmoordenaars de hel wacht. Van de regen in de drup, of volgens mijn dokter de omgekeerde versie. Beneden rijdt een witte bestelbus keurig in een parkeervak. De overbuurman stapt uit, samen met zijn vrouw en oudste zoon. Ze rennen naar de ingang van de flat. Ze kijken geen ogenblik omhoog, en even vraag ik me af wat ze zouden doen als ze me zagen staan?

De hele dag gaat de telefoon al. Nu hoor ik hem ook weer. Ik moet er niet op letten, maar het gerinkel ergert me en eigenlijk zou ik de hoorn van de haak moeten halen. Laat ik dat nu maar doen. Ik stap weer van de balustrade en loop naar de huiskamer, die aangenaam warm is. Ik pak de hoorn en hoor Elsa praten. Misschien had ik beter kunnen wachten met deze actie tot ze was uitgebeld, maar het is te laat, ik kan haar maar beter te woord staan.

'Waarom neem je niet op, doos,' roept Elsa. 'Ik heb geweldig nieuws. We gaan naar New York! Ik kom naar je toe om alle plannen te bespreken. Of we kunnen ergens wat gaan eten en dan naar de film, hebben we meteen jouw verjaardag gevierd.'

'Ik heb geen tijd,' zeg ik vinnig. 'Ik ben druk en je weet dat ik mijn verjaardag nooit vier.'

'Maar waar ben je dan zo druk mee?'

'Ik ben gewoon druk. Dus druk, zoals in druk. Kan ik het niet druk hebben of zo? Heb jij het alleenrecht op druk?'

Ik ben opgefokt en ik merk dat Elsa niet meteen reageert. Volgens mij is ze tot tien aan het tellen. Tijdens verjaardagen wil ze altijd extra aardig doen, wat mij extra ergert.

'Er zijn mogelijkheden om te emigreren. Ik wil kijken of ik daar aan de slag kan als arts en jij kunt daar werken als... eh. Als iets. We vinden er wel iets op. Maar het wordt fantastisch. Jij wilde toch graag naar Manhattan? Brooklyn schijnt het helemáál te zijn. Grote huizen, en goedkoper dan Manhattan; het schijnt dat Beckham daar een herenhuis heeft gekocht. En er wonen veel rijke alleenstaande mannen. En als we daar dan toch zijn, kunnen we net zo goed zo'n exemplaar aan de haak slaan.'

'Zeg dat niet te hard,' zeg ik. 'Als die Amerikaanse *Sex & the City*-vrouwen je horen, schoppen ze je zo het land weer uit.'

Elsa grinnikt. 'Ik mag toch dromen? Ik kom nu naar je toe en dan zoeken we een leuke jurk of broek voor je uit en dan gaan we lekker stappen.'

'Nee, je komt niet,' zeg ik hoewel ik diep vanbinnen hoop dat ze er is voordat ik spring. Maar ik duw die gedachte weg, want ik wil niet nog een morgen meemaken; en als ik zou emigreren, zou ik mezelf meenemen, dat zou niets oplossen.

'En als je het kind houdt, zorgen we ervoor dat het een geweldig leven heeft en mocht het homoseksueel zijn, dan kopen we gewoon een huis in San Fransisco.'

'Huh? San Franscisco? En waarom denk je dat het homoseksueel is?'

'Dat kan toch? Het is toch geen vanzelfsprekendheid dat iemand als hetero wordt geboren?'

'Ik vind dit een belachelijk gesprek. Wie zegt dat ik een kind ga krijgen? Misschien wil ik het niet eens. Dit is toch een klotewereld en misschien is het maar beter dat ik het deze ellende bespaar want ik weet zeker dat er een derde wereldoorlog gaat komen.'

'Hoe kom je daar nou bij? Wat een onzin!'

'Omdat de geschiedenis zich herhaalt, daarom.'

Ik besef dat ik loop te zwetsen en wil ophangen. En ik wil vooral niet dat Elsa langskomt omdat ik me aan haar erger. Ik wil haar uitschelden, maar houd me in, want dat is een slechte manier om afscheid te nemen. Als er slechts één persoon naar mijn begrafenis komt, wil ik wel dat die persoon tenminste even om me huilt, in plaats van tegen de kist schopt.

'Elsa...'

'Wat...' Zij heeft het met me gehad.

'Ik ga ervandoor.'

'Ik kom naar je toe!'

'Je komt niet!'

'Wie ben jij dat jij denkt mij te kunnen beletten iets niet te doen, psychisch geval.'

Ik ben zo boos dat ik amper op een antwoord kan komen.

'Jij wilt toch naar mij komen? Je bent niet welkom. Ik ga de deur niet opendoen.'

'Ik kom toch!'

Ik haal diep adem.

'Weet je Elsa? Weet je waarom je zo'n slet bent? Omdat je de genen van je moeder hebt geërfd!'

Stilte en daarna een klik en de kiestoon. Als een winnaar gooi ik de hoorn op de grond, sta op en loop terug naar het balkon.

'Dan maar geen bezoekers op mijn begrafenis. *Who cares.*'


Ik klim weer op de balustrade en denk aan mijn belofte om mijn lot in eigen hand te nemen. Er is me te veel overkomen en dat zal niet meer gebeuren. Ik denk aan de vele boeken die ik heb gelezen, zoals die over reïncarnatie. Een tijdlang geloofde ik erin, maar dat was van korte duur. Volgens die boeken kiest een ziel het leven dat ze wil leiden. Dat kan ik me totaal niet voorstellen. Dan zat ik als ziel zeker in een hemelse psychiatrische inrichting om me dit leven te wensen. Dan spoor je niet. Dus ik besloot die boeken niet meer te lezen. Ik weet dat de echte waarheid niet bestaat, en ik ben opgevoed in een absolute wereld waar het allemaal om dat ene boek draaide. Ik vraag me weleens af waarom Allah me deze nieuwsgierigheid heeft gegeven als ik geen vragen mag stellen. En waarom slechts één interpretatie volgen als dat ene beeld uit de subjectieve visie van een bepaald persoon komt, dan verheerlijk je toch ook alleen maar die ene, terwijl er zo veel grootse gedachten zijn en grootse ideeën, waarmee een boek alleen maar nog geweldiger kan worden. De wereld bestaat alleen maar uit mannen omdat vrouwen ze hebben gebaard en die mannen vrijen met die vrouwen, soms uit lust, soms liefde en soms omdat ze hun genen willen doorgeven. Waarom dan die walging? Waarom moeten we ons verbergen? Ik weet dat mijn denken het einde van mijn oude leven heeft betekend. Ik ben overgegaan naar een nieuw bestaan en heb heel radicaal, zoals mijn zusje, alle banden doorgesneden en mezelf daarmee nog meer gekwetst. Ik heb verloren. Sanaa ook, en allen wachten we tot het moment van de dood. Moeder dacht alleen aan het leven na de dood. Daar leefde ze voor, en die gedachtegang gaf ze aan ons door. Maar ik wilde genieten en stelde dat boven alles en ging daar zo in op, dat alles een roes werd en ik dus niet meer genoot. Ik wil niet meer de toeschouwer van mijn leven zijn. Want ik droomde altijd over later en was slechts sporadisch in het heden om steeds weer weg te vluchten in mijn fantasie.

Ik kijk naar beneden en leg weer mijn hand op mijn buik. Met mijn andere hand houd ik me vast aan een balk want ik durf nog even niet te springen.

'Heb ik het recht om jou het leven te ontnemen?' zeg ik tegen het wezen in mijn buik. 'Ik weet niet eens hoe oud je precies bent en hoe jij er later uit gaat zien. Al zou je blijven leven, dan zou je nooit je vader kennen omdat hij ons niet in zijn leven wil. Hij is joods, weet je. Maar ik ben dat niet, dus ben jij dat automatisch ook niet. Ik zou je opvoeden tot moslim, maar dan een verlichte. Met respect voor alle geloven en met het besef dat er verschillende waarheden zijn en dat die naast elkaar kunnen bestaan.'

Ik zwijg even en staar in de verte, naar de grauwe, oneindige wolkenmassa. Ik vind het vreemd om me geen leven voor te stellen. Want wat is de dood? Ik kijk weer naar mijn buik en streel die, alsof ik mijn kind streel.

'Ik zou je veel liefde geven en ik zou je meenemen naar Disneyland en andere pretparken. Ik zou je elke dag zeggen dat ik trots op je ben, dat ik je perfect en mooi en slim vind. En als je later ouder bent, wil ik je het land van mijn moeder en vader laten zien, want dat is ook een beetje jouw land. Je zult gelukkiger zijn als je weet wie je echt bent, want misschien begrijp je jezelf dan wat beter. Hoewel ik mezelf absoluut niet begrijp.'

Ik lach, eigenlijk om niets.

'Het lot is een vreemd iets. Misschien moet ik niet sterven en zal het leven anders zijn, omdat ik nu eindelijk iemand heb voor wie ik moet zorgen, voor wie ik alles moet doen.'

Ik denk diep na en kijk weer naar beneden en stel me een foetus voor die met me mee valt en de harde klap voelt; een baby, mijn baby. Een siddering trekt door me heen. Nee, ik mag mijn kind geen pijn doen. Ik wil het beschermen en de moederliefde geven die ik nooit echt heb gekregen. Ik draai me om, want ik heb nu iets om voor te leven en alles zal echt anders worden, want ik ben niet meer alleen. Ik laat de balk los en wil op het balkon springen, maar dan verlies ik mijn evenwicht. Ik voel hoe ik wegglijd, probeer nog iets vast te grijpen. De rest is stilte.

IJTIHAD

www.muslim-refusenik.com